내가 바로
세종대왕의
아들이다

내가 바로 세종대왕의 아들이다 6

유아리 퓨전 판타지 소설

초판 1쇄 찍은 날 § 2020년 9월 9일
초판 1쇄 펴낸 날 § 2020년 9월 16일

지은이 § 유아리
펴낸이 § 서경석

총괄팀장 § 노종아
편집책임 § 이민지
디자인 § 소소연

펴낸곳 § 도서출판 청어람
등록번호 § 제387-1999-000006호
등록일자 § 1999. 5. 31
어람번호 § 제1-3082호

주소 § 경기도 부천시 부일로 483번길 40 서경B/D 3F (우) 14640
전화 § 032-656-4452 팩스 § 032-656-4453
http://www.chungeoram.com
E-mail § chungeorambook@daum.net

ISBN 979-11-04-92253-4 04810
ISBN 979-11-04-92193-3 (세트)

FUSION FANTASTIC STORY

6

내가 바로
세종대왕의
아들이다

유아리
퓨전 판타지 소설

도서출판
청람

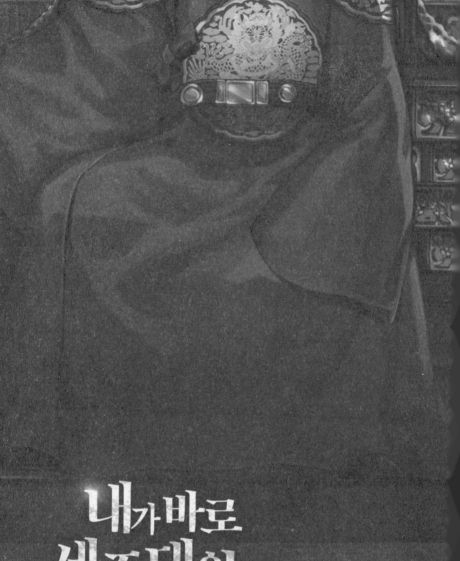

목차

제1장

등무칠의 난

"대규모의 행렬이 남경 쪽으로 이동 중이라고?"

남명 강서성(江西省)의 신임 도지휘사(都指揮使) 양청(楊清)은 급작스러운 비보에 놀라서 전령에게 되물었다.

"예, 본래 사천여 명으로 복건에서 넘어온 백성의 무리가 가는 곳마다 추종자가 생겨 지금은 무려 이만 명이 넘었다고 합니다."

"이거 큰일이로군. 그들의 우두머린 누구라고 하던가?"

"그것까진 아직 밝혀지진 않았습니다. 처음 그들을 발견한 광신부(廣信府)의 지현(현령)이 관원들을 이끌고 맞서 해산을 종용하며 살던 곳으로 돌아갈 것을 요구했으나, 인원수에 밀려 쫓겨날 수밖에 없었답니다."

"그 많은 인원이 철우관(鐵牛關)의 관문을 어떻게 통과한 거지?"

"아무래도 무이산을 넘어온 듯합니다."

"그럼 그놈들의 무장 상태는 어느 정도라고 하더냐?"

"…그들 중 무장한 이는 아무도 없었다 합니다."

"허, 그놈들의 목적은 대체 뭐지?"

"그것이… 천자님을 만나야겠다고……."

"뭐? 그걸 지금 이야기하면 어찌하는가? 당장 위소(衛所)에 연락해 군사들을 모으고 태평관(太平關)의 관문을 봉쇄해!"

"예, 알겠습니다."

강서성의 정예병은 대부분 남경으로 소집되어 장강의 방위선을 지키고 있었다.

결국 양청이 급하게 모은 5천의 징집병은 일주일 후, 멀리 파양호(鄱陽湖)가 보이는 요주(饒州)의 벌판에서 백성의 무리와 대치하게 되었다.

양청은 말을 탄 채 군사들의 선두에 서서 행렬을 향해 크게 소리 질렀다.

"도당(徒黨)의 우두머리는 들어라! 여기서 해산하면 죄를 묻지 않을 테니, 모두 살던 곳으로 돌아가라."

양청이 간신히 오천의 병사를 모으는 동안 무리는 어느새 오만이 넘는 대규모의 인파가 되었고, 그들의 중심엔 등무칠이 있었다.

"등 형제, 군대가 나왔는데 어찌할 거야?"

등무칠은 그의 오랜 지기이자 측근인 장철의 물음에 답했다.

"제가 먼저 나서서 이야기해 보죠."

그러자 최근 등무칠에게 감화되어 가진 재산과 식량을 모두 바치고 이 모임에 뒤늦게나마 참여했던 홍기가 그를 말렸다.

"등 형, 안 됩니다. 분명 저들은 등 형이 우리를 대표하는 이임을 아는 순간 바로 죽이고 우릴 해산시키려 할 거요."

"그래도 제가 나서야 합니다. 천자님께 이야기하기 전에 역도로 몰리는 것보단 지난번처럼 잘 이야기하는 게 낫지요. 거기다 지금은 병사들이 많아서 자칫 잘못하면 큰 싸움이 벌어질 수도 있으니 정면충돌만큼은 피해야 합니다."

"내가 등 형을 따르고 있긴 하지만 어떨 때 보면 대범하다 못해 너무 무신경한 것 같아요."

"전 그저 고통받는 형제들을 대변할 뿐입니다."

그러자 장철이 끼어들었다.

"등 형제는 본래 우리 같은 농민도 아닌데 고통받는 우릴 위해 나선 거야. 우리 같은 무지렁이와는 타고난 그릇이 달라."

장철의 칭찬에 등무칠은 손사래를 치며 말했다.

"아닙니다. 전 그저 평범한 범부일 뿐인데 지나친 과찬이십니다."

"그건 장 형의 말씀이 맞는 듯합니다. 등 형이 정말 평범하다면 이리 많은 이들이 모이지 않았겠죠. 내 등 형께 드릴 게 있으니 잠시 기다려 보시지요."

홍기는 등에 지고 있던 대나무 바구니에서 비단으로 포장된 묵직한 물건을 꺼내 등무칠에게 전해 주었다.

"등 형, 저 장군과 이야기하기 전에 이거라도 옷 속에 입고 나가요."

"이게 뭡니까?"

"증조부께서 파양호 전투에서 쓰셨던 쇄자갑(鎖子甲, 사슬 갑옷) 상의요."

"그렇습니까? 이리도 귀한 걸 내주시다니…… 홍 형의 배려에 감사드립니다."

그러자 장철이 등무칠 대신 천에 쌓여 있던 사슬 갑옷을 꺼내보곤 감탄했다.

"이거 꽤 오래된 것 같은데, 관리를 잘했나 보군."

"집안의 가보이다 보니, 녹슬지 않게 잘 간수했죠."

"귀한 물건을 빌려주셔서서 감사합니다. 반드시 돌려 드리지요."

"그러실 필요 없습니다. 증조부께서도 등 형이 써주시길 바라실 거요."

등무칠은 주변 사람들의 도움으로 쇄자갑을 입은 다음 위에 도포를 걸쳤다. 그러곤 앞에 나서서 크게 소리쳤다.

"내가 이들을 대변하는 이요! 장군님과 이야기를 하고 싶습니다!"

"그래, 무장을 버리고 앞으로 나와라!"

"무기는 없습니다!"

"그럼 본관도 무기를 두고 가겠다."

두 무리가 약 일 리의 거리를 두고 대치하던 중, 그 중간 지점에서 각자 오십여 명의 수행원을 대동해 만났다. 양청이 먼저 말문을 열었다.

"본관은 강서의 도지휘사 양 모다."

"예, 소인은 등가라고 합니다."

"본관이 전해 듣기론 너희 도당은 황상을 만나러 간다고 하더군. 대체 네놈의 진짜 목적은 무엇이냐?"

"그저 지주들의 착취로 고통받는 백성들을 대신해, 천자님께 우리의 목소리를 전하려 하는 겁니다."

"대체 뭘 이야기하고 싶은데 그러지?"

"장군은 우리가 평시에 어떻게 사는지 아십니까? 우린 지주들의 폭거와 지방관의 학정으로 고통받고 있습니다. 수많은 이들이 굶주리고 있어요."

"어차피 각자의 위치가 다르니 잘 안다고 거짓말은 하지 않겠네. 다만 사정이 어떻든 황도로 향하는 건 절대 용납할 수 없도다. 그대들의 이야기는 본관이 여기서 듣고 황상께 반드시 전해줄 테니, 편히 말해보게나."

"저, 그리고 형제들은 항상 그런 식으로 이야기하는 지주와 벼슬아치들에게 번번이 속기만 했습니다. 그러니 비켜주시지요. 우린 황도로 가서 천자님을 뵐 것입니다."

"자넨 이 많은 사람을 멋대로 모은 것만 해도 큰 죄임을 모르는가? 그것도 모자라 저 수많은 이들을 이끌고 도성으로 간다는 건, 그야말로 대역죄인이 되는 거야!"

"전 죽어도 좋습니다. 그렇게라도 우리의 목소리와 고통을 천자님께서 알아주신다면요."

"그럴 거면 어째서 혼자 가지 않고 이 많은 사람을 끌어모은 거지? 네놈이 역심을 품지 않고서야……."

"그렇게 하지 않으면 과연 어느 누가 우리의 이야길 들어주겠습니까? 제 형제들이 아니었으면, 장군께서 저와 이야기라도 하실 마음이 드셨겠습니까?"

"그 어떤 이유로든 본관은 네놈과 사특한 무리를 통과시킬 수 없다. 마지막 경고니 해산하고 물러나라."

"제 목이 날아가기 전엔 그렇게 못 합니다."

양청은 등무칠의 감춰진 광기를 읽어내곤, 어떤 말을 하든 설득할 수 없음을 직감했다.

"허, 네놈이 미쳐도 단단히 미쳤구나. 그게 정녕 소원이라면 네놈의 명을 여기서 끊어주마!"

양청은 숨겨두었던 비수를 꺼내 등무칠을 공격했고, 등무칠은 급작스러운 사태에 한 박자 늦게 반응했지만, 다행히도 옷 속에 숨겨 입은 사슬 갑옷 덕에 목숨을 건져 양청의 팔을 붙잡고 대치 상태에 빠졌다.

그러나 양청의 공격을 신호 삼아 양청의 수행 무관들이 숨겨두었던 무기를 꺼내 등무칠의 측근들을 공격했고, 장철과 홍기는 몸을 날려 양청을 도와 등무칠을 공격하려는 무관들을 제지했다.

그사이 등무칠은 양청의 팔을 붙잡곤, 온 힘을 다해 신음하듯 들끓는 목소리를 내었다.

"이 치졸한 놈……."

그러자 양청은 냉정한 표정으로 등무칠의 눈을 바라보며 말했다.

"나라의 녹을 먹는 관리로서 지엄한 국법을 시행하는 것뿐이다."

"끄으윽… 네놈이 받아먹는 녹을 누가 바치고 있는 줄 알아?"

관군의 기습 장면을 본 농민들은 흥분해서 곧장 등무칠을 구하기 위해 너 나 할 것 없이 달리기 시작했다. 그사이 양청의 칼날은 등무칠이 입고 있는 사슬 갑옷 틈새를 뚫고 서서히 조금씩 파고들어 갔고, 등무칠의 가슴에서 피가 흐르기 시작했다.

"등 형제를 구해라!"

"와아아아아아!"

대치 상황에서 오만이 넘는 군중이 달려들자, 관군들도 역시 지휘관의 지시에 맞춰 전투태세를 갖추기 시작했다.

등무칠의 측근들을 공격하다 필사적인 반격으로 발이 묶인 무관들은 사태를 파악하곤, 다급하게 소리쳤다.

"양 대인! 지금은 물러나셔야 합니다."

그 말과 동시에 살아남은 등무칠의 측근들이 달려들어 양청을 공격하려 하자, 그는 어쩔 수 없이 물러나야 했다.

"등 형! 괜찮으시오?"

"허억… 허억, 전 괜찮습니다. 형제들은 어찌 되었습니까?"

"그게……"

살아남은 측근이 말을 잇지 못하는 모습에 등무칠이 주변을 둘러보자 홍기와 장철을 비롯해 아끼던 이들의 시체가 보였다.

"홍 형! 장 형! 으아아!"

그때, 잠시 물러났던 양청이 크게 소리쳤다.

"저 역적을 반드시 여기서 죽여야 한다!"

등무칠은 양청에게 맞서 피를 토하듯 절규하며 추종자들에게 외쳤다.

"저놈들을 전부 죽여!"

*   *   *

난 정무를 보며 시간 나는 대로 아버지와 상의해 본격적인 열기구의 개발에 착수했다.

부유등은 어디까지나 기존의 풍등을 살짝 개량해서 크게 만든 것이었기에, 우선 기구의 재료부터 바꾸기 위해 고심했다.

미래엔 합성섬유로 기구를 만드는데 지금은 그런 게 없으니 우선 최대한 질기면서 촘촘한 천부터 만들기 시작했다.

한편, 최근 예조와 티무르 왕국의 사신들이 본격적인 교역 협상에 들어갔고, 난 그사이 시간을 내어 야인들을 위해 열린 잔치에 참석했다.

"성은이 망극하옵니다."

내가 나와 가까이 앉아 있던 오도리의 대족장 동소로가무에게 직접 술을 따라주자, 그는 고개를 숙이며 감사를 표했다.

그다음엔 곧이어 그 옆자리에 있던 내요곤에게도 술을 한 잔 따라주곤 천천히 한 바퀴 돌면서 모든 족장에게 술을 돌렸다.

그렇게 술이 한 순배 돌자 다들 음식을 먹기 시작했고, 대부분 처음 먹어보는 음식에 감탄한 듯 놀란 표정을 짓기 시작했다.

자세히 보니 조선을 자주 드나든 동소로가무가 웃고 있었는데, 마치 다른 이들을 촌놈 보듯이 바라보고 있었다.

분명 저들 사이에서도 서열이 나뉠 텐데, 동소로가무가 제일 우위에 있나 보군. 이참에 전부터 생각한 계획을 실행해 봐야겠어.

"대호군."

내 부름을 들은 동소로가무는 자세를 바로 하고 내게 답했다.

"예, 주상 전하."

"고가 그간 조선에 헌신을 다한 대호군의 공을 기려 벼슬을 새로 내리려 하노라."

그러자 동소로가무는 곧바로 절을 올리며 말했다.

"전하의 은혜가 망극하옵니다."

"내 조만간 정식으로 그대를 오도리 관찰사 겸 부윤(府尹)로 임명하고, 종 2품 부총관으로 품계를 올려주지."

"분에 넘치는 은혜에 어찌 보답해야 할지 몸 둘 바를 모르겠사옵니다."

"그대는 오랜 시간 동안 전임 함길도 절제사 김종서를 도와 아국의 제일가는 번장으로 국경 안정에 이바지했네. 고는 황상의 권한을 위임받아 정식으로 조선 북방의 모든 이들을 다스릴 권한을 얻었으니, 오도리(吾道里)의 현재 권역을 오도리 부(府)로 개편할 것이고, 그곳의 책임자는 바로 그대일세."

"신, 동소로가무. 전하의 명을 받들겠습니다."

"또한 홀라온의 권역을 후주(厚州)로 개편하고, 내요곤에겐 목사의 벼슬을 내리고 품계를 한 단계 올려주겠다."

"성은이 망극하옵니다."

그리고 난 내요곤의 옆에 있던 남자를 바라보며 물었다.

"그대가 건주위의 적삼로인가?"

"예, 소신이 적삼로입니다."

"일전에 미타주 제찰사 신숙주의 서신으로 그대의 이야기를 들은 적이 있다. 그대의 협조 덕에 그곳이 잘 다스려시고 있다 하더군."

"당연한 일을 했을 뿐입니다."

"그런가. 그대에게도 정식으로 군수직의 벼슬을 내려주마."

"성은이 망극하옵니다."

"신숙주와 일하는 건 할 만하던가?"

"예, 그는 워낙 총명한 이라 소신이 배우는 게 많습니다."

"이후 정식으로 승격된 곳엔 아국의 관리들이 새로운 수령을 도우려고 파견될 것이다. 다들 적삼로처럼 서로 도우며 고를 대신해 영지를 다스리게."

그러자 다들 고개를 숙였고, 조선 말을 할 줄 아는 이들이 일제히 대답했다.

"광무왕 전하의 명을 받들겠습니다."

난 적당한 야인의 세력가들을 골라서 적당한 명목상의 벼슬을 내려주었고 그들의 감사와 충성 맹세를 다시 한번 받았다.

그렇게 좋은 분위기가 이어지고 잔치가 한창 무르익을 때, 갑자기 코르친의 대족장 쪽에서 내게 아들을 바치고 싶다며 명국 말로 간청했다.

저놈 이름이 두르벤 튀멘이었던가?

"광무왕 전하, 제 둘째 아들은 부족에서 제일가는 용사입니다. 부디 전하의 가베치로 받아주시옵소서."

가베치면 가별초(家別抄)를 말하는 거 아냐? 내가 뭐라고 답하기도 전에 잔치에 모인 족장들은 일제히 나서서 서로 질세라 자기 아들들도 내 병사로 받아달라고 소리쳤다.

허, 이건 전혀 예상 못 했는데. 할아버지 태종께서 없애신 가별초가 내 대에 부활하게 생겼네.

"그만."

내 말을 들은 족장들은 일제히 침묵했고, 모두의 시선이 내게 집중됐다.

"그대들의 청을 받아들이되, 적당한 시험을 거칠 것이다. 가별초의 이름은 누구에게나 허락될 만한 가벼운 것이 아니로다."

"지당하신 말씀이시옵니다!"

시험 보겠다고 하니, 더 좋아하네?

잘됐네. 이참에 저들의 심리를 이용해 궁술과 마술, 그리고 무술을 겨루는 대회를 열어봐야겠어.

＊　　　　＊　　　　＊

야인들의 잔치가 끝나고 난 곧바로 대회 준비에 착수했다.

도성 외곽에 적당한 공터를 골라 미래의 승마 대회를 적당히 참고해 장거리 경주 코스를 만들고 그 중간에 적당한 장애물을 배치했다.

또한 인근에 무술과 궁술을 겨룰 경기장도 같이 준비시키면서 백성들도 구경할 수 있게 소문을 내도록 지시했다.

일주일 후 무대가 완성되자 수많은 관중이 몰렸다. 몰려든 이들을 줄을 세워 입장시키느라 병사들도 고생이 많았다고 한다.

내가 준비된 자리에 앉자 김처선이 보고했다.

"전하, 첫 경기에 출전할 후보들이 준비가 다 되었다 하옵니다."

"그래, 경기를 시작하라 이르라."

내 지시와 함께 첫 번째 종목인 마술(馬術) 경기가 시작되었고, 여진족보단 몽골계의 선전이 눈에 띄었다.

개중 몇몇은 말을 달리는 중간에 나와 관중들에게 어필하려는 듯 안장 위에서 물구나무를 서거나 앉은 채로 몸을 위로 튕겨 뒤로 돌아앉는 재주를 보이기도 했다.

가별초 후보생들이 그런 재주를 보일 때마다 관중석에선 휘파람이나 박수갈채가 쏟아져 나왔고, 나와 함께 경기를 관람 중인 신료들도 감탄한 듯 자기들끼리 뭐라 이야기를 나누고 있었다.

"주상, 몽고 달자의 마술이 대단하다고 듣긴 했었으나 이 정도일 줄은 몰랐습니다."

나와 함께 경기를 관람하시던 아버지도 몇몇 참가자들의 기량에 놀라셨는지 망원경에서 눈을 떼지 못하신 채로 감탄한 표정을 지으셨다.

"아마도 자신의 말을 지극히 신뢰하고 있기에 가능할 재주일 것입니다. 저들은 말 위에서 태어나 말 위에서 죽는다는 말이 있을 정도니, 우리가 보기에 경탄스러운 재주도 저들에겐 별것 아닐 것이옵니다."

"주상께선 저런 이들과 직접 싸워 승전하셨으니 참으로 대단하시지요."

"그것은 아국의 모든 병사와 장수들이 맡은 바를 충실히 해냈고, 내금위와 겸사복의 무관들이 소자를 지켜주었기에 가능한 전공이었습니다."

"그래요? 그럼 주상께서도 다음엔 병사와 장수들을 믿고 맡겨주시면 좋겠습니다."

"분부 명심하겠습니다."

그렇게 준비된 후보들이 각자 기량을 보였고, 결국 마술 대회 우승을 차지한 건 코르친계 대족장 두르벤의 둘째 아들인 이브라이였다.

그렇게 첫날의 마술 대회 우승을 몽골계에서 차지하니 여진 야인들도 자존심이 많이 상했는지 다음 날 열린 궁술 대회에서 필사적으로 임했으나 결국 우승자는 우랑카이에서 나왔다.

여진족들도 일반 궁시에선 좋은 성적을 거두긴 했으나, 마상 궁에선 몽골 쪽의 기량에 상대가 되지 못해 밀릴 수밖에 없었다.

이수라고 이름을 밝힌 우승자는 수부타이의 먼 후손이라고 한다. 그럼 저들 사이에서 나름 유명 인사일 듯한데.

그렇게 가별초 입단의 심사용이었던 대회는 어느새 각 부족의 자존심 싸움이 된 듯 보였고, 부족장을 따라온 수행원들도 그들의 대표가 좋은 성적을 내면 기뻐하고 순위가 낮으면 안타까워했다.

저런 걸 보니 미래에 스포츠 대회가 어째서 큰 인기를 끌었는지 알 것 같았다. 나중에 규칙을 제대로 만들어서 정기적으로 개최해도 좋겠군. 이참에 경마란 걸 해봐도 좋을 듯한데, 지금은 좀 이르려나?

아니지, 생각해 보니 이건 꼭 우리나라에서 할 필요가 없다. 도박을 좋아하는 중국인들이 있잖아. 이건 나중에 계획을 제대로 짜서 다듬어봐야겠어.

그렇게 궁술 대회가 마무리될 때쯤 동소로가무가 나를 찾아왔다.

"전하, 내일은 신의 맏아들이 출전하옵니다."

"경의 아들은 이전 두 종목엔 출전하지 않은 것인가?"

"아니옵니다. 다른 아이들이 출전하긴 했으나 그리 좋은 성적을 내진 못했사옵니다."

"그런가? 내일은 큰아들이 좋은 성적을 거두길 바라네."

생각해 보니 동소로가무의 두 번째 아내는 조선인이다. 아버지는 동소로가무를 조선에 귀화시킨 후 아내를 잃었던 그에게 당시 예빈시 판사(禮賓寺 判事)의 딸을 시집보냈었지.

"내자는 잘 지내고 있는가?"

"예, 전하의 은덕으로 더없이 잘 지내고 있사옵니다."

"막내아들인 청례는 잘 크고 있고?"

그러자 내 말을 들은 동소로가무는 놀란 듯 눈을 크게 떴다.

"신의 막내 가아(家兒)를 어찌 알고 계시옵니까?"

"조선 제일의 번장(番將)인 그대의 사정을 고가 어찌 모르겠는가?"

"그저 황공할 뿐이옵니다."

예전에 기록에서 보길, 동소로가무의 아들 동청례(童淸禮)는 원 역사의 성종 시기에 무과에 합격해 관직에 올랐고 연산군 시기까지 활동하다가 중종반정 후에 능지 형을 당해 죽게 된다고 적혀 있었다.

그 결과로 조선에 충성을 바치던 건주위와 오도리가 조선에서 떨이져 나긴 후 지독한 원한마서 품게 된다.

그 당시 이만주(李滿住)의 손자인 이달한(李達罕)도 동청례의 설득으로 원한을 접고 조선에 귀의했었는데, 그의 죽음으로 연결 고리가 사라지자 바로 조선과 관계를 끊었고 여진과 조선이 멀어진 사이 여러 사건을 거쳐 누르하치가 야인들을 하나로 모으게 된다.

물론 지금은 역사가 달라졌긴 했으니, 미래엔 내가 모르는 변수가 생길 수 있다. 앞으로 여진족의 연결 고리가 되어줄 동청례는 아직 어린아이일 테니 우선 그의 첫째 아들에게 기대를 걸어봐야겠어.

그렇게 다음 날 열린 맨손 무술 대회에서 동소로가무의 맏이인 동청주(童靑周)가 예선부터 파란을 일으켰다.

동청주는 아직 18살임에도 불구하고 건장한 장정들보다 훨씬 거대한 덩치를 자랑했고 그의 상대들은 동청주의 힘에 밀려 제대로 된 기술조차 쓰지 못하고 패배하고 말았다.

몽골 쪽에도 몽골 씨름의 달인들이 즐비했지만 힘에서 차이가 너무 나니 기술이 전부 봉쇄되고 말았다.

허, 저 정도면 아직 나나 이징옥에겐 못 미치겠지만 최광손과 비슷하겠는걸?

예선이 전부 종료되자 난 동소로가무를 불러 그를 치하했다.

"그대가 아들을 아주 잘 키웠구나."

"과찬이시옵니다. 신의 공보단 절재 대감의 도움이 컸사옵니다."

그게 김종서의 도움이라고?

"그게 무슨 말인가? 소상히 고해보라."

"김 대감이 함길도 절제사로 근무하던 당시, 해마다 풍채가 좋아져서 그 비결을 물었더니 좋은 것은 널리 알려야 한다면서 새로운 양생법을 신에게 알려주었습니다. 그리하여 신이 그 비결대로 첫째를 키웠더니 부족 제일의 장사가 되었나이다."

그러니까… 내게 운동을 배운 남빈이 이징옥에게 전수하고 이징옥은 김종서에게, 그리고 김종서는 동소로가무한테 알려줘서 그 아들이 저 나이에 저런 괴물이 되었다는 건가.

"그렇구나. 자네 아들 말고 다른 이들에게도 양생법을 전수했나?"

"신이 배운 대로 전사들을 가르쳐 보긴 했으나, 받아들이지 못하는 이들이 대부분이었습니다. 남은 이들 중에서도 결국 끝까지 단련에 매진한 건 제 아들뿐이었사옵니다. 다들 어째서 이리도 좋은 것을 몰라주는지……."

"그러게나 말일세. 어찌 좋은 것을 몰라주는지 원……."

나 역시 동감이다. 궁에서 내 영향으로 양생법이 멀리 퍼져 나가긴 했으나, 웨이트 쪽을 깊게 단련하는 이들은 내금위와 겸사복의 무관 말곤 드문 실정이다.

대부분 건강을 유지하는 선의 적당한 운동 정도로 만족하는 편이고, 여성들 사이에서는 요가가 유행하고 있는 편이지.

궁에서 어마마마와 중전 덕에 시작된 요가 열풍은 곧장 사대부 여인들 사이에서도 유행이 되었고, 요즘은 출산에 도움이 된다는 이유로 민가에까지 알려졌다고 한다.

"내일 결승전이 기대되는구나. 자네 아들이 부디 선전하길 비네."

"예, 승리할 거라 믿어 의심치 않사옵니다."

그렇게 다음 날 재개된 경기는 8강전부터 명경기들이 속출했고, 무예에 관심이 없던 신료들 역시 저들의 싸움이 마음에 들었는지 마음에 든 후보생들을 응원하곤 했다.

반응을 보니 이렇게 끝내긴 아쉬울 거 같은데, 이참에 번외 경기도 한번 준비해 봐야겠네.

결국 결승전이 시작되었고 결승에서 격돌한 동청주와 마술 시합 우승자였던 이브라이의 혈투 끝에 우승을 차지한 건 동청주가 되었다.

이브라이의 힘과 기술도 수준급이긴 했으나 체급에서 밀려 장기전 끝에 체력을 전부 소모하는 바람에 패배할 수밖에 없었다.

그렇게 우승자가 결정되었고 난 종목별 우승자들을 불러 직접 어사주와 관모, 그리고 특별히 제작된 허리띠를 하사하여 그들의 용맹을 칭찬했다.

그리고 종목별로 좋은 성적을 거둔 상위 입상자 30명씩을 뽑아 총 90명을 가별초로 삼았다.

사실 처음부터 많은 인원을 받을까도 생각했었는데, 처음이니만큼 일부러 적은 인원을 뽑고 가별초 선발 대회를 정기행사로 만드는 게 나을 것 같아서 일부러 소수만 뽑았다.

그리고 다음 날, 내금위와 겸사복 기병을 선발해서 번외경기인 마상 창 무예 대회를 열었다.

토너먼트(tournament), 그러니까 유럽 중세 기사들의 주스트(Joust), 즉 일대일 기마 창술 시합을 준비했고, 관중들은 그간 소문으로만 들었던 금군의 기마 무예를 본다는 기대감에 젖어 있었다.

시합 출전자들은 실전이 아닌 만큼 속이 비어 잘 부서지게 만든 연습용 목제 랜스를 사용하게 했고, 말끼리 충돌 사고를 방지하기 위해 중앙에 낮은 목책을 세워 분리선을 두었다.

그렇게 시합이 시작될 무렵, 난 어제 세운 계획을 실행하러 자리를 비웠다.

*   *   *

마상 창 대회에 출전한 16명의 참가자의 면모는 내금위나 겸사복에서도 알아주는 무예의 달인이었으며 오이라트와의 전쟁에서 활약한 정예병이다.

내금위장 박강과 겸사복 무관 김 씨의 첫 번째 경기가 시작되었고 출전자의 가문과 관직을 진행자가 소개하자 그의 친족들이 체면도 잠시 잊고 소리 지르며 그들을 응원했다.

그리고 기념적인 첫 경기의 승자는 내금위장 박강이 되었다.

관중석에 자리한 야인들을 비롯해 백성들과 신료들은 박진감 넘치는 마상 창 대결에 환호했고, 일부는 서로 누가 이길지 내기마저 하고 있었다.

1조와 2조로 나뉘어 진행된 8번의 예선경기가 전부 종료되자 관중석에 위치한 젊은 사내 둘은 서로의 감상을 늘어놓으며 우승자를 예측하였다.

"야, 내가 보기엔 이번 마상 창 대회 우승자는 내금위장 영감이 틀림없어. 첫 경기만 봐도 딱 감이 오지 않냐? 상대의 공격을 슬쩍 피하면서 상대의 머리를 틱! 하고 쳐서 바로 낙마시키는 그 깔끔한 기술⋯⋯."

그러자 이야기를 듣던 사내가 말을 끊었다.

"그건 아니지. 내가 보기엔 겸사복장이 더 나아. 흔들림 없는 그 안정된 자세하며, 척 보기에도 인마일체란 말이 딱 나오더만."

그러자 옆에 있던 한량같이 생긴 사내도 그들의 대화에 끼어들었다.

"내가 보기엔 마지막 경기에 출전한 이현이란 무관이 가장 유력해 보이네만……."

그러자 내금위장을 우승 후보로 꼽은 사내가 답했다.

"나리, 그 무관도 잘하긴 했지만 내금위장 영감에겐 상대가 안 될 겁니다."

"정말 그리 확신하면 나와 내기라도 하겠나? 난 이현이란 무관에게 1냥을 걸겠네."

"어이쿠, 나리. 저 같은 가난뱅이에게 1냥은 너무 지나치십니다. 좀 봐주시지요."

"그러면 열 푼으로 하지. 어떤가?"

"그 정도면 할 만합죠. 이봐, 너도 낄 테냐?"

겸사복장을 우승 후보로 꼽던 사내도 고개를 끄덕이자, 그 순간 세 명의 내기가 성립되었다.

"그럼 간단하게 이기는 자가 전부 가지는 것으로 하지."

그러자 내금위장을 밀던 사내가 답했다.

"좋지요. 아참, 제 소개가 늦었습니다. 소인은 삼개 나루에 사는 박 모라고 합니다. 이 친구는 김가입니다."

"그런가? 난 권(權)가라고 하네. 박 씨, 이리 알게 되어 반갑네."

"예, 나리."

"그건 그렇고, 이리도 많은 사람이 몰린 건 새해맞이 재래 연 말곤 처음인 듯하네."

"나리께선 개선식에 나가지 않으셨습니까? 그땐 지금하곤 비교가 안 되게 많았습니다."

"그랬나? 내 팔도를 유람하다 며칠 전에 한양에 올라와서 몰랐었네."

"그 광경을 놓치시다니 참으로 안타깝습니다. 나리도 주상 전하의 그 늠름하신 모습을 보셨어야 했는데."

그러자 권가가 한숨을 쉬며 답했다.

"그러게나 말일세, 늦어서 정말 아쉽군. 사실 나도 명에서 귀국할 내 친우를 만나러 돌아왔었던 참이네. 그런데 개선식 도 놓치고 친우는 돌아오지 않았단 소식을 듣게 되니 참으로 기운 빠지더군."

그러자 박가가 긴장하며 답했다.

"어? 나리의 친우분이 주상 전하를 따라 명에 가셨었습니 까? 그럼 엄청나게 높으신……."

"아닐세. 내 친우는 그저 일개 역관으로 따라갔었다네. 나 도 그리 대단한 사람도 아니고, 그저 조상 잘 만나서 놀고먹 는 한량일 뿐이네. 부담 갖지 말고 편히 대해주게나."

박가는 권가의 수수한 복장, 그리고 편안한 인상과 권위 없 는 말투에 안심하며 답했다.

"그러셨습니까? 나리께서 그리 말씀하시니 그래야겠지요."

"다음 경기가 시작하려나 봄세. 겸사복장 나리가 나오려나 보군."

"와아아아!"

그러자 겸사복장을 밀던 사내가 갑자기 환호하며 그를 응원했고, 관중석에 있던 이들도 그를 따라 소리 질렀다.

"겸사복장 나리, 힘내세요!"

"우승은 겸사복장 나리 것입니다!"

그렇게 지지자들과 돈을 건 이들의 응원이 쏟아지자 평소 무뚝뚝하던 겸사복장 김수연도 고양되어 관중을 향해 손을 들어 올렸고, 그 모습을 본 관중들은 한층 더 열광했다.

"아버지, 아버진 누가 우승할 거라고 보이십니까?"

무술 종목 우승자인 동청주가 그의 아버지 동소로가무에게 질문했고 동소로가무는 진지한 표정을 짓고 답했다.

"아무래도 내금위장 영감이 제일 유력하지 않겠냐."

"그렇습니까? 전 이현이란 무관이 제일 나은 것 같습니다."

"나도 그의 경기를 보긴 했지만, 타고 있는 말이 뛰어난 명마인 걸 빼곤 그렇게 잘한다는 인상은 들지 않던데? 뭔가 특별한 게 더 있더냐?"

"타고 있는 말도 그렇지만, 그보다 무관의 기세가 정말 대단했습니다. 상대가 겁을 먹고 위축되어 기량을 제대로 발휘하지 못하더군요."

"이 아비도 미처 못 본 것을 네가 발견했다니 장하구나."

"별거 아닙니다. 사실 저도 그때 그 무관 쪽을 보다가 눈을 보고 겁이 나서 알게 된 거니까요."

"허, 네가 겁을 먹었다고?"

"예, 마치 산속에서 홀로 호랑이와 마주친 듯한 기분이 들었습니다."

"네가 그렇다고 할 정도면 당사자는 더 겁을 먹겠구나. 그건 그렇고 그 혁대 정말 멋지다. 새삼 네가 자랑스럽다."

동청주는 허리에 찬 혁대를 한 번 쓰다듬고 자랑스러운 말투로 답했다.

"아버지께서 절 단련시켜 주신 성과입니다. 어찌 저만의 공일 수 있겠습니까."

"흐흐, 그러냐?"

"예, 당연하지요."

동소로가무가 아들 덕에 기분이 좋아진 사이, 옆에 있던 건주위 대표인 적삼로는 예선에서 탈락해 가별초가 못 된 자기 아들을 한 번 보곤 한숨을 쉬었다.

'저놈은 한 지방의 관찰사가 된 것도 모자라서 아들 덕에 승승장구하네. 이참에 모자란 아들놈한테 무술 연습이나 죽어라 시켜야겠어. 어제 전하께서 3년 후에도 선발 대회를 연

다고 하셨으니, 그때를 노려야지.'

적삼로가 다음 대회를 노릴 때 후룬의 족장 내요곤은 아들 내로올이 말석이나마 가별초에 선발된 것에 기뻐하고 있었다.

"정말 잘했다. 네가 이 아비의 면을 세웠어."

"아닙니다. 우승하지 못해서 죄송할 뿐인데요."

"참가자가 그리도 많았는데, 구십 명 중에 말석이라도 낀 게 어디냐. 앞으로 주상 전하를 잘 모셔서 더 출세하면 그만이지."

"예, 아버지의 기대에 부응하게 더 노력하겠습니다."

그러는 사이 차례대로 경기가 진행되었고, 내금위장 박강과 겸사복장 김수연, 그리고 겸사복 무관 이현과 권숭후(權崇厚)란 내금위 무관이 4강에 남았다.

권숭후와 내금위장의 경기와 겸사복장과 이현의 경기가 연달아 치러졌고 4강전의 승자는 박강과 이현이 되었으며 승자에게 환호가 쏟아졌다.

이후 관중들의 결승전의 승자 예측은 압도적으로 내금위장 박강에게 쏠렸으며 이현을 승자로 꼽는 이는 별로 없었다.

결승전이 시작되자 상석에서 경기를 관람하던 상왕 세종은 주변 사람들에게 주상이 행방을 물었지만 누구도 알지 못했다.

"주상께선 급하게 처리해야 하실 일이 있으셔서 궁으로 돌아가신 게 아니겠습니까?"

상왕 전담 내관인 엄자치가 적절한 추측을 내놓았고 세종
도 그의 말이 맞는 것 같아 수긍하듯 고개를 끄덕였다.

"엄 내관의 말이 지당하구나."

"상왕 전하, 혹여 필요하신 게 있으신지요?"

그러자 세종은 잠시 주변을 살피곤 답했다.

"식힌 까후와에 얼음을 넣어서 한 잔 더 대령하거라. 아, 사
당은 빼고 주게."

"예, 전하."

엄자치가 세종의 주문대로 커피를 대령했고, 세종이 서빙고
에서 공수한 얼음을 넣은 커피를 한 잔 들이켜자 준비를 마친
결승 진출자 두 명이 서로 마주 보고 랜스를 위로 들어 올렸
다.

이후 진행자의 말이 끝나자 심판이 깃발을 들어 올려 시작
신호를 주었고 그와 동시에 내금위장과 이현은 서로 랜스를
옆구리에 끼운 채 서로를 향해 돌진했다.

그러자 이현이 탄 말이 순식간에 급가속해서 내금위장의
말이 정점의 속도에 오르기도 전에 돌진했다. 그렇게 내금위
장은 허를 찔려 가슴에 창을 맞고 첫판을 내주고 말았다.

첫판을 패배한 박강이 숨을 크게 내쉬며 면갑을 개방했고,
곧장 내금위 무관들이 그를 도왔다.

"후우, 무슨 말이 저리도 빠르지? 그리고 본관의 상대 이현이란 이 말인데, 우리가 명에 간 사이에 뽑힌 무관인가? 처음 듣는 이름인데."

가쁜 숨을 내쉬는 박강의 물음에 첫 경기에서 탈락한 부관이 답했다.

"글쎄요. 상대가 겸사복 무관이라곤 하는데 저희가 저치들이랑은 별로 안 친해서 물어보지 못했습니다. 그리고 말의 속도는 마갑의 일부를 빼서 빨라진 게 아닌가 합니다."

"흠, 그렇겠군."

내금위와 겸사복은 같은 국왕 직속 금군이긴 하지만, 겸사복은 신분을 가리지 않고 뽑는 데다 평안도나 함길도 같은 북계 출신이 많아 내금위와는 경쟁의식이 강했다.

"첫판은 기습에 당한 거나 마찬가지니 같은 조건으로 나서서 다음 판에 대비만 잘하시면 영감께 승기가 올 겁니다."

"조언 고맙네. 어서 마갑을 빼라고 지시하게나."

그렇게 박강 측이 준비를 마치자 진행자의 목소리가 들렸다.

"출전자들은 위치로!"

"이제 가봐야겠군."

박강은 급하게 물을 한 잔 마시곤 바로 면갑을 닫으며 위치로 향했다. 그러곤 애마의 갈기를 쓰다듬으며 생각했다.

'그래, 내 말도 어디 가서 빠지지 않는 사복시 출신의 최고 명마지. 이번엔 나도 마갑을 빼버렸으니 속도를 내세운 기습 같은 건 통하지 않을 거다.'

그렇게 두 번째 판이 시작되었고, 시작 신호와 함께 박강의 말이 달리기 시작했다.

두 사람의 사이가 가까워지자 박강은 상대와 사선 방향으로 창을 교환하기 전에 상대의 머리를 공격하려 의식을 그쪽으로 집중했고, 그 찰나 상대와 눈을 마주치자 자신도 모르게 공포를 느끼곤 얼어붙었다.

박강이 움직임이 멈춘 건 짧은 시간이었지만 상대는 그 틈을 놓치지 않고 곧장 창으로 박강의 견갑 부분을 찔렀다.

그러자 박강은 균형을 잃고 낙마하면서 땅을 한바탕 구르며 낙법을 해야 했고, 그 순간 초대 마상 대회의 우승자가 정해졌다.

우승자는 관중들의 환호를 받으며 경기장을 한 바퀴 돌고 온 후 허탈하게 주저앉아 있던 내금위장 앞에서 말을 멈추고 말했다.

"고생했네, 내금위장"

"뭣? 설마……."

내금위장은 상대의 익숙한 목소리에 경악했고, 곧장 초대 우승자가 면갑을 개방했다.

"주상 전하!"

그렇게 우승자의 정체가 밝혀진 순간, 모든 관중은 잠시 침묵했다가 열광에 찬 소리를 지르며 왕을 칭송했지만 모두가 기뻐하는 와중에 상왕 세종과 내금위장은 뒷목을 잡아야 했다.

*   *   *

나의 마상 창 대회 우승으로 가별초 선발 대회 겸 축제가 끝난 후 승전 기념 과거 시험인 별시(別試)를 발표했다.

안 그래도 모자란 정원이 이번 전쟁 때문에 더 부족하게 되어 내린 결정이다. 본래 별시는 문과와 무과만 보는 것이 선례였으나 사정상 역관이 많이 필요해져 잡과(雜科)도 같이 열게 했다.

"주상 전하, 북방의 새로운 명칭이 필요한 듯하옵니다."

우의정 황보인이 편전에 출석해 북방의 새 명칭에 대한 안건을 꺼냈다. 그러자 좌의정 김맹성이 황보인의 의견에 찬성했다.

"우상 대감의 의견이 지당하옵니다. 이제 정식으로 아국의 영토가 된 이상 도(道)로 승격하고 새 이름을 지어야 하옵니다."

명칭 문제는 나도 생각하고 있긴 했지만 딱히 떠오르는 게 없어서 그간 미루고 있던 문제였다.

"다른 대신들도 같은 의견인가?"

그러자 편전에 출석한 신료들은 일제히 답했다.

"그러하옵니다, 전하."

"그러면 적당한 지명을 한번 내어보게나."

그러자 황희가 먼저 내게 답했다.

"전하께서 직접 북방의 야인들을 평정하시었으니, 북평(北平)이 좋지 않을까 하옵니다."

그건 너무 단순하지 않나? 그리고 이미 같은 지명이 전라 쪽에 있는 데다, 야인 전용 숙소인 북평관(北平館)하고도 겹치고 북경의 옛 명칭하고도 같다.

"영의정부사 대감의 의견 잘 들었네. 다른 의견이 있는 대신들도 편히 말하게."

그러자 황보인이 말했다.

"북방을 하나로 평정하셨다는 의미에서 북일(北一)은 어떠신 지요?"

그러자 예조판서 민의생이 반론했다.

"신은 새로운 지명에 반드시 북(北)이 들어가야 한다고 생각지 않사옵니다. 무리하게 북을 강조하지 않아도 괜찮을 듯합니다."

그래, 민의생이 맞는 말 했네.

"예판의 말이 지당하네. 그러니 좀 더 자유롭게 생각해 보게나. 고도 한번 고민해 보겠다."

그 후 한참 동안 갑론을박이 벌어졌고, 난 의외로 신료들의 작명 감각이 떨어진다는 것을 절감해야 했다.

"안 되겠군. 이러다 명칭 문제만으로 시간을 다 보낼 듯하니, 이 문제는 차차 시간을 두고 천천히 정하는 것으로 하지. 그보다 새로운 북방의 절제사는 누굴 올리는 게 좋겠는가?"

그러자 이조판서로 승진한 박안신이 내게 답했다.

"전하, 전 함길도 절제사였던 이징옥이 명국에서 관직 생활을 하게 되어 평안도 절제사인 성승이 함길도의 업무를 대리 중이며 평안도 절제사의 업무는 우상 대감이 잠시 맡았다가 평안도 경차관 이인손이 대리 중이옵니다. 그러니 우선 북방 양도의 절제사 자리부터 정리해야 함이 옳을 듯하옵니다."

"적절한 인선이 있는가?"

"신이 보기엔 현 내금위장 박강이 신임 북방 절제사에 제일 적임인 듯하옵니다. 지난 난에서 전하를 도와 큰 무공도 세웠고 무예도 뛰어나니 야인들을 잘 억제할 수 있으리라 보입니다."

흠, 나도 겸사복장 김수연을 다음 내금위장으로 올릴 생각이 있었으니 나쁘지 않네.

"그 의견이 지당하도다. 내금위장을 신임 북방 절제사로 내정하도록 하지. 함길도와 평안도는 생각해 둔 이가 있는가?"

"적임자들이 몇 있긴 하나, 지금 업무를 대리 중인 성승과 이인손을 그대로 영전시켜도 무방할 듯하옵니다."

함길도 절제사가 외관직 중 실질적으로 제일 위상이 높으니, 성승은 승진한 거나 다름없다.

"알겠네, 그 부분은 이판의 의견을 참고해서 결정하도록 하겠네. 생각해 둔 적임자가 있다면 나중에 명단을 올리게나."

"신, 이조판서 박안신이 전하의 명을 받들겠사옵니다."

"그럼 오늘은 이만 파하고 물러가게나."

난 회의가 끝나고 삶은 닭 가슴살로 간단하게 점심을 때운 후, 주강 시간을 틈타 개인 공부 대신 육체 단련에 들어갔다.

한참을 그렇게 단련에 매진하던 중 홍위가 날 찾아왔다.

"홍위야, 시강원은 어찌하고 아비를 찾았니?"

"오늘 경연이 취소되어 소자가 아바마마를 뵈러 왔사옵니다."

"그래, 우리 아들. 아비와 놀고 싶은 게야?"

"예! 소자도 아바마마의 단련법을 따라 하고 싶습니다."

"하하, 세자에겐 아직 이르단다. 좀 더 나이가 들면 아비가 가르쳐 줄 테니 다른 걸 하고 놀자꾸나."

그러자 홍위의 표정이 눈에 띄게 시무룩해졌다. 그래도 8살아이에게 내 방식의 근력운동은 아직 이르다고 생각한다.

"정 그렇게 양생법을 하고 싶으면 중전에게 요가를 배우거라."

"그건 여인들이 하는 것 아니옵니까?"

"그걸 중전에게 가르쳐 준 것이 아비란다. 요가는 지금 세자의 연치엔 제일 적당한 양생법이니, 아비 말을 허투루 듣지 말고 매일 2각씩 꾸준히 단련하면 효과를 볼 수 있을 거란다."

"예, 소자가 아바마마의 말씀을 명심하겠사옵니다."

이참에 홍위는 어릴 적부터 건강을 챙기게 만들어야지. 후대의 왕들도 문무겸전까진 아니더라도 법도로 강제해 운동을 시켜야겠어.

"그럼 오늘은 뭐 하고 놀고 싶으냐?"

"소자는 화포나 총을 쏘는 걸 보고 싶사옵니다."

역시 내 아들 아니랄까 봐 그쪽에 관심을 두기 시작한 건가? 아무래도 내가 친정에 나서서 승전한 게 홍위의 관심을 끌게 한 듯하다.

아버지를 존경해 주는 아들은 좋지만, 커서 왕위에 올랐을 때 공적에 집착해서 엇나갈 수도 있으니 잘 가르쳐서 방향을 잘 잡아줘야겠어.

"그건 나중에 보여줄 테니 오늘은 아비가 활 쏘는 법을 가르쳐 주마."

"그렇지만……."

어이구, 입술이 툭 튀어나왔네.

"세자가 활에 능통해지면 아비가 세자에게 총을 하사해 줄까 했는데… 싫은가 보구나?"

그러자 홍위의 얼굴이 환해지며 금세 의욕에 찬 표정이 되었다.

"아바마마, 어서 활 쏘러 가요."

"그래, 이참에 네 누이도 같이 가르쳐야겠구나."

장녀인 경혜 말고도 홍위의 여동생인 정혜도 같이 가르치고 싶긴 한데, 5살짜리에겐 아직 무리겠지.

조금 후 내 부름을 받고 온 경혜는 달리다시피 빠르게 내 품에 뛰어들었다.

"아바마마~"

"어이쿠, 우리 딸. 뭐 하고 있었니?"

경혜는 내 품에 안긴 채로 답했다.

"소녀는 책을 보고 있었사옵니다."

"그래? 무슨 책을 보고 있었느냐?"

"자치통감 정음본이옵니다."

아, 일전에 한명회가 사람을 부려 완성한 걸 집현전에서 개작한 판본인가 보다.

"그래? 어렵진 않고?"

"이해가 안 가는 부분도 있지만, 고사를 배우려 노력 중이옵니다."

"그래, 장하구나."

경혜를 따라온 궁녀들은 공주가 예법을 지키지 않은 게 마음에 들지 않는 듯 표정이 좋지 않았다.

하긴 경혜도 이제 13살인데, 항상 내게 어리광을 피우는 게 안 좋게 보이려나… 는 내가 왕인데 무슨 상관이야. 이런 선녀 같은 내 딸이 무슨 잘못이냐.

"오늘은 세자와 공주에게 궁시를 가르쳐 줄 테니, 잘 보고 따라 하거라."

"예, 아바마마."

어릴 때 쓰던 작은 연습용 활을 아이들에게 하나씩 들려준 나는 먼저 각궁으로 시범을 보였다.

아이들 연습용이라 10보(18m) 앞에 과녁판을 두고 활을 세 발 쐈는데, 너무 가까워서 그런지 빗나간 게 없었다.

경혜와 홍위는 내 자세를 보고 그대로 따라 하며 활을 당겼고, 홍위는 연습용 활의 장력도 버거운지 안간힘을 쓰며 활을 당겼지만 절반도 당기지 못하고 포기해야 했다.

그 옆에 선 경혜는 크게 힘을 들이지 않고 활시위를 당긴 다음 숨을 고르고 바로 과녁판을 향해 시위를 놓았다.

"잘했다. 공주는 시위를 당길 수 있으니, 화살을 재어주마."

난 일부러 촉이 없는 화살을 건네주었고, 그 후 경혜는 10발을 쏘아 그중 4발을 과녁에 맞췄다.

"처음치곤 굉장히 잘했다. 연습하면 명궁이 될 자질이 있어."

"아바마마, 그것이 정말이옵니까?"

"그렇고말고."

홍위는 누나도 당길 수 있는 연습용 활시위를 당기지 못한 충격이 큰 듯 좌절한 표정을 짓고 있었다.

하긴 8살이 근력이 세봤자지. 홍위가 같은 또래보다 머리 하나 정돈 크지만, 13살의 여자아이면 같은 또래 남자보다도 힘이 더 셀 시기인걸.

그렇게 놀다 내 오후 정무 시간이 되어 자리를 정리하게 되자 홍위가 내게 말했다.

"아바마마, 소자에게 가르침을 주서서 감사하옵니다."

"그래, 어떤 가르침을 말하느냐?"

뭘 깨달았길래 여덟 살짜리가 갑자기 진지한 표정을 짓고 그래. 난 웃음이 나오려는 걸 간신히 참고 들었다.

"소자는 자만에 차 육예(六藝) 중 하나인 사(射, 활쏘기)를 경시하고 있었으나, 아바마마의 지도 편달 덕에 걷는 법도 모르는 소자가 뛰려고 했음을 알게 되었나이다."

아니, 그냥 난 자식들하고 같이 놀려고 한 것뿐인데 대체 무슨 착각을 한 거니? 저 활 당기겠다고 팔에 무리 갈 정도로 운동하기 전에 말려야겠네.

"세자는 활시위를 당기지 못했다고 실망하지 말라. 아까 아비가 당부한 대로 중전에게 요가를 배우고, 잘 먹고 잘 자다 보면 강궁을 당길 수 있게 될 것이다."

"예, 명심하겠사옵니다."

그렇게 아이들과 노는 시간을 마친 나는 업무를 보기 시작했고, 티무르 제국에 보낼 사신단의 인선을 정했다.

일단 설순의 아들인 설동인은 인선에 끼워야겠고, 그다음엔 누가 좋으려나⋯⋯. 사신단의 수장으로 보낼 만한 이가 딱히 눈에 띄지 않네.

그렇게 인선을 짜던 중 이외의 인물이 눈에 띄었다.

신숙주가 나 없는 사이에 예조참의로 승진해서 상경 중이네? 아버지가 처리하신 건가. 하긴 신숙주도 외직으로 오래 있긴 했지.

그렇게 되면 신숙주가 쓴 일본과 류큐 여행기인 해동제국기(海東諸國紀) 전에 서역제국기가 먼저 간행되겠군.

*　　　　*　　　　*

상경하던 신숙주가 자신도 모르는 사이에 사신행이 결정되었을 때, 남명의 복건성에선 등무칠이 일으킨 반란이 한창 들끓어 오르고 있었다.

"악적 지주 놈은 전부 죽어야 한다!"

"죽여라! 죽여라!"

농민들이 전부 들고일어나, 살해 구호를 외치며 지주들의 집을 습격해 그들을 살해하고 창고를 털었다.

"이… 이보게! 난 자네에게 잘해주지 않았었는가? 제발 살려주게."

저택 창고에 숨어 있다가 발각되어 끌려 나온 지주가 습격자 중 아는 이를 발견하곤 목숨을 구걸하며 동정을 구했다.

"형제여, 이 사람은 다른 이들처럼 심하게 뜯어 가지도 않았고 노모가 편찮으실 때 약재도 그냥 내어준 적 있어. 차라리 우리 패로 만드는 게 낫지 않나?"

"그, 그래! 난 다른 지주들과는 다르네!"

그러자 그곳에 모인 농민들은 잠시 고민하다가 새로운 의견을 냈다.

"그럼 등 형에게 데려가서 판결을 내려달라고 하지."

"아, 그게 좋겠군."

그렇게 광장에 있던 등무칠 앞으로 끌려온 지주는 필사적으로 자신은 선정을 베풀었다고 항변하기 시작했다.

"대인! 전 세도 4할만 거두고, 다른 명목을 붙여 사적인 요역을 부린 적도 없습니다. 그리고 아는 이들이 아프면 약재도 내주었어요. 부디 목숨만 살려주십시오."

그러자 무릎을 꿇고 있는 지주에게 다가간 등무칠이 물었다.

"너 자신이 선량한 지주라고 생각하나?"

"예, 예! 그렇습니다."

"아니, 틀렸다."

"예?"

"선량한 지주는 예전에 모두 죽었어."

"커헉!"

말이 끝남과 동시에 등무칠은 검을 휘둘러 지주의 목젖을 베었고, 목을 베인 지주는 필사적으로 피를 막아보려 몸부림쳤지만 잠시 후 절명하고 말았다.

"형제들은 들으시오!"

등무칠의 말에 광장에 모인 수천의 군중들이 주목했다.

"난 내 어리석음으로 인해 수많은 형제를 저승으로 보내야 했소. 내 치기로 인해 지주와 벼슬아치들을 설득할 수 있다는 오만에 빠졌있습니다."

등무칠은 잠시 눈을 감고 호흡을 고르며 지금은 세상에 없는 친형제와도 같았던 측근들을 떠올렸다.

"하지만, 그 결과가 어찌 되었는지는 형제들도 모두 아실 겁니다. 관군이 우릴 기습했고 그곳에서 이만이 넘는 우리 형제들을 잃었죠. 그들을 전부 죽여 복수하긴 했지만 떠난 이들은 돌아오지 않습니다. 그들은 우리가 만들 새로운 하늘을 보지도 못하고 세상을 떠났단 말입니다. 착한 지주? 예, 간혹 있을 수도 있습니다. 하지만 우리가 굶주리고 있을 때 그들은 어찌 생활했습니까?"

그러자 누군가 소리쳤다.

"배가 터지게 처먹고 있었겠지!"

"맞습니다. 그들은 압제자이자 착취자입니다. 결코 그들과 우린 공존할 수 없습니다. 그들을 전부 죽이고 새로운 하늘을 열어야 합니다! 자, 외칩시다! 악적 지주와 벼슬아치는!"

"전부 죽어야 한다!"

"죽어라!"

"전부 죽여!"

한 달이 지나자 등무칠의 반란군에 농민 이십만 명이 새로 합류했고, 남명 조정에선 어쩔 수 없이 장강의 방위를 일부 포기하고 군사를 재편해 토벌군을 결성하기 시작했다.

*　　　*　　　*

그리고 그때 북명의 조정에선 사천 지방과의 교섭에 난항을
겪고 있었다.

황제 없이 편전에 모인 신료들이 회의를 시작했다.

먼저 석형이 발언을 시작했다.

"아무래도 사천성의 도지휘사가 불측한 생각을 하고 있는
듯하오. 사람을 부려 알아보니, 남쪽의 역적들과도 따로 선을
대고 있는 듯하오."

그러자 서유정이 석형의 말을 받았다.

"그게 정말입니까?"

"그렇소. 거의 확실한 정보요."

"허어, 정말 큰일이군요."

그러자 설선이 발언했다.

"저도 따로 알아본바, 복건성에선 민란이 일어났다고 하더
군요. 역적과 역적이 서로 싸우고 있다 합니다. 그리고 수상
한 기미를 보이는 건 사천뿐만이 아닙니다. 운남에서도 조정
의 사신을 쫓아내 버렸어요."

복건성의 민란 소식을 듣고 내심 고소해하던 이들은 이어
진 운남의 소식에 한숨을 내쉬고 말았다. 석형이 병부시랑 조
익에게 물었다.

"병부시랑, 혹시 사천 쪽에 보낼 만한 병력을 낼 수 있는
가?"

"석 대인도 사정을 잘 아시지 않습니까. 지금 북쪽 방위선인 구변을 재건하는 데도 병사가 턱없이 모자랍니다. 야인들에게 약탈당해 재정도 모자라 내년에 새로 세를 걷기 전까진 부서진 장성과 관문 보수도 못 하는 실정입니다."

그러자 설선이 말을 받았다.

"내년에 거둘 세도 이전만큼 걷힌단 보장이 없습니다. 산서성에선 당분간 세를 면제해야 할 정도로 상태가 심각하오."

병부시랑 조의가 한숨을 쉬며 동의했다.

"맞습니다. 이 상황에서 돈을 만들려면 새로운 교역 상대라도 찾아야 할 것 같습니다."

그러자 이제껏 가만히 듣고 있던 왕진이 말했다.

"그러고 보니 좋은 게 하나 생각났어요."

석형이 왕진에게 물었다.

"왕 공공, 무슨 좋은 수가 생각나셨습니까?"

"그래요. 조선에서 더 많은 미당을 수입해서 그걸 서역에다가 팔면 재정을 충당할 수 있을 겁니다."

"아, 그것 참 좋은 생각 같습니다."

그러자 설선이 고까운 표정으로 왕진과 석형을 바라보며 물었다.

"그럼 그 미당값은 어떻게 지급하실 겁니까?"

"그거야 당장 필요 없는 구리와 초석을 먼저 광무왕 전하께 바치면 되죠. 그 대신 우리도 조선제 철갑을 받아 오면 되지 않겠습니까?"

그러자 지난 전쟁에서 판금 갑옷의 성능을 알게 된 몇몇 대신들이 왕진에게 동조했고, 실제로 한 벌을 광무왕 이향에게 영전 선물로 받아 소장하고 있던 조의가 말했다.

"조선제 철갑만 많아도 달자들 따윈 겁날 것 없습니다. 제가 광무왕 전하께 분에 넘치게도 배려를 받아 철갑 한 벌을 하사받아 가지고 있는데, 날붙이나 화살, 그리고 소구경 화포 정돈 전부 막아내는 성능을 가졌습니다."

그러자 여태 모르고 있었던 이들이 놀라서 조의에게 갑옷에 관한 여러 가질 물었다.

그렇게 성능 설명이 끝나자 이들은 그 성능에 매료되어 화포 무용론이 대두되기 시작했다.

또한 조선제 판금 갑옷으로 무장한 대규모 기병만 있다면, 오이라트의 재침을 막아내고 언젠간 남명을 토벌할 수 있을 거란 희망을 품게 되었는데, 이는 그들의 헛된 꿈일 뿐이기도 했다.

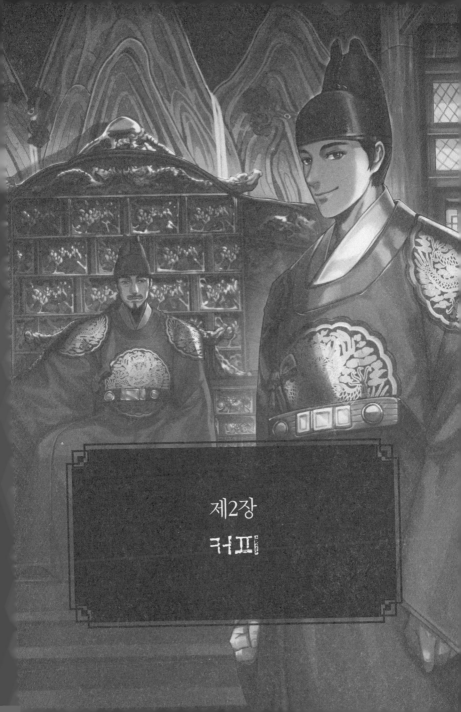

제2장

허표

티무르 제국의 사신단원인 알리는 귀국 전에 교류를 나누던 이순지의 사저를 찾아가 작별의 인사를 건넸다.

"호조판서 영감, 그간 감사했습니다. 동방의 먼 이국에서 공처럼 뛰어난 학자를 만나게 된 것은 알라께서 그분의 종인 저를 축복하셨음이 분명합니다."

그러자 이순지가 웃으면서 답했다.

"과찬이십니다. 알리 공(公)도 그간 조선 말이 아주 많이 느신 듯한데, 이제 돌아가신다니 아쉽군요. 저도 언젠간 귀공의 나라에 한번 가보고 싶습니다."

알리는 이순지의 의사가 진심이길 바라며 답했다.

"제 주인께서도 귀공 같은 학자가 방문하신다면 반드시 환영하실 겁니다. 어쩌면 돌아가지 못하게 붙잡으실지도 모르겠습니다. 하하하!"

"저도 귀공의 군주를 한번 뵙고 싶군요. 그건 그렇고, 이 귀중한 책을 선물로 주신다니 이 보답을 어찌해야 할지 모르겠습니다."

알리는 자신의 선조인 이븐 알 하이삼이 지은 불후의 명저이자 걸작인 시각지서(Kitabal Manazir: 광학의 서, Book of Optics)를 역관의 도움을 받아 한자와 정음으로 번역해 선물했다.

이순지는 그간 알리가 알려준 광학 지식으로 현미경과 신형 망원경 개량 제작 이론을 발전시킬 수 있었다. 그런데 그런 지식이 정리되어 있는 책을 선물로 받게 되니, 이순지의 기쁨은 이루 말할 수 없을 지경이었다.

"아닙니다. 제 위대하신 선조께서도 공 같은 뛰어난 학자에게 그분의 지식이 전해진 것을 기뻐하실 겁니다. 사실 이제야 고백하는 말이지만, 전 처음에 조선국의 수학을 얕보았었습니다. 명국의 학자들하고 비슷할 거라 생각했었지요."

"그러셨습니까?"

"아국에서 쓰이는 숫자가 조선에서 개량되어 쓰이는 걸 알았을 땐, 놀람을 금치 못하면서도 이곳에 정착한 형제들의 성과라고 생각했었지요. 그런데 영감을 만나 그 생각이 바뀌었습니다."

"그러셨군요. 아국에 천축수를 도입하게 하신 것은 주상 전하이십니다. 그전까진 아국도 명국식 한자수를 쓰며 수학을 산학이라 불렀습니다."

"그렇습니까? 세우신 전공이나 지난 마상 창 대회에서 직접 본 바론 무인이라고만 생각했었는데, 광무왕 전하께선 수학에도 조예가 있으셨습니까?"

"아국의 수학을 창시하신 분이 바로 주상 전하이십니다. 전 주상께 배운 수학을 나름대로 개량하고 연구해서 발전시킨 것에 불과합니다. 또한 일전에 알려 드린 복식부기의 개념을 정립하신 것도 주상 전하십니다."

"그렇습니까? 알고 나면 간단한 개념이긴 하나 처음으로 떠올리고 정리하신 것만으로도 정말 대단하신 분이군요. 장부를 비용과 수익이란 두 가지 용어로 정의하고 차변과 대변의 합을 일치시키는 것만으로도 명확하게 비교 확인할 수 있으니, 실로 뛰어난 발상이지요. 광무왕 전하께선 진정 현명하신 왕이시군요."

"예, 본래 전히께신 상왕 전하 다음으로 뛰어나신 대학자이십니다. 소싯적부터 유학과 성리학의 성취만으로도 대단하셨지만 보령(寶齡)이 차신 후엔 독자적인 연구 끝에 수학과 화학 그리고 의학을 발전시키신 공을 세우셨으니, 새로운 분야를 개척하신 선각자라고 할 수 있습니다."

그렇게 한참 동안 광무왕 이향에 대한 칭송이 이어지고 나자 알리는 그간 궁금하던 것을 이순지에게 물었다.

"혹시 조선에선 예전부터 서역과 교류를 한 적이 있습니까?"

"글쎄요. 상왕 전하의 즉위식 때 여러 나라에서 사신이 왔었다고는 하는데, 그땐 제가 관직에 오르지 않아서 알 수 없군요. 제가 관직에 오른 동안엔 서역과 교류는 없었던 것으로 알고 있습니다."

그러자 알리는 앞으로 조선과 독점 교역을 할 수 있을 거란 희망적인 감상을 품고 개인적인 감상을 말했다.

"그렇습니까. 명국에 있을 땐 돌아가고 싶은 마음만 가득했는데, 조선에 오게 되니 돌아가고 싶은 마음이 들지 않는군요."

알리는 그간 이순지와 교류하며 알게 된 새로운 대수기하학 개념에 경도되어 그간 배워온 고전기하학이 낡은 것처럼 느껴지게 되었다.

마음 같아선 계속 머물며 대수기하학을 비롯해 새로운 수학적 지식을 배우고 싶었으나 그는 학자이기 전에 왕국의 관리였기에 돌아가야 한다는 사실이 이렇게 아쉬울 수가 없었다.

"이번 사신행엔 참여할 수 없었지만 다음번엔 반드시 제가 귀국을 방문하지요."

"정말 그래 주시겠습니까?"

"예, 다음엔 전하께 반드시 윤허받아 첩목아국을 찾아가겠습니다."

조선의 첫 티무르 사신단 구성은 전쟁이 끝난 지 오래되지 않아 혹시 모를 사태에 대비해 무관 출신이 많았고 내금위와 겸사복 일부도 차출되었다.

사신단의 장도 아직은 젊은 편에 속하는 예조참의 신숙주로 결정되었을 때 우려의 목소리를 표하는 대신들도 있었지만, 일 년이 넘는 거친 여정에 노신들의 건강이 염려된다는 주상의 의사에 대신들은 배려에 감사를 표하며 수긍하고 말았다.

"그럼 다음에 다시 뵐 수 있길 바라며 공의 장수를 기원하겠습니다."

"예, 그럼 이만 물러가겠습니다. 아참, 아까 들어오면서 공의 여종을 보게 되었는데, 그놈을 조심하셔야 할 듯합니다."

"예? 누굴 말씀하시는 겁니까? 여종인데 그놈이라뇨? 혹시 말이 꼬이신 겁니까?"

"역시나… 철저히 숨기고 있나 보군요. 저도 오스만에 방문했다가 그런 부류를 몇 번 본 적 있어서 분위기를 보고 알아차린 건데, 그것은 여자도 남자도 아닙니다. 여자와 비슷한 용모를 이용해 여인에게 접근해서 음탕한 짓을 저지르는 음란한 자라고 생각하시면 됩니다."

"예? 그게 대체 무슨 말씀입니까?"

"간혹 남녀의 성기를 모두 타고나는 족속들이 있습니다. 모두가 그런 것은 아니지만, 일부는 용모를 이용해서 그런 짓을 하고 다닌다고 합니다."

이순지는 갑작스러운 알리의 말에 정신을 차릴 수 없었지만, 일단 믿어보기로 마음먹고 답했다.

"사실 잘 믿어지진 않지만, 알려주셔서 감사합니다. 확인부터 해보겠습니다."

그렇게 알리가 숙소로 돌아가고 난 후, 이순지는 집안의 여종을 모두 불러들여 그의 말이 맞는지 확인했다.

그 결과 사방지(舍方知)란 이름의 여종이 알리의 말대로 양성구유였던 것으로 밝혀졌다.

그러자 이순지의 집안이 발칵 뒤집어졌고, 자체적인 조사에 들어가자 사방지가 자주 같이 다니던 여승 중비(仲非)와 통정했음이 발각되고 말았다.

일부 여종들이 사방지와 중비가 대식(동성애) 상대인 줄로만 알았다고 증언한 것이었다.

게다가 이순지의 딸과도 뭔가 있었다는 듯한 종들의 증언이 쏟아져 나왔다. 이순지는 곧장 딸을 추궁했지만, 아직까진 나이가 어려 순진했던 그녀는 사방지의 마수에 걸려들지 않았었다.

가슴을 쓸어내린 이순지는 사방지를 시골로 보내고 여승을 환속시켜 둘을 결혼시키는 것으로 이 일을 마무리 짓곤 서역의 은인이자 귀인에게 마음속으로 감사를 표하며 반드시 다음에 그의 나라에 방문할 것을 다짐했다.

*   *   *

"할바마마, 저 거대한 기구란 것이 정말 하늘을 날 수 있는 것이옵니까?"

궁 외곽에서 짚을 태워 기낭에 더운 공기를 채우는 실험을 하던 상왕 세종은 세자 이홍위의 질문에 웃으면서 답했다.

"그래, 세자도 지난번에 풍등을 개량한 부유등을 개선식에 사용한 걸 보았지 않았느냐."

"그렇긴 하지만, 저건 지난번의 기물보다 몇 배는 더 거대해 보여서 염려가 되옵니다."

"단지 클 뿐만이 아니란다. 이 할아버지의 계산이 맞다면 커진 만큼 더 높게 띄울 수 있을 것이야. 이번 실험에 성공하면 앞으로 개량을 거쳐 사람도 탈 수 있을 것으로 생각한단다."

"그게 참말이옵니까? 소손도 하늘을 날아보고 싶습니다."

세종은 홍위의 반응에 내심 아차 하면서도 웃으면서 손자를 달랬다.

"하하, 아직은 좀 이르단다. 언젠간 그런 날이 올 수도 있다는 거지. 세자가 타긴 일러요."

그렇게 할아버지와 손자가 정답게 이야기를 나누는 사이, 기낭에 더운 공기가 가득 찼다.

지름 이십 미터에 가까운 크기의 기구가 줄에 매달려 허공으로 천천히 떠오르자 홍위는 자기도 모르게 입을 벌리며 그 광경에 집중했으며, 세종은 손자의 반응을 보곤 내심 기구를 만든 걸 조금 후회했다.

'행여나 나중에 이 아이가 기구에 타려고 고집을 피우진 않을까? 내 가슴을 졸이는 것은 아들인 주상으로 충분한데, 손주까지 그러는 건……'

세종이 홍위의 관심을 다른 쪽으로 돌리려 부드러운 목소리로 물었다.

"이 할아비가 듣기론, 세자가 요즘 시강원에서 공부에 집중하지 않는다고 들었다. 그게 참말이냐?"

그러자 세자의 표정이 눈에 띄게 시무룩해졌다.

"예, 그렇사옵니다……."

"특별한 연유라도 있느냐?"

"그것이… 경전이 그다지 재미가 없사옵니다."

"경전이 재미가 없으면 무엇이 좋으냐?"

"할바마마와 같이 시간을 보내는 게 좋사옵니다."

그러자 세종은 흐뭇함을 느끼며 홍위의 손을 잡았다.

"그래? 이 할아비도 세자와 같이 있는 게 좋단다. 그런데 우리 손주는 언젠간 보위를 물려받아야 할 몸인데, 경전이 싫으면 어찌해야 할꼬?"

"송구하옵니다……."

"아니다. 이 할아비가 세자를 혼내려는 게 아니란다. 그저 뭘 좋아하는지 알고 싶어서 그런단다."

"사실, 소손은 시강원 학사들이 가르치는 유학 경전을 무작정 읽고 외우는 것보단 아바마마께서 경전을 풀어서 들려주시는 쪽이 듣기도 편하고 이해하기 쉽사옵니다."

"그래? 주상께서 세자를 따로 가르치셨느냐?"

"예, 재작년부터 한 주에 몇 번씩 소손과 누이를 불러 가르쳐 주셔서 배웠사옵니다. 그리고 공부가 끝나면 새로운 놀이도 알려주셨사옵니다."

'그랬군. 주상께서도 신경 쓰긴 했지만, 친정으로 자리를 오래 비워서 그사이 홍위가 학문에 흥미를 많이 잃었구나. 더 늦기 전에 내가 직접 교육하는 게 낫겠어. 이천으로 돌아가는 건 당분간 보류해야겠군.'

"그럼 학사 대신 할아비가 학문을 가르쳐 줄까?"

"그것이 정말이옵니까?"

"그래, 내 주상만큼은 못할지 몰라도 학사들보단 잘 알려줄 자신이 있단다."

"망극하옵니다, 할바마마."

홍위는 할아버지의 품에 안겼고, 세종은 손자의 머리를 쓰다듬으며 상공에 뜬 기구의 실험 성공을 보곤 흐뭇함을 느끼곤 기꺼워했다.

*   *   *

난 도성에 올라온 신숙주를 내 처소로 불렀다.

"이게 대체 몇 년 만인가."

신숙주는 안 본 사이 고생한 듯 피부도 많이 상해 있었고 야생적인 느낌마저 풍기고 있었다.

"육 년 정도 된 듯하옵니다."

그사이 목소리도 아주 걸걸해졌네?

"이미 소식은 들었겠지만 첩목아, 즉 티무르 왕국의 사신단

책임자는 자네로 결정되었다네."

"예, 도성에 도착하여 알게 되었사옵니다."

"혹시라도 고의 결정이 서운하게 생각되는가?"

그러자 신숙주는 약간 기운 빠진 목소리로 내게 답했다.

"아니옵니다. 어찌 신이 그런 불측한 마음을 품을 수 있겠
사옵니까?"

안 그런 척해도 그래 보인다. 그럼 이제 본론으로 들어가야
겠군.

"사실대로 말하자면 자넨 단순한 사신단장이 아니네. 중대
한 임무를 맡기려 자네를 뽑은 것이야."

그러자 신숙주는 중대한 임무라는 말에 반응하듯 내 말에
답했다.

"신에게 어떤 임무를 맡기려 하시옵니까?"

"내 일전에 사신단에게 듣기론 티무르 왕국의 정세가 매우
불안하다고 하더군. 몇몇 유력가들이 왕에게 불만을 품고 있
다 한다."

그러자 신숙주는 눈을 빛내며 내 말에 집중했다.

"이번 사신단엔 정예 무관들이 동행할 걸세. 자넨 그들을
이끌고 현왕인 울루그 벡을 지지해서 그의 권위를 세워줘야
하네."

"그런 중요한 일을 어찌 신에게……."

"자네의 지난 공적을 보면 야인들을 진심으로 아국에 복속시키고 인질로 잡혀 있던 명국인들도 귀화시켜 아국에 충성을 다하게 했지. 또한 자넨 주변의 야인들을 적절히 겁박도 하고 어르기도 하면서 훌륭하게 그곳을 다스렸어."

"과찬이십니다. 누구든 할 수 있을 만한 일이온데, 소신을 너무 높게 보신 듯하옵니다."

아직 표정 관리가 조금 미숙하군. 은근히 좋아하는 게 티난다. 하긴 그 고생을 했는데, 내게 노고를 인정받으면 기쁘기도 하겠지.

"아니, 그만한 일을 해낼 만한 현직 관료는 김종서나 민의생을 포함해 몇 없다네. 그러나 그들은 나이가 많아 긴 여정을 장담할 수 없지. 거기다 자네의 어학적 재능을 높이 샀네. 자네라면 금세 회회 말을 익힐 수 있을 거라 생각하네."

"황송하옵니다. 그저 변변치 못한 재주일 뿐이옵니다."

"티무르에서 귀환하면, 다음 예조판서는 자네가 될 걸세."

신숙주는 내 제의를 예상하지 못한 듯 눈을 크게 떴다.

"전하, 그런… 과분한 자리를 신은 감당할 수 없사옵니다."

예조판서 민의생이 그 자리에 너무 오래 있기도 했고, 본래 수명보다 더 오래 살긴 했지만 요즘 건강도 조금씩 안 좋아지는 게 슬슬 은퇴할 때가 되었지.

"그럴 자격과 능력이 있기에 내리려는 것이니 편히 받아들이게냐."

"성은이 망극하옵니다. 신이 전하의 명을 받들겠사옵니다."

그래, 솔직히 말해서 민의생의 그 훌륭한 타국에 대한 혐…
아니, 인성을 이을 만한 이는 너밖에 없거든.

그러니 앞으로 잘 부탁한다, 차기 예조판서.

                    *   *   *

티무르 제국의 사신단이 조선 사신단과 함께 내 배웅을 받
은 후 떠났고, 그 후 날씨가 추워지면서 입동(立冬)이 코앞으로
다가와 1448년의 겨울이 시작되고 있음을 느낄 수 있었다.

그리고 10월의 마지막 날, 북경에서 일하는 한명회로부터
그간의 사정이 정리된 장계를 받았다.

사천과 운남이 곧 명에서 독립할 것 같다는 사정이 적혀 있
었고, 게다가 사천 쪽에선 그간 숨어 지내던 백련교(白蓮敎)의
잔당들이 활동을 개시했다고 적혀 있었다.

거기에 남명은 복건과 강서, 그리고 광주 일부에서 대규모
의 민란이 일어났다고 한다.

주동자의 이름은 등무칠이며 모든 지주와 관리들을 죽이고
새로운 세상을 열자는 과격한 사상을 들고 나왔다고 한다.

내가 알기론 원 역사에선 등무칠의 난은 발발 후 1년을 넘

기지 못했었는데, 지금은 사정이 달라져서 그런지 빠른 진압은 힘들 듯 보인다.

그리고 조만간 북명 조정에서 사신을 보내 판금 갑옷을 정식으로 수입 요청할 것이라고도 미리 알려주었다. 갑옷값은 초석이나 완제품 화약, 혹은 구리를 비롯해 조선에서 나지 않는 여러 가지 금속으로 지급할 것이라고 관료들의 의견이 모였다고 한다.

한명회가 적길, 북명 조정에서 조선에서 수입한 마갑과 판금 갑옷을 모아서 조선식 중기병을 편성하려는 계획이라고 하는데, 저놈들은 대체 무슨 생각인 거지? 지난 전쟁 때 정예 기병은 전부 몰살당하다시피 했는데, 그저 말과 갑옷만 있다고 그 문제가 해결될 거라고 보는 건가?

나야 판금 갑옷을 비싸게 팔아먹을 기회도 왔고 정식으로 희귀 금속을 수입할 수 있게 되었으니 좋긴 한데, 조금 어처구니가 없긴 하다. 설마 화기를 포기하고 기병만 집중적으로 양성하려는 의도인 건가?

"가선대부 영감, 창고에 비축된 철판갑 재고가 얼마나 되는가?"

장계를 받은 다음 날, 편전 회의에 불려 나온 장영실이 내 질문에 답했다.

"신 가선대부 장영실이 주상 전하께 고하겠사옵니다. 기병

용 철갑의 재고는 약 500여 벌이 있으며, 장군용 철갑의 재고
는 100여 벌이옵니다. 또한, 보군 제식 흉갑과 면갑은 800여
짝이 있사옵니다."

역시나, 내 생각대로 재고가 적다. 지난 전쟁 때 그간 생산
된 갑옷을 거의 다 모아 일선의 군으로 보내 보급했고 전쟁이
끝난 후에도 그대로 사용 중이다. 또한 전쟁이 끝났으니 대폭
늘었던 병장기 생산량이 줄기도 했지.

"장인들을 총동원하면 하루에 전신 판갑을 몇 벌이나 만들
수 있겠는가?"

"신에게 교육받은 갑장들을 전부 모아 분업 공정을 시작하
면 하루에 30벌에서 40벌 정도 나오지 않을까 추측되옵니다."

장영실에게 직접 들어보니 초기에 비하면 크나큰 발전을 이
룬 게 와닿았다. 그땐 하루에 3~4벌 정도 만드는 게 고작이었
는데.

"대신들은 듣거라. 고가 금일 가선대부를 이리 부른 것은
명국 조정에서 아국에 정식으로 거래할 조공 물목으로 아국
의 철판갑을 요청할 것이라고 들었기 때문이로다."

그러자 병조판서 민신이 먼저 나서서 내게 답했다.

"전하, 아뢰옵기 송구하오나 철갑은 아국 고유의 귀물이자
중요한 전략군수품이옵니다. 이 건은 반드시 신중히 의논해
결정해야 한다고 사료되옵니다."

얼마 전 삼년상을 마치고 상경한 최윤덕도 오랜만에 얼굴을 비쳤는데, 달라진 조정의 분위기에 약간은 낯설어 하는 듯한 표정을 지으며 내게 말했다.

"신 역시 병판 대감의 의견에 동의하옵니다. 대국에서 철갑을 원한다면 분명 가진 것을 전부 바치라고 억지를 쓸 것이라 사료되옵니다."

"병판과 영중추원사의 의견이 옳긴 하나, 명국에서 그 대가로 먼저 구리나 주석을 비롯해 여러 희귀한 금속과 초석과 화약을 내어 줄 것이라고 한다. 또한 영중추원사의 염려도 일견 타당하나, 작금의 명국 조정에선 고에게 그런 무도한 요구를 할 수 없으니 안심해도 좋다."

그러자 민신의 표정이 돌변했다.

"정녕 그렇다면 적절한 명분을 붙여 비싼 값을 받고 첫해엔 백여 벌로 시작하여 서서히 물량을 늘이면서 넘기는 게 좋을 듯하옵니다."

항상 진중한 성격에 매사에 신중한 발언을 일삼던 민신이 신이 난 듯 금세 의견을 뒤집어 적극적으로 나서고 있었다.

"경은 어째서 생각이 금세 바뀌었는가?"

"신의 얕은 식견으론 대국에서 아국의 명마들을 가져갈 때처럼 쌀 같은 것으로만 적당히 지급하리라 생각했었기에 부정적이었사옵니다. 갑옷의 대가로 저렇게까지 후하게 내어 줄

거라곤 감히 상상조차 해보지 못했사옵니다."

"그런가? 이제 명국과 아국은 예전처럼 일방적인 제후국 관계가 아니니, 앞으로 많은 게 바뀔 것이네. 병판의 의견이 합당한 듯하니 예판과 상의해서 이 건을 처리해 보게."

"신 병조판서 민신, 전하의 명을 받들겠사옵니다."

"신 예조판서 민의생, 주상 전하의 하교를 따르겠사옵니다."

하긴 명에 가보지 않은 조정 신료들은 지금 명국과 조선의 관계가 어찌 변했는지 아직 실감 못 한 이들이 많을 거다.

물론 조공무역으로 말을 넘길 때도 시중가의 열 배로 받았으니 큰 이득을 보긴 했지만, 장기적 관점으로 보면 국방력을 쌀로 바꿔먹은 거나 마찬가지니 나를 포함해 실정을 아는 이들은 안타까워할 수밖에 없었지.

그러자 나를 따라 명에 다녀온 신료들이 자부심에 찬 듯 허리를 곧게 펴며 다른 신료들을 바라보는 게 눈에 띄었다.

오늘은 11월 1일이고 첫째 주의 수요일이니, 전통의 수요시식회 신메뉴를 선보일 때로군.

내가 명에 가 있을 땐 관료들끼리 모여서 집에서 만든 다식을 가져와 먹으며 국사를 논했다고 들었다.

"오늘은 고가 첩목아국에서 바친 특산품을 준비했네. 여봐라! 준비한 것을 내오거라."

그러자 몇몇은 소문으로 커피에 대해 들었는지 기대에 찬 표정을 짓고 있었다.

"이것의 이름은 정음으로 커피라고 하며, 부르기 힘들면 진서를 이용해 가배(珈琲)나 묵차(墨茶)로 불러도 좋네."

원어인 까후와라고 불러도 무관하지만, 난 미래 지식의 영향으로 커피라고 생각하는 게 편해서 정음으로 된 이름인 커피와 카베(Kaveh)를 음차한 한자식 명칭을 두 개 다 준비했다.

이윽고 내관들이 들어와 다상을 들이고 준비한 커피를 한 잔씩 따라주었다.

내가 급하게 처음 먹었을 때와는 달리 내관들의 로스팅 솜씨도 늘어난 데다 정성스럽게 커피콩을 제대로 갈아내 여과 장치까지 만들어 우려낸 드립커피(Drip coffee)니, 예전의 것관 비교할 수 없는 맛임을 자부한다.

"우선 처음 먹는 것일 테니, 아무것도 넣지 않고 첫맛을 보게나. 그게 입에 맞지 않으면 준비된 사당을 넣어 들게."

그러자 대신들이 일제히 답했다.

"주상 전하의 성은이 망극하옵니다."

그렇게 수요시식회가 시작되었고 대신들이 준비된 커피를 맛보기 시작했다.

영의정 황희는 첫맛이 마음에 들었는지 잠시 맛을 음미하곤 그대로 한 잔을 전부 마신 뒤 내관을 불러 한 잔 더 청했다.

우의정 황보인은 첫 모금을 마신 후 내 반대쪽으로 고개를 돌려 표정을 한 번 관리하곤 곧장 사당을 듬뿍 넣어 커피를 마셨다.

좌의정 김맹성은 첫맛을 본 후 사당을 타는 것도 모자라서 바로 다상에 준비되어 있던 우유를 잔에 붓기 시작했다.

영중추원사 최윤덕은 첫 모금을 마시곤 그 향에 취한 듯 천천히 향을 맡는 데 집중하고 있었다.

삼정승과 최윤덕의 상엔 특별히 커피에 넣을 우유도 갖춰놓았기에 그 아래 품계의 대신들은 정승들을 부러운 눈으로 바라보면서 대부분 첫맛을 본 후 커피에 사당을 타고 있었다.

그러고 보니, 원 역사에서 작년에 죽었어야 할 조말생이 지팡이에 의지해서 편전에 출석했었네. 역사보다 장수하고 있지만 건강이 좋은 건 아닌지 안색이 어둡다.

조말생은 정승도 아니고 나이 때문에 아버지께 편전 출석을 면제받아서 굳이 나오지 않아도 되는 대신 중 하나다. 그렇게 커피가 마셔보고 싶었던 건가?

사실 조말생은 요즘 하루가 멀다 하고 사직 요청을 하고 있었고, 나도 죽을 나이가 넘어서 고생하는 조말생을 보곤 은퇴시켜 주고 싶은 마음도 있었다.

하지만 그는 황희보다 한참 나이가 어리다. 조말생의 사직을 받아주면 황희 역시 사직을 받아달라고 내게 조를 것 같아 차마 그러지 못하고 있었다.

조정에 일 잘하고 뛰어난 인물들은 많지만, 황희만큼 종합적 업무 능력을 갖추고 대신들을 중재하며 조정을 조율할 만한 이가 없는 게 문제다.

난 그렇게 둘의 사직을 받아줘야 할지 내심 고민하다가 정승들을 바라보며 물었다.

"경들은 커피가 마음에 드는가?"

그러자 황희가 먼저 웃으면서 답했다.

"신이 이제껏 마신 차들이 생각나지 않을 만큼 새로운 맛이었사옵니다. 주상께서 이리도 귀한 것을 내려주시니 그저 망극할 따름이옵니다."

솔직히 말해서 커피는 조정 노예들을 불태울 연료나 마찬가지인데, 저렇게까지 기꺼워하니 조금 미안한데.

"그럼 다른 대신들도 마음에 드는가?"

그러자 침묵하고 있던 황보인을 제외하곤 만족한다는 답이 들려왔다. 황보인의 표정이 좋지 않은데, 왜 저러지?

"우상 대감은 어찌 답이 없는가? 커피가 마음에 들지 않는 건가."

그러자 황보인이 황망한 표정을 지으며 내게 답했다.

"송구하옵니다. 신이 잠시 다른 생각을 하느라 그랬사옵니다. 신 역시 아주 좋았사옵니다."

"그런가. 미리 알려두건대 이 커피도 백화상에서 팔 것이긴 하나, 수량이 적어서 초창기 사당처럼 한정적으로 공급이 될 것이네."

요즘 사당 생산이 초기완 비교할 수 없을 정도로 많이 늘었기에 얼마 전부터 가격을 큰 폭으로 내렸다. 분명 사당을 사재기해 놓았다가 울상을 지을 멍청한 사대부들도 있겠지만, 내가 알 바는 아니고 이젠 백성들도 본격적으로 사당을 소금처럼 사 먹을 수 있는 시대가 온 거지.

그렇게 시식회마저 끝나자 대신들이 퇴청하여 각자의 업무를 보러 돌아갔다.

*　　　　*　　　　*

우의정 황보인은 자타가 공인하는 차 중독자이자 애호가이며 차에 대한 지식은 누구보다 뛰어났다.

그는 평범한 찻잎을 넣은 차만으로 부족하다고 느껴 백화상에서 사들인 과일 청을 조합해 색다른 차 레시피를 고안했었다.

하지만 그것만으론 만족할 수 없어 직접 각종 파일이나 산열매를 모아 사당에 조려가며 새로운 먹거리를 고안해 대신들이나 가까운 이들에게 선보였다.

그중 오미자를 사당을 섞은 찬물로 우려낸 냉차가 특히 호평을 받았으며, 가외 업으로 재작년부턴 여름엔 오미자 냉차를 사대부들에게 팔았고 그 후엔 계절별로 적당한 차를 주문받아서 팔고 있기도 하다.

또한 전쟁 동안 북방의 국경선을 수비하며 고생하던 와중에도 거기서 모은 새로운 재료로 새 차를 시험하면서 고된 추위를 견딜 수 있었기도 했다.

황보인은 어제 밤잠을 설쳐 회의 때 졸지 않으려 필사적으로 버텼고 입을 열면 하품이 쏟아질 것 같아 한 번도 의견을 내지 않았었다.

하지만 시식회에서 새로운 차를 마시게 되자 그는 자신이 모르던 새로운 영역에 발을 들여놓았음을 깨닫게 되었다.

회의를 마치고 퇴청해 집무실에 도착한 황보인은 피로를 잊은 채 생각에 잠겼다.

'허, 주상께서 내려주신 가배를 마시자 정신이 번쩍 들던데, 차하고 비슷한 효능이나 몇 배는 더 강한 듯하군. 아침에 차를 마셔도 가시지 않던 졸음이 한 번에 날아갔어.'

그렇게 졸음도 날아가고 머리가 맑아진 황보인은 그날의 업무를 전부 평소보다 빠르게 마친 것도 모자라서 스스로 일을 찾아다녔다.

그러자 얼마 전 우의정의 권한으로 병조좌랑에서 의정부

사인(舍人)으로 승진한 권자신이 황보인에게 물었다.

"대감, 오늘따라 유독 기운이 넘치시는 듯한데 몸에 좋은 것이라도 드셨습니까?"

"아, 권 사인. 내 오늘 주상 전하께서 내려주신 새로운 차인 가배란 것을 마셨더니 이러는군."

그러자 피곤에 절어 있던 권자신이 조금은 나른한 말투로 답했다.

"그렇습니까? 그런 용한 게 있으면 소관도 마셔보고 싶습니다."

"주상께서 하교하시길, 백화상에서도 당분간 한정적으로 판매한다고 하더군."

"예전의 사당만큼 귀한 것인가 보군요."

"아무래도 전량을 먼 서역의 첩목아국에서 들여와야 하니 아국의 미당보단 못해도 진귀한 것임이 틀림없네. 게다가 그 향하고 맛이 정말……."

"대체 무슨 맛입니까?"

"고소하면서도 쌉쌀하고 뭐라 말할 수 없는 향이 감돌았네. 다만 쓴맛이 강해 사당 없이 먹긴 힘들더군."

"자타가 공인하는 치의 대가이신 대감께서 그리 극찬하시는 걸 보니 진정 극상품의 차인가 봅니다. 저도 흥미가 가는군요."

"자네 춘부장이 국구(임금의 장인)이시니 주상께서 가배를 하사품으로 자네 집안에 내려주지 않으셨겠는가? 그럼 자네도 분명 쉬이 맛볼 수 있을 걸세."

"글쎄요. 저희 가문이 외척이긴 하나 전하께서 특별한 대우는 안 해주셨지요. 아마 안 그러실 겁니다. 그냥 백화상을 방문해야 할 듯싶습니다."

"그런가. 난 그럼 마저 일 보러 가겠네."

"예, 대감. 살펴 가시지요."

그렇게 황보인은 이후에도 업무상 만나는 이마다 커피 맛에 대해 극찬하고 다녔고, 금세 소문이 퍼져 백화상에 커피를 사기 위한 하인들의 줄이 길게 늘어섰다.

하지만 하인들은 책임자로부터 내일부터 판매 개시란 말을 듣곤 발을 돌려야 했다. 그 와중 몇몇 이들은 밤을 새우려는 듯 그 자리에 눌러앉기도 했다.

업무를 마치고 집으로 돌아온 황보인은 저녁을 먹자마자 쓰러지듯 바로 잠들었다가 자정 무렵에 눈을 떴다. 그는 자기도 모르게 커피 맛을 떠올리곤 허전함을 느껴 하인을 불렀다.

"대감마님, 쇤네를 부르셨습니까?"

"그렇네, 행랑아범. 차 좀 준비해 주게나."

"어이구, 대감마님, 이 시간에 안 주무시고 차를 다 찾으십니까?"

"어쩌다 보니 눈이 일찍 떠져 그렇게 되었네. 늦은 시간에 미안하군."

"아닙니다. 곧 대령하겠습니다. 무슨 차로 대령할까요?"

"말차(抹茶)에 사당 두 수저, 타락(우유) 한 잔 준비하게나."

황보인은 정승으로 출세하고 나서 가장 보람을 느낀 게 주마다 우유를 정기적으로 받는 것이었고, 차 애호가인 그에겐 더할 나위 없는 기쁨이기도 했다.

잠시 후 황보인은 행랑아범이 준비한 차를 마시며 국가사업 계획서를 짜기 시작했다.

전쟁을 통해 조선에 들어온 금은보화 및 전리품은 황보인이 상상한 것 이상으로 많았고, 이는 조선 조정이 최소 몇십 년 동안 써도 부족함이 없을 정도였다.

황보인이 주상과 일하며 배운 진리가 있었다. 재화가 많다고 쌓아두기만 하는 것보단 시중에 유통되어야 비로소 나라가 발전한다는 것이며, 몇몇 지방과 도성이 그렇게 성장한 것을 직접 보았다.

그런 이유로 황보인은 적절한 국책사업과 정책으로 재정을 소비해 시중에 많은 화폐와 은자가 돌게 할 만한 계획을 구상하기 시작했다.

그렇게 황보인이 새로운 국가정책에 골몰하고 있을 때, 잠을 잊은 이는 그뿐만이 아니었다.

그날 편전에서 커피를 마신 대신들의 7할 이상이 황보인처럼 잠을 설쳤고, 일어난 이들은 자택에서 조정의 일을 하거나 일찍 일어난 김에 새벽 별을 보며 일찍 출근하는 이들마저 생기고 있었다.

*　　　　*　　　　*

1449년의 새해가 밝자 남명 조정에선 그간 소집한 8만의 토벌군을 강서성으로 보냈다.

스스로 토벌군의 수장으로 자원하여 출정한 우겸은 남경과 가까운 요주부터 빠르게 수복하곤 곧바로 강서의 성도인 남창성을 공격해 사흘 만에 함락했다.

그 후 살아남은 삼만의 반란군을 죄의 경중에 따라 분리해서 수용하고 적 수뇌부의 정보를 얻기 위해 심문을 시작했다.

북경에서 우겸을 구한 공으로 출세한 전소는 이번 토벌에 종군해 사로잡은 적의 수뇌들과 몇몇 이들을 심문하곤 우겸에게 보고하기 위해 보고서를 준비해 그를 찾았다.

"우 대인, 우리가 뭔가 잘못 생각한 듯합니다."

"그게 무슨 말인가."

"저들은 그저 배가 고파서 난을 일으킨 게 아니라 진심으로 우릴 증오하고 전부 죽이려고 난을 일으킨 듯합니다. 마치

사교에 물든 듯 높은 이부터 말단까지 서로를 형제라고 부르며 벼슬아치와 지주를 전부 죽여야 한다는 말만 반복하고 있었습니다."

그러자 우겸은 전소가 작성한 보고서를 읽곤 잠시 생각에 잠겨 있다가 천천히 입을 뗐다.

"역도들이 사특한 생각에 물들여져 있다면 무작정 적의 수괴를 죽이는 것보단 다른 수를 내어야겠군."

"어떻게 하실 생각입니까?"

"역적의 수괴인 등무칠은 근거지인 복건성에서 새로운 하늘을 열겠다며 새로운 조정을 편성 중이라 들었네."

"예, 그건 소관도 이미 소문을 들어 알고 있습니다."

"등무칠은 난을 일으켜 지주와 벼슬아치를 전부 죽여 부를 재분배했지. 농부와 광부들이 생업을 버리고 전부 무기를 잡은 데다 가진 것에 취해 일하려는 이가 거의 없네. 거기에 백성을 착취하는 세금을 없애겠다고 공언하고 다녔다지?"

"예, 제가 이곳에서도 본바, 우 대인의 말씀대로입니다."

"당장은 괜찮아 보일지 몰라도 시간이 조금만 흘러도 정상적으로 조정이 돌아갈 리가 없네. 거기에 저들은 어디까지나 나랏일을 해본 적 없는 백성 출신이지. 그런 조정이 과연 제대로 돌아가겠는가?"

그러자 전소는 우겸이 무엇을 생각하는지 나름 눈치채고

반색하며 답했다.

"광주를 먼저 수복하고 복건성을 완전히 봉쇄해 저들의 자멸을 기다리는 식으로 나가시렵니까?"

"그렇네. 저들은 압제자를 죽인다며 무작정 지주를 죽이고 빼앗기만 했지. 백성들이 일하지 않는 나라가 제대로 돌아갈 리가 만무하네."

그렇게 우겸이 반란군의 본질과 한계를 꿰뚫어 보았을 때, 복건성(福建省)의 성도이자 지금은 반란군의 새 도성인 복주(福州)에선 등무칠이 측근을 모아 회의를 하고 있었다.

"등 형, 이제 새로운 하늘을 열었는데 등 형을 언제까지고 형제라고 부를 수 없습니다. 부디 제위에 오르시지요."

측근 중 하나가 의견을 내자 모두가 따라서 등무칠에게 제위에 오르라고 간언했다.

가만히 듣고 있던 등무칠은 측근들을 진정시키곤 조용한 말투로 답했다.

"형제들의 뜻이 정 그렇다면 어쩔 수 없군요. 이제부턴 이 나라의 국호를 잔평이라 정하고 왕호는 잔평왕(剗平王)으로 하겠습니다."

그러자 일전에 등무칠을 구하고 죽은 장철의 친동생이자 지금은 최주요 측근의 한 명인 장이가 질문했다.

"어째서 황제의 자리에 오르시진 않으십니까?"

"그건 아직 때가 아닙니다. 그보다 중요한 게 있지요."

"그것이 무엇입니까?"

"배와 선원을 최대한 많이 모아야 합니다."

"배들은 어디에 쓰시려고 하십니까?"

"이 기세를 몰아 남경을 기습해 함락시켜야 합니다."

그러자 장이가 기꺼워하며 답했다.

"전하의 명을 받들겠습니다."

그러자 등무칠의 측근들이 일제히 부복하며 새로운 왕을 찬양했고, 그런 그들을 바라보던 등무칠은 그간 느끼지 못해 본 감정에 취해 진심으로 기뻐했다.

'그래, 명의 태조 주원장도 천한 농민에서 시작해서 결국 천명을 쟁취했지……. 이건 그저 시작일 뿐이다.'

*   *   *

1449년의 새해가 밝고 황보인과 여러 대신의 제안으로 본격적인 은자 유통을 비롯해 국책사업인 전국의 모든 고을을 잇는 신작로에 대한 논의가 이루어지고 있을 때, 난 난데없이 의제에 오른 내 맏딸의 국혼 문제로 골머릴 썩어야 했다.

그간 새해 첫날마다 황제에게 예를 보이고자 의무적으로 성대하게 시행하던 망궐레(望闕禮)를 생략 수준으로 간략화하고, 근정전에서 곧장 새해 잔치를 연 것은 좋았는데, 그다음 날 상참에 출석한 황희가 국책을 논의하던 중 국혼을 주제로 이야기를 꺼낸 것이었다.

"주상 전하, 공주의 보령이 적당하니 이제 부마를 들이심이 마땅하옵니다. 부디 국혼을 허하소서."

요즘 기준으로 14살이면 결혼 적령기가 맞긴 한데, 경혜를 시집보내는 건 영 내키지 않는다.

"영상 대감의 의견이 지당하긴 하나, 고는 중대사인 국혼을 성급하게 결정할 생각이 없소이다. 그보다 논하던 국책에 대해서나 집중합시다."

"전하, 국혼 역시 나라의 중대한 대사이옵니다. 그러니 가례색(嘉禮色)을 설치하고 부마 간택을 시작하시는 게 좋을 듯하옵니다."

황희가 말한 가례색은 국혼을 담당하는 기관이고 결혼이 끝나면 해체되는 임시 기관이다. 그런데 나나 세자의 결혼도 아닌데 가례색을 설치하자는 건 대체 무슨 생각이야? 부마 간택은 한참 후에나 시행될 절차기도 하다.

"대감의 말대로 국혼이 중요한 나라의 일이긴 하나, 고는 선불리 부마를 들일 생각이 없네. 또한 세자의 국혼도 아닌데, 가례색의 설치를 논하는 건 다른 의도가 있는 건가?"

"신이 생각하기엔 나라의 격이 한층 높아졌으니 왕실의 격을 높이기 위해서 여러 의전도 한층 더 올려야 이치에 맞을 듯하옵니다."

아아, 그러니까 왕실의 권위를 세우기 위해서 황희가 계획한 거였구나. 좋은 의도긴 한데, 그래도 딸아이 시집보낼 생각은 아직 없다.

"대감의 의견도 지당하나 그 일에 대해선 좀 더 시간을 두고 논하도록 하지. 또한 앞으로 부마를 비롯해 국혼을 시행하는 건 새로운 절차를 따로 만드는 게 나을 듯하노라."

사실 말이 나와서 생각한 거지만, 기존의 국혼을 비롯해 삼간택 제도는 솔직히 말해서 별로다. 국혼 기간 중엔 민가의 결혼도 금지되는 데다 간택 절차도 비효율적이기 그지없다. 오죽하면 후대의 율곡 이이(李珥)가 이걸 고치자고 비판했겠어.

"그럼 신이 나서서 새 국혼 절차에 대해 정리해 보겠나이다."

아니, 황희는 당장 설탕 유통하는 데 필요하다. 예전에 소금을 제조하고 유통한 경험을 살려서 설탕을 전국에 보급하는 데 힘써줘야겠어.

"그 건은 앞으로 신료들을 배정해서 정하게 할 테니, 영상 대감은 그보다 사당을 전국의 시전에 공급할 방책을 정리해서면으로 제출하게나."

"예, 전하의 명을 받들겠습니다."

그렇게 그날의 상참을 마치고 강녕전으로 이동하던 중 내금위장으로 승진한 김수연에게 생각난 것을 물었다.

"내금위장, 가별초로 뽑힌 이들은 신식 훈련에 잘 적응하고 있던가?"

"신이 보고받기론 초기엔 새로운 무구나 단련법에 적응하는데 고생했으나, 요즘은 많이 나아졌다고 하옵니다."

"그런가. 훈련 교관은 누가 하고 있나?"

"내금위 무관과 겸사복의 무관을 절반씩 뽑아서 일임 중이옵니다."

"그럼 훈련을 얼마나 더 시키면 전력으로 쓸 수 있겠는가?"

"신이 볼 땐 무예와 제식을 익히는 것만으론 부족하옵니다. 일부는 조선 말부터 익혀야 하니, 일 년 정도는 더 훈련을 계속해야 할 듯싶습니다."

"그런가. 그래도 고에게 자발적으로 충성하고자 아국에 투신한 이들이니, 오늘부터 주말까지 훈련을 쉬고 잔치를 열어 주도록 조치하게나."

"예, 전하의 명을 하달하도록 전하겠사옵니다."

난 식사를 마치고 성삼문이 산동에서 보낸 보고서를 읽어 보며 산동에서 본격적으로 시작할 선박 제조 계획을 구상하기 시작했다.

*　　　*　　　*

가별초의 훈련생이자 코르친 대족장의 둘째 아들인 이브라이는 요즘 가베치에 입단한 것을 조금 후회하고 있었다.

그가 생각한 가베치, 즉 가별초란 것은 광무왕의 충성스러운 측근이 되어 멋진 철갑을 입고 곁에서 호종하고 다니는 케식(Kheshig, 칸의 친위대) 같은 존재였다.

무술 대회가 끝나고 아버지와 측근들이 고향으로 돌아가고 나서 훈련소에 입소한 첫날, 미친 듯이 땅바닥을 구르며 현실을 깨닫곤 그간 꾸던 꿈을 시궁창 속에 버려야 했다.

거기에 지방이라곤 전혀 없는 뻑뻑한 닭고기와 돼지고기를 식사로 주었을 땐 고기를 먹을 수 있어 무척 기뻐했으나 염분이 적어 먹다 보니 신물이 날 지경이었고, 처음 보는 기구들로 몸을 단련해야 했다.

가족과 헤어진 것도 모자라 소중한 애마를 보지 못하는 것도 서러운 일인데 자랑스러운 이름마저 불리지 못하고 훈련생이란 호칭으로만 통칭하니, 그의 우울은 깊어져만 갔다.

그렇게 새해 다음 날에 훈련을 준비하던 중 교관이 그를 불렀다.

"이봐, 훈도. 오늘의 훈련 일정은 없다. 모두에게 전파하거라."

"그게 정말입니까?"

이브라이는 무술 대회에서 높은 종합 성적을 거뒀기에 1번 훈련생이자 훈련생의 대표격인 훈도(訓導, 교육 담당)직에 제수되었기도 했다.

"그래, 주상 전하께서 자네들을 생각해 며칠간 훈련을 쉬고 잔치를 열어주라 명하셨네."

"그렇습니까?"

"그래, 그러니 주말까지 훈련은 없네."

"알겠습니다."

"그건 그렇고, 자네도 어느새 조선 말이 참 많이 늘었군. 처음엔 못 들어줄 정도였는데."

"주상 전하의 가별초로서 충성을 다하려 익혔습니다."

"그래, 장하군. 오늘은 잘 먹고 푹 쉬게나."

이브라이는 훈도로 뽑혔을 때 조선 말이라곤 간단한 말만 알아들을 수 있는 데다 말할 수 있는 어휘도 적어서 훈련마다 역관의 통역을 거쳐야 했다.

그러자 나이는 어리지만 조선 말에 능숙하고 좋은 성적을 거둔 오도리의 대표 동청주에게 그 자리가 어울린다는 여론이 생겼다.

때문에 이브라이는 자리를 지키려 낮에는 역관에게 저녁엔 조선 말에 능숙한 후룬 출신 훈련생 내로올에게 말을 배웠고,

결국 짧은 시간 내에 조선 말에 익숙해졌다.

지금은 말하는 것도 나름 수준급이 되어 교관들과 자유롭게 이야기할 정도가 되었기에 훈도 자리를 계속 유지할 수 있었다.

요즘은 잠꼬대도 조선 말로 할 정도였으니 그의 노력이 얼마나 필사적이었는지 알 수 있었다.

이브라이가 훈련 준비를 마치고 집합한 훈련생들에게 말했다.

"다들 들어봐! 새해를 맞이해 오늘부터 주말까지 훈련을 쉰다. 그리고 오늘은 잔치도 열어준단다."

그러자 훈련생 중 하나가 이브라이에게 조선 말로 질문했다.

"훈도, 그게 정말이야?"

"그래. 방금 교관님께 직접 전달받았어."

그러자 조선의 칠정산 역법에 아직 익숙하지 못한 궁시 우승자 이수가 이브라이에게 서툰 발음의 조선 말로 물었다.

"그럼 며칠이나 더 쉴 수 있는 거냐?"

"오늘이 1월 2일이고 화요일이니, 일요일인 7일까지 쉴 수 있지."

그러자 모든 이들이 마치 전쟁에서 승리한 듯 환호하며 천세를 외쳤고, 그날 오후 열린 잔치에서 진귀한 음식들을 배가 터지도록 먹어댔다.

"이봐, 넌 왜 이 맛있는 고기를 앞에 두고도 안 먹냐?"

이브라이는 간장과 갖은 향신료로 삶은 삼겹살, 즉 동파육을 앞에 두고도 가만히 있는 동청주에게 물었다.

"이건 기름이 너무 많아서 먹기 좀 그런데. 그냥 평소에 먹던 고기나 내어줬으면 좋았을걸."

"하, 배가 불렀군. 그런 건 평소에 질리도록 먹던 건데, 그걸 지금 먹고 싶은 생각이 드냐?"

"어릴 적부터 아버지에게 그런 건 가리라고 배워서 그래."

"지금도 어리긴 매한가지 아냐?"

그 말대로 곧 서른을 바라보는 이브라이와는 다르게 동청주는 아직 십대였다.

"딱히 먹을 만한 것도 없는데, 가서 단련이나 해야겠어. 훈도, 난 먼저 간다."

그렇게 동청주가 자리에서 일어나자 이브라이는 그런 동청주를 내심 비웃으며 동파육을 집어 입에 넣었다.

'이 맛있는 걸 왜 안 먹어? 아아, 입에서 사르르 녹는다, 녹아.'

그렇게 잔치가 끝나고 다음 날, 이브라이는 자유 시간이 주어진 김에 교관의 허락을 받아 몇몇 동기들과 함께 자신의 애마를 찾아 사복시(司僕寺)에 방문했다.

"와, 저 말들 좀 봐. 털이 마치 흑단 같은 데다 윤기가 장난

아닌데? 거기에 덩치까지 어마어마하게 크네. 내 말은 저기에
비하면 망아지나 다름없어."

이수가 사복시에서 돌보는 말들을 보곤 감탄하자 이브라이
도 그의 말에 긍정했다.

"그러네. 조선에도 저런 명마들이 있었나? 머리하고 발에만
흰 털이 난 것도 멋지네."

그러자 이들의 안내를 맡은 사복시 제조(提調) 김병천이 그
들의 말에 답했다.

"저 말이 바로 아국의 특산 마인 오명마(五明馬)일세. 온몸이
칠흑같이 검지만 머리와 다리 다섯 군데만 희게 밝아 붙여진
이름이지."

이브라이가 감탄하며 말했다.

"그렇습니까. 소문으로 듣던 한혈마만큼은 아니지만, 정말
대단한 말인 듯합니다."

"그런가. 여긴 한혈마도 있다네. 보고 싶은가?"

"예? 그게 정말입니까?"

"그렇다네. 주상 전하께서 지난 전쟁 때 전리품으로 거둬
오신 한혈마가 4마리 있네. 그중 한 마린 현재 어마(御馬)로 쓰
이고 있다네."

이브라이와 이수를 비롯한 훈련생들은 귀한 한혈마(汗血馬)를
볼 수 있다는 기쁨에 환호했고, 귀하게 모셔져 있는 한혈마를

보곤 이것이 지난 마상 창 대회 때 정체를 숨겼던 그들의 왕이 타고 나온 말임을 알 수 있었다.

그 후 그들은 전쟁에서 전리품으로 거둬 온 에센 친위대의 소유였던 각종 전마와 명 황실에서 가져온 여러 품종의 명마를 보면서 감탄했다.

이들은 어느새 자신의 말들을 다시 보려던 목적은 까맣게 잊은 채 눈앞에 보이는 현시대 최고의 명마들을 어떻게든 가지고 싶어 안달이 나고 말았다.

*　　　　　*　　　　　*

대원 제국 시절의 옛 도성이자 이젠 옛 영화만 남아 있는 고도(古都) 카라코룸에선 요즘 활기가 돌기 시작했다.

명국을 상대로 일으킨 전쟁에서 막바지에 대패하긴 했으나, 그 나름대로 성과를 이룬 에센이 거둬온 전리품과 식량, 그리고 할양받은 청해성에서 생산한 소금을 풀어 많은 초원의 사람들이 물품을 거래하러 몰려들었기 때문이다.

성벽 위에서 사람들을 바라보던 알락은 옆에서 책을 여러 권 쌓아두고 보던 에센에게 의외의 말을 듣곤 놀라서 반문했다.

"타이시, 정녕 타이순 칸의 이름으로 이 모든 걸 했다는 소문을 퍼뜨리란 말씀입니까?"

그러자 에센은 보던 책에서 눈을 떼지 않은 채로 대꾸했다.

"그래, 될 수 있으면 소문이 그 멍청이의 귀에도 빠르게 들어갔으면 좋겠군. 그건 그렇고 이건 뭐라고 읽는 글자냐?"

그러자 알락은 에센이 가리키는 글자를 보곤 곧바로 답했다.

"그건 염(厭)이라고 하고, 싫음이란 뜻입니다. 며칠 전부터 무슨 책을 그리 읽고 계신 겁니까?"

"자치통감이란 중원의 역사서다."

에센은 명나라 말로 회화는 가능했지만 글을 정식으로 배우지 않아 복잡한 글자는 읽지 못했다.

그런 사정으로 모르는 글자들을 대부분 건너뛰면서 책을 읽다가, 결국 한계가 오자 수하 중에서 나름 식자인 알락에게 도움을 청하고 만 것이다.

"그렇습니까? 저도 예전에 읽어본 적이 있습니다."

"그게 정말이냐?"

"예, 타이시."

"그럼, 광무 황제란 이가 어떤 이인 줄 아느냐?"

지금 에센이 읽는 부분은 자치통감 후한서의 첫 권인 광무 황제편이다. 요 며칠간 지루함을 참고 자치통감 스무 권가량을 무작위로 뽑아서 억지로 읽다가 책을 던져 버리려던 에센은 조선의 왕과 같은 호칭인 광무란 제목이 눈에 띄어 그것을 읽기 시작했던 참이다.

"제가 아는 선에서 간략하게 평하자면, 황실의 방계로 태어나서 평범하게 살다가 난세가 도래하자 사람을 모으고 곤양이란 곳에서 1만도 안 되는 병사로 왕망의 43만의 대군을 격파했다고 합니다. 그 후로도 경쟁자들을 모두 토벌하여 난세를 평정하고 결국 제위에 올라 망하다시피 했던 한나라를 재건한 황제입니다."

그러자 에센은 자신의 상대였던 조선의 왕을 잠시 떠올려 광무제와 비교해 보곤 누가 더 대단한 이인지 고민하다 말을 꺼냈다.

"흠, 그 정도로 뛰어난 황제의 이야기라면 계속 읽어봐야겠군. 그리고 너도 당분간 내가 모르는 글자를 좀 알려다오."

"알겠습니다. 그런데 타이시께선 타이순 칸에게 뭘 하시려고 그런 소문을 내라고 하신 겁니까?"

"당장은 아무것도 하지 않는다. 그저 그놈의 권위를 조금 세워주려고 할 뿐."

"예? 그게 무슨 뜻입니까."

그러자 에센은 읽던 책을 잠시 덮어두고 진지하게 말했다.

"내 누이가 작년에 그놈의 아들을 낳았다."

"예, 저도 그 소식은 들었습니다."

"이제 그 아이는 차기 칸이 된 거나 마찬가지지."

"하지만 칸은 지금 상황에선 타이시의 조카분껜 칸의 지위를 물려주지 않으려 할 겁니다. 칸의 동생도 황금 씨족이란 명분이 있지 않습니까."

"그 무능한 욕심쟁이 아크바르지 말이냐."

"예. 제가 요즘 듣기론 그들이 우리가 명과 싸우는 동안 나름대로 병사를 많이 모았다고 합니다."

"나도 이미 조선의 왕에게 들어서 알고 있다. 네겐 이참에 말해두는데, 본래 귀국과 동시에 그 멍청이 형제를 모두 죽여버리고 칸의 지위를 조카에게 계승시키려 했었다."

그러자 알락은 놀란 표정을 짓고 답했다.

"그러셨습니까? 했었다고 하심은 지금은 다른 계획을 세우신 겁니까?"

"그래. 내가 이 재미없는 책들을 다 읽어본 건 아니지만 알게 된 게 있다. 중원의 역사에서도 난세에 누군가 황제를 참칭하거나 명분도 없이 황제를 먼저 공격하면 다른 놈들이 들고일어나서 제일 먼저 집중 공격을 받고 몰락했어. 그러다 나중엔 별로 주목받지 못하던 놈들이 황제가 되었다고 하더군."

"예, 그 말씀이 맞습니다. 전부는 아니지만, 몇몇 건국 시조들이 그런 예시에 들어맞을 겁니다. 명 태조 주원장도 출신은 농민이었고요."

"그래서 생각을 바꿨다. 그 멍청이를 계속 살려두고 지지하는 척하면서 누구도 이의를 제기하지 못하게, 시간을 두고 조카의 계승권을 확고하게 굳히는 것으로 말이다."

"그럼 이제 타이시께선 칸의 자리를 포기하신 겁니까? 칸의 병사들은 어찌하시겠습니까?"

"그저 허울뿐인 칸의 칭호는 이제 필요 없다. 그리고 그 멍청이는 아무리 기를 써도 내게 벗어나지 못해. 만약 그놈이 먼저 싸움을 걸어온다면, 그게 내가 바라는 바다."

항상 뭘 생각하는지 몰라서 두려워했던 주군 에센이 알락에게 자세한 계획을 밝힌 것은 이제껏 없었던 일이다. 거기에 알락과 바얀, 그리고 소로가 조선에 포로로 잡혔을 때 송환받으려 에센이 노력했었다는 이야기도 들었다.

"알겠습니다."

"아, 그리고 궁금한 게 있는데, 천산 너머의 서역엔 어떤 나라들이 있는지 아느냐?"

알락은 이번 전쟁을 겪은 에센이 예전과는 달라진 것을 느끼곤 기분 좋은 목소리로 답했다.

"그 부분은 아무래도 저보다 그쪽과 교역하던 키르키스 놈들이 잘 알고 있을 겁니다. 그런데 그건 어째서 물으십니까?"

"칸보다 더 위대한 타이시가 되려면 필요해서."

그렇게 에센은 바람이 부는 서쪽을 바라보았다.

       *   *   *

  산동의 도독이자 절제사인 성삼문은 산동의 성도인 제남에서 요즘 정신없이 바쁘게 지내고 있었다.

  산동의 번왕인 광무왕을 대리해서 명국의 관리들을 부려 나라를 경영하듯 여러 일을 처리해야 했고 그 와중에 산동에서 가까운 남명의 견제에도 큰 노력을 기울여야 했다.

  명나라가 남과 북으로 갈라진 후 북명에 속한 지방은 산동과 북직례와 남직례의 일부, 그리고 산서와 하남, 섬서가 되었고, 남명의 영역은 남직례의 장강 이남 절반과 절강, 강서와 복건, 호광, 그리고 광동과 광서였다.

  운남과 사천은 서서히 독립할 기미를 보이는 데다 작년엔 복건에서 민란이 일어나 새 나라인 잔평국이 생기기도 했다.

  다만 조선 입장에선 다행인 것이 남명 측에선 선제공격의 기미가 없이 장강 방위선에 요새를 여럿 신축하며 수비에만 전념하고 있었다는 것이다.

  거기에 최근 발생한 민란을 제압하러 많은 병사가 빠져 한층 더 방이에 열중히고 있었다.

  그런 와중에 조선에서 성삼문에게 보낸 교지와 하사품이 왔다.

"대감, 전하께서 하달하신 명이 있습니까?"

산동의 첨절제사(僉節制使)이자 군사 담당인 최광손이 소식을 듣고 성삼문의 집무실을 찾아왔다.

"전하께서 하교하시길, 산동의 수군을 재건해야 하니 요동과 화령(和寧)에서 목재들을 모으라 하시는군."

"화령이 어디입니까?"

"조선국 북방의 새 명칭이네. 북방을 호령하던 태조 대왕을 기리기 위해 전하께서 친히 지으셨다고 하네. 화령의 병마절제사(兵馬節制使)론 전 내금위장이 임명되었다고 적혀 있었네."

최광손은 지난 전쟁 때 박강과 함께 전장에서 싸운 추억을 떠올리곤, 피식 웃으면서 답했다.

"그것참 잘되었군요. 그나저나 제가 석 달 전에 아국에서 보낸 군수품을 수령하러 등주항(登州港)에 다녀온 적이 있는데, 정말 배가 어마어마하게 크더군요. 그런 배들이 즐비한데 새로운 배를 만들 필요가 있습니까? 그냥 수부와 새로운 수군을 모집해서 훈련만 시켜도 될 법한데요."

"아무래도 전하께선 다른 의도가 있으신 게 아니겠나."

"어떤 의도 말씀이십니까?"

"근래에 서역의 티무르 왕국에서 사신이 아국에 방문했다가 얼마 전에 돌아갔네. 그러니 서역과 교류를 목적으로 신형 선박을 만들라고 하시는 게 아니겠나."

"제가 전에 등주항에서 뱃사람들에게 들어보니 태감 정화가 영락(永樂) 시절에 거대한 보선(寶船)에 올라 선단을 이끌고 서역에 원정을 다녀왔었다고 합니다. 그럼 기존의 배로도 충분하지 않겠습니까?"

"정 태감의 원정은 전하께 익히 들어서 알고 있네. 사실 이건은 전하께서 세자 시절부터 신경 쓰시던 문제라고 할 수 있네."

"그렇습니까?"

"그 당시엔 미처 몰랐지만, 어선을 개량해서 수를 늘리고 어업을 적극적으로 권장해 뱃사람을 양성하신 건 분명 해금령이 풀린 후를 대비하셨음이야. 나도 그때 고안한 어업용 기물이 몇 가지 있네."

"그러셨군요. 전하께선 대체 몇 수 앞을 내다보신 것인지 잘 모르겠습니다."

"가장 오랫동안 전하를 모신 나도 막상 일이 닥쳐봐야 그때 하셨던 게 그런 의도셨구나 하는 게 많네. 나 같은 범인과는 비교조차 하실 수 없다네."

"정녕 맞는 말씀이십니다. 주상께선 진정한 문무겸전이시죠."

최광손은 지난 전쟁 때 전신에 피 칠갑을 하고 손수 자신을 구원하러 왔던 왕을 떠올리자 살짝 소름이 돋았다.

"본관은 당분간 등주항에 머물면서 배를 만드는 걸 감독해야겠군. 그동안의 업무 대행은 자네에게 맡기겠네."

"예? 그게 대체 무슨 말씀이십니까? 저같이 불학한 무부가 어찌 이런 중대한 업무를……."

그러자 성삼문이 최광손의 말을 끊었다.

"자네, 원래 무관 그만두고 문관이 되려고 공부하다가 자네 춘부장이신 영중추원사 대감 덕에 북방으로 가게 된 걸 전하께 이미 들어서 잘 알고 있네. 그런 자네가 어찌 불학하다고 할 수 있겠나?"

최광손이 전쟁을 겪고 말투며 행동이 단순무식하게 변하긴 했으나, 최씨 가문에서 유일하게 글공부에 전념했고 원 역사에선 문과에 합격해 수령직인 용천군사(龍川郡事)를 지내기도 했다.

"사실 소장이 책을 본 지가 너무 오래되어서……."

그러자 성삼문은 자신의 왕이 세자 때 담당 내관인 김처선에게 자주 써먹던 대사를 떠올리곤 곧장 따라 했다.

"하라면 하게."

"예, 대감……."

"물론 그냥 맡기는 건 아니네. 주상께서 본관에게 하사하신 커피란 귀물을 나누어 주지. 티무르 왕국의 특산품이자 차의 일종인데, 아직 마셔보진 않았지만 그 맛이 정말 대단하다고 하더군."

"감사합니다……."

*   *   *

1449년의 2월이 끝나갈 무렵, 난 그간 황보인을 비롯해 여러 대신과 논의하던 몇 가지 국책사업의 첫걸음으로 전국의 고을을 잇는 도로 공사를 시작했다.

그간 공조의 관원이 대폭 늘었기도 하고, 공사를 담당할 하부 기관으로 도로청을 신설하기도 했다. 또한 미래식으로 말하면 하청을 담당할 토목 업체들도 있었다.

주로 예전에 개성과 한양을 잇는 도로 공사를 담당했던 이들인데, 본래 최윤덕의 휘하 갑사였던 이들이 모여 세운 토목 조합이라고 보면 된다. 또한 충청도 쪽에도 비슷한 조합이 몇 있어 그들을 불러들여 일을 맡겼다.

또한 여기엔 아버지의 도움이 컸다. 내가 친정에 나서기 전에 파편화하다시피 벌여놓았던 여러 가지 일들을 깔끔하게 정리하신 것도 모자라 몇 가지를 보완해서 문서로 만들어두셨던 것이다.

내가 그렇게 아버지에게 감사한 마음으로 내 집무실인 천추전(千秋殿)에서 공무에 매진하던 중, 얼마 전 상선으로 승진한 김처선의 보고가 들어왔다.

"전하, 명국에서 온 사신들이 근정전에서 전하를 알현하길 청하고 있사옵니다."

"지금은 바쁘니 기다리라고 전해라."

그러자 김처선을 제외하곤 다른 내관들이 놀라 내게 고했다.

"전하, 어찌하여 대국의 사신을 기다리게 하시옵니까? 부디……."

그러자 나 대신 김처선이 나서서 말을 자르며 나섰다.

"전하께서 바쁘다고 하시면 당연히 사신들이 기다려야 하는 법이네. 어찌 내관이란 이들이 전하의 심기를 거스르려 하는가?"

"상선 영감의 말씀도 맞으나… 자칫 잘못하면 대국에서 문제 삼지 않을까 하여 그랬습니다."

"하, 겨우 흠차내사(欽差內史, 환관) 따위가 감히 누구에게 문제를 제기한단 말인가? 게다가 지금 사신으로 온 이들은 황성에서 내게 제대로 말조차 못 붙이던 이들인데, 그게 말이 된다고 생각하는가?"

하긴, 김처선이 자금성에 머물 때 왕진하고 더불어서 입김이 좀 셌었지. 어린 내관들 교육도 담당했었으니.

그나저나 아직도 명을 대국이자 절대적인 상국으로 인식하는 이들이 참 많네. 너무 오랫동안 저자세로 나가서 그런지 원……. 이런 인식을 개선하는 것도 참 오래 걸리겠어.

"상선, 자네는 흠차내사들과 다들 아는 사이일 테니 직접 가서 내 말을 전달하고 오게나. 아마 한 시진 정도면 하던 일을 마칠 수 있을 거다."

"예, 소신이 저들에게 전하의 명을 전하고 오겠습니다."

그렇게 황망한 표정을 짓는 다른 내관들과 다르게, 김처선은 자신만만한 표정을 짓고 천추전을 나섰다.

그건 그렇고, 북명과 미당 및 판금 갑옷을 거래하는 것만으론 뭔가 부족하다고 느껴진다. 잘 생각해 보면 추가로 물목에 올릴 게 더 있지 않을까?

그렇게 한참을 생각하던 중 좋은 게 떠올랐다.

지금 북명엔 설탕 공급이 중단되었을 거다. 설탕 생산은 어디까지나 전부 남쪽에서 하고 있었거든.

이제 조선제 설탕하고 가공한 사탕 같은 걸 팔아먹을 적절한 시기가 왔군.

제3장
상하관계

　사례감(司禮監) 소속의 환관 정동(鄭同)은 이번 조선행 사신단의 수장이자 조선의 황해도 신천(信川) 출신의 환관이었다.

　그는 1428년에 명의 사신에게 선발되어 자금성에서 환관 생활을 시작했고, 전쟁 전까진 잘 알려진 인물도 아니었다.

　하지만 그는 전쟁에서 운 좋게 살아남았고, 이후로 그의 인생이 바뀌었다.

　정동은 자신의 고향이 조선이란 이유로 북경에 너무는 조선 관리들과 친하게 지낸 덕분에 어느새 사례감에서 병필수당태감(秉筆隨堂太監)으로 승진해 동창(東廠)을 지휘할 권한을 얻어 왕진 다음가는 서열로 올라선 것이다.

그러나 전쟁을 겪고 난 뒤 환관들의 위세가 예전만 못한 데다, 동창도 축소되어 정동은 환관 중 이인자의 자리를 얻고도 만족하지 못하던 차에 금의환향하는 기분을 느껴보고 싶어 조선행을 자처한 것이다.

북명 조정의 실세인 왕진이나 설선, 석형도 정동이 조선 출신이란 점을 높게 사서 그를 사신단의 수장으로 임명해 흠차내사(欽差內史)로 임명해 주며 이번 사신행이 얼마나 중요한지 몇 차례에 걸쳐 교육했다.

그렇게 고향인 조선에 도착하고 나서 자신과 일행을 극진히 대접해 주는 조선 예조의 관리들로 인해 기분도 좋아지고 나름대로 콧대가 올라가기도 했었다.

하지만 정작 광무왕을 알현하기 위해 조선의 관리들과 함께 근정전에 들렀더니, 그를 맞이한 건 왕이 아니라 정동에게 잊을 수 없는 이었다.

"정 환관, 그간 잘 지내셨소?"

정동은 김처선의 얼굴을 보곤 많이 놀랐지만 나름 태연한 척하며 인사를 받았다.

"예, 김 대인. 오래간만에 뵈니 반갑습니다."

그러자 동행한 다른 환관들이나 일행들도 조선 말로 김처선에게 인사했고, 김처선은 그들의 인사를 받은 후 정동에게 말했다.

"다들 조선 말이 많이 늘었군요."

"예, 요즘 나랏일을 하려면 조선 말을 익히는 건 필수나 다름없어 많은 이들이 제게 조선 말을 배우고 있습니다."

"그렇소? 내가 이리 온 것은 전하께선 정무에 바빠 바로 시간을 내실 수 없다고 전하러 온 것이오. 그런 연유로 한 시진 정도 기다려야 할 듯한데, 그동안 본관이 정 환관의 말 상대라도 해드리겠소."

그러자 정동은 자신도 모르게 움츠러들며 김처선의 눈길을 피했고 지금은 자신이 일개 환관에서 병필태감으로 승진했다는 이야기는 차마 꺼내지도 못했다.

"아, 아닙니다. 어찌 제가 김 대인의 귀중한 시간을 뺏을 수 있겠습니까? 전 그저 광무왕 전하께서 오시길 기다리고 있겠습니다."

"아니요. 사정이 있다곤 하나, 사신을 무작정 기다리게 하는 무례를 범할 수는 없지요. 이참에 옛 회포도 풀 겸 이야기를 나누고 싶군요."

그러자 사신단과 동행하고 있던 예조판서 민의생은 둘 사이의 미묘한 분위기를 감지하고 김처선에게 말했다.

"서로 잘 아시는 사이 같은데, 상선 영감이 배석하면 좋은 일이지요."

그러자 정동이 고개를 숙이며 김처선에게 말했다.

"김 대인, 상선으로 승진하신 것을 축하드립니다."

"고맙소."

결국 분위기가 이렇게 흘러가니 정동은 어쩔 수 없이 김처선의 제안을 받아들일 수밖에 없었다. 곧장 김처선이 자리에 앉은 채 정동에게 물었다.

"그간 단련은 쉬지 않고 하고 있지요?"

"예, 그렇습니다."

"왕 태감께선 잘 지내고 계십니까?"

"예, 왕 공공께선 무탈하게 지내십니다."

그렇게 김처선이 주도권을 쥔 일방적인 대화가 이어지는 와중에 민의생은 명국에서 둘이 어떤 사이였는지 궁금해하며 둘의 대화를 흥미롭게 바라보았다.

정동이 김처선을 꺼리는 이유는 다름이 아니라 왕진의 허락하에 김처선이 북명 조정의 환관들을 모아 이가 갈리도록 스쿼트 단련을 시켰기 때문이다.

본래 왕진의 요청으로 김처선이 화자(火者, 환관 후보)들의 교육을 하던 중, 왕진이 광무왕 이향이 정통제를 단련시키는 것을 보곤 나날이 변해가는 황제의 변화에 감탄해 김처선을 따로 불러서 스쿼트에 관해 물었다.

그러자 김처선은 어릴 적부터 왕에게 단련받았던 자신의

성과를 왕진에게 직접 보여주었다.

김처선은 사람보다 무거운 물 항아리를 등에 지고 빠르게 뛰는 모습을 보여주며 내관이란 유사시에 군주를 업고 뛸 수 있어야 한다며 하체 단련을 쉬면 안 된다고 말했고, 토목의 참변을 겪은 왕진은 그 말에 깊이 공감했다.

그래서 화자들의 교육은 곧바로 살아남은 환관들 전부로 대상이 확대되었다.

왕진의 허락 아래 김처선은 어릴 때 자신이 당했던 고통을 북명의 환관들에게 내리 물려주는 데 성공했고, 귀국하기 전까지 왕진에 이어 환관들 사이에서 실질적인 이인자 노릇을 했었다.

그렇게 김처선이 추억담처럼 환관들을 교육하던 옛이야기를 꺼내자 정동은 점점 기가 죽어갔다.

그 후로 신변잡기부터 김처선이 아는 사람들의 안부를 묻는 대화 주제가 끝나갈 무렵, 김처선이 정동에게 의외의 질문을 던졌다.

"흐음, 아무래도 정 환관의 단련 성과를 직접 확인해 보고 싶은데, 체굴법 시연을 내게 한번 보여주겠소?"

"예? 대인, 여긴 보는 눈도 많은데 어찌……"

그러자 민의생이 그간의 대화를 들은바, 둘의 상하관계를 눈치채고 내심 웃으면서 답했다.

"정 태감, 시선을 의식하실 필욘 없습니다. 체굴법은 전하께서 창안하신 데다 상왕 전하부터 내관들까지 두루 하는 양생법이라 아국에선 남에게 보여도 결례가 되진 않습니다."

그러자 김처선이 살짝 놀라 정동에게 물었다.

"태감이라니, 대체 언제 승진한 거요? 진작 말씀을 하시지 그랬소. 이제껏 본관이 정 태감에게 결례를 범했구려."

"아, 아닙니다. 밝히지 않는 제가 잘못한 거지요. 어찌 제가 고국에서 얄팍한 자리를 내세워 위세를 부릴 수 있겠습니까."

그러자 민의생이 웃으면서 말했다.

"정 태감의 마음 씀씀이가 정말 대단하시군요. 출세하시고도 고향을 잊지 않으시고 더없이 겸손하시니 참으로 귀감이 될 만합니다."

그러자 정동은 처음 만났을 당시 지극히 공손하게 굴어 인자하게만 보이던 민의생의 얼굴이 그제야 다르게 보이기 시작했다.

민의생의 지원에 김처선은 웃으면서 정동에게 말했다.

"그럼 출세한 옛 제자의 성과를 한번 보고 싶구려. 가볍게 삼백 회부터 갑시다."

"예, 김 대인……."

그렇게 정동이 울상을 지으며 스쿼트 자세를 잡으려는 순간, 그의 구세주가 등장했다.

"주상 전하 납시오!"

그러자 김처선은 시간이 어느새 이리 갔는지 하며 아쉬워했고 민의생이나 조선의 관리들 역시 좋은 볼거리를 놓쳐 내심 아쉬워했다.

정동과 사신단은 조선의 왕에게 사배하곤 곧바로 크게 외쳤다.

"미천한 소신이 감히 황가의 수호자이신 광무왕 전하를 뵙사옵니다. 부디 천세를 누리소서!"

*　　　　*　　　　*

내가 업무를 마치고 명의 사신단을 만나러 근정전에 행차하자 묘한 분위기가 느껴졌다.

사신단의 수장이라고 이름 밝힌 정동이란 환관은 나를 만난 걸 기뻐하다 못해 스스로 신(臣)이라고 칭하며 과할 정도로 내 비위를 맞추려 노력했고 사신단은 내 등장에 안도하고 있었으며 김처선을 비롯해 조정의 신료들은 뭔가 아쉬워하는 눈치를 보였다.

"그래, 다들 먼 길을 오느라 고생했겠군. 피곤하진 않는가?"

그러자 정동이 내게 답했다.

"소신은 고국 땅을 다시 밟을 수 있다는 생각에 피로 따윈 느끼지 못했사옵니다."

저놈이 조선 출신이라고?

난 빠르게 사전을 띄우고 사서에 이름을 남긴 이인지 확인했다. 그러자 아버지 치세의 10년인 1428년에 명에 갈 때 언급되고, 1469년 예종 대부터 명국의 거물이 되어 조선에 드나들었다고 실록에 적혀 있었다.

흠, 역사가 바뀐 덕에 빠르게 출세했나 보네. 기록에서 보길 조선에서 엄청나게 뇌물을 받긴 했지만 받은 만큼 조선에 도움도 많이 줬다고 한다.

저런 놈이면 이참에 잘 길들여서 쓸 만한 패로 만들어야겠군.

"그대의 고향이 황해도 신천인가?"

"그걸 어찌 아셨사옵니까?"

"선덕 3년 10월에 그대와 몇몇 이들이 명국으로 간 것을 기억하고 있노라. 같이 갔던 이들은 어찌 되었는가?"

"이 미천한 화자 따위를 전하께서 기억해 주시니 영광이옵니다. 신과 함께 환관이 되었던 이들은 전쟁 중에 죽은 이도 있고 달자의 왕에게 항복한 이도 있사옵니다."

"그런가. 일정을 마치면 그대의 고향에 들를 수 있게 해주고 싶은데, 어떤가?"

"전하의 하해와 같은 배려에 몸 둘 바를 모르겠사옵니다.

그저 성은이 망극하옵니다."

"그나저나 이번에 황상께 올릴 조공 물목을 추가하고 싶다고 전해 들었다. 무엇이 필요한가?"

"예, 미당과 더불어 조선국의 귀물인 철갑이 많이 필요하옵니다."

"그런가. 하지만 그 갑주는 아국에서도 아주 귀한 기물이라 바로 많은 수량을 올릴 수는 없네."

"소신이 전해 듣기론, 난 전쟁에서 철갑을 입은 병사가 많았던 것으로 알고 있사옵니다. 새것이 아니라도 좋으니 부디 윤허하여 주시옵소서."

"어찌 황상의 군대가 쓸 것에 낡고 보잘것없는 하품을 줄 수 있겠는가? 그것은 병부상서이기도 한 고가 용납지 못하네."

"전하, 그것이 하품이라 하심은……?"

"자네가 사정을 잘 모르나 본데, 정예병용 철갑이 따로 있고 보군용 철갑이 따로 있네."

"그렇사옵니까?"

"그래. 아국 최고의 장인들이 모여 만들어낸 철갑은 만들고 난 후 화포를 쏘아 그 성능을 실험하지. 거기에 통과한 갑옷은 정예병용으로 사용되고 시험에 통과하지 못한 갑옷은 면갑과 흉갑만 떼어 보군용으로 지급된다네."

"거기까진 미처 몰랐사옵니다. 듣고 보니 마치 도자기를 만드는 듯하옵니다."

아니, 그럴 리가 있나. 완성품 판금 갑옷에 무강선과 강선 화승총으로 각각 두 번에 걸쳐 100보 정도의 원거리에서 방탄 성능을 실험하는 건 사실이지만, 내 소중한 병사들의 목숨이 달린 문제인데 그걸 차별할 리가.

사실 열처리 실패한 갑옷은 그냥 다시 녹여서 재활용한다. 게다가 판금 갑옷이라 해도 100미터 안쪽의 근거리에선 강선총에 육 할 정도의 확률로 관통되고 만다.

"또한 아군이 사용 중인 갑옷은 긴 시간 동안 모은 갑옷이니 많아 보이겠지만, 실질적으론 지난 전쟁에 사용한 게 전부일세."

"그런 사정이 있는지는 몰랐사옵니다. 그럼 이번 해엔 준비하실 수 있는 철갑의 양이 어느 정도일지요?"

"고도 자세히는 모르지만 바로 준비할 수 있는 건 백여 벌이 조금 넘을 듯하군. 한 벌당 만드는 시간도 오래 걸리니 지금은 그걸로 만족하게."

"그건… 너무 적은 듯하옵니다. 지금 황군에겐 더 많은 갑옷이 필요하옵니다."

"그래도 당장 없는 걸 어찌하겠나. 자네도 현재 황상의 금군 대장인 이징옥의 갑옷을 본 적 있지?"

"예, 그렇사옵니다. 정말 아름답기 그지없었사옵니다."

"그 수준의 갑옷 백여 벌이네. 황군이 쓸 정도면 그 정도는 해야 하지 않겠나."

그러자 정동이 반색하며 답했다.

"성은이 망극하옵니다."

앞으로 북명에 넘기는 판금 갑옷은 장식이 잔뜩 들어가 겉으로 보기에 화려하기 그지없는 것으로 넘기려고 한다.

그만큼 단가가 비싸니 가격 후려치기도 좋지.

"앞으로 자세한 이야기는 예조판서와 함께 논의하게나. 오늘은 짐이 고국에 돌아온 그대를 위해 잔치를 열어주겠노라."

그렇게 곧바로 근정전에서 성대한 잔치가 열렸고, 정동과 사신단 일행은 크게 만족한 듯 보였다.

"전하께서 이렇게나 소신을 환대해 주시니 정말 기쁘기 그지없사옵니다."

정동이 기분 좋게 취한 듯 붉어진 얼굴로 내게 말했다.

"그런가? 그나저나, 고에게 신이라고 칭해도 되는가? 조선 출신이라곤 하나 자넨 황상의 신하가 아닌가?"

"아, 그것은 일전에 황상께서 허하신 일이옵니다. 앞으로 모든 명국의 관료들이 광무왕 전하를 배알할 시, 황상의 대리인인 전하께 반드시 신이라고 칭하도록 정해졌사옵니다."

우리 바지 사장님이 드디어 정신 줄을 놓았나? 고맙긴 한데, 이러다 나중에 어찌 될 줄 알고 저런대.

난 잔치가 끝나고 난 후 민의생을 불러 설탕과 설탕을 이용한 가공식품류를 조공 물목에 끼워 넣으라고 지시했고, 다음 날부터 민의생은 내 지시에 따라 협상을 이어갔다.

그렇게 북명의 사신들이 잘 대접받아 협상이 순조롭게 풀리고 있을 때, 의외의 손님들이 조선을 찾아왔다.

남명 조정에서 보낸 사신단이 배를 이용해 강화도에 도착했다는 소식이 들어온 것이다.

*　　　　*　　　　*

느닷없이 들이닥친 남명 사신단의 방문으로 인해 나와 예조의 관리들은 편전에 모여 대책 회의에 들어가야 했다.

"저들이 아국에 온 이유가 무엇이라 생각하나?"

그러자 예조판서 민의생이 내게 답했다.

"신이 사료컨대, 아국을 통해 남경 조정의 정통성을 인정받고 필요한 물품이 있어서 교역하러 온 듯하옵니다. 강화 부사 김경(金俓)이 장계에 적은 바론 저들의 수장인 이부상서 왕직(王直)이 말하길 조공을 통해 나라 간에 귀한 물건을 주고받자는 목적이라 밝혔다 하옵니다."

그러자 예조정랑 이영서(李永瑞)가 내게 고했다.

"전하, 저들의 목적이 귀한 물건이라 밝혔으니 미당이 필요해 온 게 아니겠사옵니까?"

"경들의 의견이 타당하오. 우선 예판은 당장 북경에서 온 사신들의 접대를 해야 하니, 예조정랑이 비밀리에 강화도로 가줘야겠소. 또한 북경에서 온 사신들에겐 이 일이 절대 알려져선 안 되오."

"예, 신이 전하의 명을 받들겠사옵니다. 그럼 바로 떠날 채비를 갖추겠사옵니다."

"잠시만 기다려 보게. 고가 생각해 볼 게 있으니 커피라도 한 잔씩 들고 있게나."

그러자 편전에 모인 관료들이 일제히 답했다.

"성은이 망극하옵니다."

지금 상황에선 민의생과 이영서가 내놓은 의견은 타당하다. 하지만 난 저들이 뭔가 급하게 필요한 게 있어서 조선까지 온 거란 생각을 지울 수가 없었다.

남북조가 갈라진 후 설탕의 공급이 끊겨 버린 북명처럼 저들도 분명 수급이 어려운 게 있을 텐데. 대체 그게 뭘까…….

내가 잠시 생각에 잠겨 있고 예조의 관리들이 조용히 커피를 한 잔씩 들이켜고 있을 무렵, 편전에 맴도는 커피의 향과 함께 뭔가가 떠올랐다.

"정랑, 분명 저들은 초석이 떨어졌을 것이다. 저들은 미당을 목적으로 온 듯 위장해 그 뒤에 끼워 넣듯 초석이나 화약을 거래하자고 제안할 것으로 생각하네."

그러자 이영서가 커피 잔을 소리 내지 않고 조용히 좌상에 내려놓고 자세를 바로 하며 답했다.

"전하, 명국은 아국과 다르게 초석이 풍부하지 않사옵니까?"

"그건 어디까지나 북쪽 기준일세. 실제로 초석이나 염초를 생산하는 건 고의 영지인 산동이나 산서와 같이 북쪽의 땅 위주라네. 사천에서도 초석이 조금 나오긴 하나 거긴 양측 조정의 복속을 모두 거부하고 독립했으니, 사실상 남경 조정의 화약 수급은 막힌 거나 다름없지."

"그것이 참말이시옵니까?"

"그렇네. 고가 보기엔 아마 최근 이어진 전쟁과 민란으로 인해 남경 조정 측에선 비축된 화약을 거의 다 소모했을 것으로 추측하네."

전쟁 당시 오이라트군이 먼저 명국의 화약 무기와 화약을 최대한 거두었고 거기에 내 지시를 받은 이징옥이 군을 동원 해 산서와 북경 인근의 남아 있던 화약을 거두어 왔으니, 우겸 이 1차 북경 공성전 당시 사용한 화약은 거의 다 남쪽에 비축 되어 있던 물량이었을 거다.

거기에 거듭된 민란으로 화기를 사용하고 있을 테니 비축 된 화약 재고가 동이 날 수밖에 없겠지.

"하지만, 대국에서도 아국처럼 염초를 가공해 만드는 법이 있다고 전해 들은 적이 있사옵니다."

"자네 말이 맞네만, 장강 이남의 지방은 북쪽과 다르게 습기가 가득하고 비가 자주 내려 염초를 만드는 법을 안다 해도 망치기 일쑤네. 게다가 운 좋게 성공한다 해도 한두 해 안에 바로 해결될 문제가 아니지."

지금 조선 조정에 비축된 완성품 화약은 거의 십만 근에 가까운 데다 재료인 염초와 유황도 넉넉하게 있었다.

거기다 대대적인 군제 개편 후 수령 대신 유사시 지휘권을 담당할 전문 무관이 파견되고 있는 지방 관아에도 자체적인 염초생산을 권장해 그 결실을 조금씩 수확하는 단계였다.

거기에 이번에 북명에서 보낸 사신들이 판금 갑옷의 대가로 가져온 초석도 많아서 일만에서 이만 근 정도의 화약은 비싼 값을 받고 수출해도 될 성싶었다.

"주상 전하, 신이 해야 할 일을 일러주시옵소서."

"우선 남경에서 온 사신들에게 정식으로 환대하지 못하는 사정을 잘 설명하고 당분간 강화도에서 그대로 머물게 하게나. 그리고 저들이 먼저 조공이나 교역에 관해 이야기를 꺼내도 바로 응하지 말고 최대한 시간을 끌게. 어디까지나 아쉬운 건 우리가 아니라 저들이네."

"예, 신 예조정랑 이영서. 전하의 명을 받들어 시행하겠나이다."

"그래, 예판도 이참에 민가나 시중에 소문이 돌지 못하게 잘 단속하게나. 남경에서 사신이 온 것을 북경의 사신단에서 알게 되면 당장 역도들의 목을 베어 황제에게 바치라고 떼를 쓸 수도 있으니."

그러자 민의생이 내게 답했다.

"예, 그 일은 의금부와 몇몇 기관의 협조를 구해서 처리하겠사옵니다. 부디 신에게 맡겨주시옵소서."

"고는 언제나 우리 예판 대감이 있어서 든든하오."

그러자 민의생이 환하게 웃으며 답했다.

"성은이 망극하옵니다."

난 그렇게 회의를 마치고 나서 일부러 북명 사신단의 눈길을 돌리기 위해 협상을 빠르게 마무리 짓도록 조치하고 그들의 눈길을 돌릴 계획을 세웠다.

일전에 지나가듯 약속했던 정동의 고향 나들이를 핑계 삼아 호화스러운 신형 마차를 동원하고 많은 수행원을 동행시켜 사신 일행을 황해도 신천으로 보내 버린 것이다.

정동은 내가 내어준 화려한 마차가 내심 마음에 들었는지 떠나기 전 여러 가질 질문했고 조선에서도 정승 이상이나 탈 수 있다는 고관용 마차란 말에 감격해 그대로 땅에 엎드려 절을 해댔다.

그렇게 정동이 금의환향하는 기분으로 신천으로 떠났고 난 미리 수행원들에게 일러 유람을 목적으로 평양까지 올라갔다가 그대로 적당한 핑계를 대고 머물게 하라고 지시를 내렸다.

사신단이 평양까지 가면 다시 도성으로 올라오기도 뭐할 테니, 그땐 나도 적당한 명분을 붙여 귀국하게 하려는 속셈이기도 하다.

난 그렇게 정신없는 새해를 보내며 강화도 쪽에서 보낼 장계를 기다려야 했다.

*   *   *

한편 남명의 조정에선 경태제가 초조하게 조선에 간 사신단이 협상에 성공해 귀국하기만을 기다리고 있었다.

"황 사서(司書), 사신단에 관한 소식은 아직 없던가?"

그러자 마치 문관처럼 차려입은 여인이 경태제에게 고개를 숙이며 답했다.

"예, 아직까진 별다른 소식이 없었사옵니다. 소신이 아직 나랏일에 대해선 잘은 모르오나 나라 간의 일은 하루아침에 처리될 만한 게 아니라고 여겨지옵니다. 부디 마음을 편히 하시고 기다리시옵소서."

그러자 경태제가 잠시 앉은 채로 생각에 잠겼다.

왕진 같은 간신 때문에 환관을 혐오하게 된 경태제는 남경에 자리 잡은 후, 환관 제도를 폐하고 궁인은 오직 여인만 뽑도록 궁의 법도를 개정하고 환관의 자리를 일부 궁녀들로 대체했다.

황씨가 받은 사서란 벼슬은 기존의 태감직을 대체한 직위지만, 품계도 무척 낮은 데다 황제의 수발을 드는 것 외엔 어떤 실권도 주어지지 않았다.

그렇게 개정 이후로 모든 궁의 잡일이나 간단한 업무는 전부 환관 대신 궁녀들이 대신하게 되었으며, 그리하여 궁인들이 적당한 교육을 받게 되었다.

비록 여인이라 하여 권력을 탐하지 않는 것은 아니지만, 지금은 궁녀들의 정치적 세력 기반도 전혀 없었고 권한도 기존의 환관과는 비교할 수 없을 정도로 초라했기에 당장은 경태제의 정치적 개혁이 성공적인 듯 보였다.

게다가 상대적으로 청렴한 이가 많은 남경의 조정은 북경 시절의 폐단과 악습을 반복하지 않기 위해 선정을 베풀었다.

거기에 복건에서 일어난 민란 확산 저지를 위해 6할이었던 세를 4할로 낮추면서 세제 개혁을 하고 있었다.

또한 현재 남명의 사신 대표로 조선에 파견된 이부상서 왕직은 병부상서 우겸과 더불어 현 남명 조정의 실세 중 하나였다.

이번 사신행에 그를 보낸 것만으로도 경태제 주기옥이 조선과의 관계를 굉장히 중요하게 생각하고 있다는 증거기도 했다.

남북조가 장강을 방위선 삼아 국경선이 갈리자 크게 달라진 것은 수운이 쇠퇴하여 물류가 전처럼 빠르게 돌지 못한다는 점이다.

대부분의 물류 이동은 육로를 통해야 했고 양국 군대의 대치를 틈타 수적들이 여럿 생기기도 했다.

사념에서 깨어난 경태제가 넋두리하듯 말을 꺼냈다.

"하나의 조정일 땐 짐이 신경 쓰지 않던 사소한 것들이 지금은 더할 나위 없이 불편하기 그지없어. 한시라도 빨리 민란을 정리하고 북쪽의 암군을 몰아내고 싶건만……."

"황상, 지금은 복건의 민란부터 제압하는 게 순리일 듯하옵니다. 근자에 복건성에서 좋은 소식이 들려오지 않았사옵니까."

"희소식이 들려오긴 했으나, 황 사서의 생각대로 상황이 무작정 낙관적이진 않도다."

"소신이 감히 황상께 연유를 여쭈어도 되겠사옵니까?"

"그래. 사서의 말대로 병부상서가 복건으로 통하는 관문을 모두 점령해 봉쇄했고, 또한 철우관에선 오천의 병사로 적도 오만을 격파해 대승을 거두었노라. 거기에 인근의 산중에도 요새를 여럿 건설 중이지."

"예, 그렇다고 들었사옵니다."

"그러나 철우관에서 벌어진 전투만으로 많은 화약을 써버렸노라. 이제 가진 화약이 부족하기에 적도들이 그것을 눈치채고 한곳에 모여 총공세를 펼친다면 자칫 위험할 수 있어. 그래서 짐이 이리도 근심하는 것이로다."

"소신이 무지하여 승전의 소식이 무작정 좋은 줄로만 알았사옵니다."

"그래서 이번 조선행에 큰 기대를 할 수밖에 없노라."

"그럼 황상께선 조선에서 화약을 들여오려 하시나이까?"

"그래. 미당도 필요하긴 하나, 사정상 미당보단 화약이 급할 수밖에 없다. 사실 짐의 마음 같아선 조선군을 원군으로 청하고 싶은데 지금 사정상 그럴 수 없어서 그저 사신단의 협상이 잘 이루어져 화약이 수급되길 바랄 수밖에 없노라."

그렇게 경태제의 근심이 깊어져 갈 무렵, 여러 관문이 봉쇄된 잔평국 전선에선 화약이 부족한 이유로 우겸이 사용한 맹화유궤(猛火油櫃, 화염방사기)가 커다란 성과를 보았다.

거기에 화약을 아끼면서 최대의 효율을 보기 위해 오로지 근거리 산탄형 화포 공격만을 사용하는 우겸의 전법에 의해 반란군이 수많은 인명 피해를 보게 되자 결국 동시다발적으로 이루어지던 여러 관문의 공격이 중지되고 전황이 소강상태에 빠졌다.

그러자 잔평국의 수도 복주의 항구에선 잔평왕 등무칠이 입안한 남경 습격 계획을 위해 군선부터 어선까지 가리지 않고 징발되어 수백 척의 배들이 모여들고 있었다.

*   *   *

남북조와 조선의 국제관계가 복잡하게 돌아갈 때쯤, 일본의 무로마치 막부에선 8살의 어린 나이로 이름만 정이대장군, 즉 쇼군에 올랐었던 요시미사가 정식으로 막부의 수장이 되었다.

아시카가 요시마사(足利義政)가 14살이 되자 관례(冠禮)를 치른 후 친정을 선언하곤 교토에서 관료들을 모아 회의를 하고 있었다.

"내가 얼마 전에 듣기론 큐슈 쪽의 일부 가문들이 감히 조선에 칭신했었다고 하고 그 사정을 보고조차 하지 않았다고 한다. 그게 사실이더냐?"

그러자 막부의 최고 유력자이며 간레이(管領)의 벼슬을 하는 호소카와 가쓰모토(細川勝元)가 나서서 그의 질문에 답하며, 슬며시 오우치에 대한 적대감을 표출했다.

"사실입니다. 사 년 전 쇼니 가문과 오우치의 가문이 조선의 왕에게 칭신해 이중 봉신 체제를 이어가고 있다고 들었사옵니다. 이는 절대 그냥 넘어갈 수 없는 문제입니다."

그러자 쇼군 요시마사가 표정을 찌푸리며 말했다.

"쇼니도 그렇지만 오우치 놈들도 괘씸하기 그지없군. 선대 쇼군에게 반기를 들었던 놈이 이젠 타국의 왕에게 충성을 바쳐? 내가 정사에 관여하지 못한 사이에 멋대로 힘을 키운 것도 모자라 감히 외세를 끌어들이려 한 것인가."

오우치는 본래 바다 건너 다른 나라들과 이뤄지는 중계무역인 감합무역(勘合貿易)을 독점하다시피 하던 가문이었으며, 근래 들어 조선제 비누와 설탕이 오우치를 거쳐 교토에도 보급되었다.

그런 과정에서 최근 인기가 높아진 고급 비누와 설탕에 폭리나 다름없는 비싼 값을 치러야 했던 호소카와는 오우치에게 좋은 감정을 품을 수가 없었다.

"예, 아무래도 그런 의도가 있다고밖에는 설명이 되지 않을 듯하옵니다."

그러자 호소카와의 정적이자 오우치의 가주인 노리히로를 첫째 사위로 둔 도닌(頭人, 막부의 군사 대신) 야마나 소젠(山名宗全)이 나서서 항변했다.

"쇼군, 그것은 쇼군께서 오해하신 듯하옵니다. 역신이었던 전대와는 다르게 현 오우치의 가주인 노리히로는 쇼군의 충성스러운 신하이며, 거기엔 복잡한 사정이 있습니다."

"그것이 무엇이더냐."

"본래 오우치와 쇼니는 자주 전쟁을 벌이던 사이옵니다. 그러나 4년 전 양 가문 간의 전쟁에서 쇼니의 가주 노리요리가 패하기 직전, 조선군이 쇼니의 필사적인 요청을 받아 전쟁에 개입했고 결국 오우치의 가주인 노리히로가 조선군에게 생포되었습니다."

"허, 그런 일이 있었더냐?"

"예, 현 가주인 노리히로는 조선군에게 포로로 잡혀 살기 위해 어쩔 수 없이 조선왕에게 칭신한 것이며 쇼군께 반기를 들 사특한 목적을 가지고 조선에 투신한 게 아닙니다. 또한 쇼니도 이 사태의 원인이긴 하나 이 또한 어디까지나 살아남기 위해 벌인 일입니다."

"흐음, 진정 조선이 큐슈에 군을 보냈었단 말이지……."

"예, 그렇습니다."

그러자 호소카와가 날이 선 목소리로 야마나 소젠에게 말했다.

"사정이 어쨌건 쇼군의 신하가 감히 허락도 없이 타국의 왕에게 칭신한 건 용납할 수 없는 일입니다. 거기다 오우치는 막부나 쇼군께 양해를 구하는 어떠한 서신조차 보내지 않았지요."

그러자 야마나가 침착하게 호소카와에게 대꾸했다.

"그땐 쇼군께서 막부를 직접 다스리시지도 않았고, 섭정 중이었잖소. 이제라도 쇼군의 위엄을 보여 엄히 질책하는 서신을 보내고 사죄의 의미로 비누와 사당을 쇼군께 바치게 하는 선에서 마무리하는 게 낫지 않겠소? 오우치가 일으켰던 난이 끝난 지 십 년도 채 되지 않았는데 여기서 더 강경하게 나가면 진심으로 조선에 투신할지도 모르는 일이요."

그러자 할 말이 없어진 호소카와는 정적이긴 하나 야마나와 자신의 복잡한 관계를 빗대 그의 말을 비꼬았다.

"참나, 사위 사랑이 참 대단하시군요. 친딸을 시집보낸 것도 아닌데 맏사위가 장인을 극진히 대접해 줬나 봅니다. 아니면 장인께서도 조선과 따로 교류하고 계신 겁니까? 첫째만 지극히 챙기지 말고 둘째 사위인 저도 좀 생각해 주시지요, 장인어른."

둘 사이의 분위기가 험악해지자 요시마사가 나서서 그들을 중재했다.

"그만하라. 사정을 듣고 보니 오우치가 칭신한 건 사정이 참작될 만한데, 여기서 제일 문제가 되는 건 조선이군."

그러자 오우치를 두둔하는 소젠에게 반발하는 마음이 들어 호소카와가 마음에도 없는 소리를 내뱉었다.

"쇼군의 말씀이 맞사옵니다. 이는 시간이 흐르긴 했어도 그냥 넘겨선 안 될 문제라고 봅니다."

"그래, 나 역시 대국인 명으로부터 일본 국왕의 작위를 직접 받은 몸이다. 섭정 중이었다곤 하나 같은 제후국인 처지에 어찌 막부에 양해의 말 한마디 없이 본국에 멋대로 군대를 보낼 수 있단 말인가? 그대의 말대로 이는 조선에 정식으로 사신을 보내 항의를 해야 하는 문제라고 본다."

"그럼 사신으로 누굴 보내시려 하십니까?"

그러자 아무도 예상하지 못한 답이 쇼군에게서 나왔다.

"아무래도 이번 건은 조선과 아무런 이해관계가 없는 호소카와 공이 적임자겠군."

"예? 그게 무슨 말씀입니까?"

"그대를 쇼군의 대리로 임명할 테니, 조선으로 가서 옛일을 정식으로 항의하고 아국의 위세를 보여주게나."

"하지만, 쇼군……."

그러자 야마나 소젠이 호소카와의 말을 자르며 쇼군에게 긍정적인 의사를 표했다.

"쇼군의 말씀이 지당하신 듯합니다. 호소카와 공이라면 성품이 강직하니, 분명 잘해낼 수 있으리라 생각합니다."

그러자 호소카와는 마치 짜고 나온 듯 이야기가 이어지는 쇼군과 야마나 사이에 무언가가 있음을 직감하곤 생각했다.

'설마 이 모든 게 계획된 일인가? 내가 자리를 비운 사이에 야마나 녀석을 밀어주려는 일련의 계획인 거 같은데……. 내

가 꼼짝없이 말려들었군. 이런, 젠장!'

호소카와는 통칭 삼마(三魔)라고 불리는 쇼군의 외척들과 결탁해 막부의 실질적인 권력을 휘두르고 있었고, 요시마사는 호소카와의 권력을 견제하기 위해 이번 일을 계획한 것이었다.

그렇게 호소카와의 조선행이 결정되었고, 거기다 조선에 입국하려면 호소카와는 지극히도 싫어하는 오우치의 도움을 받아야 했기에 교토를 떠나 사신단을 이끌고 큐슈로 떠나야 했다.

                    *   *   *

내 지시를 받은 예조정랑 이정서의 주도로 강화도에서 시작된 협정은 장계를 읽어보니 시작이 순조로워 보였다.

장계에 적혀 있길, 일단 미당에 관한 협상이 첫 번째로 시작되었다고 한다.

북명 조정에 가야 할 미당의 수량을 일부 나누어야 하니, 미당 한 가마를 가져가게 하고 기존보다 두 배의 가격으로 값을 치르기로 협의를 보았다고 한다.

현재 미당의 실질적 값어치는 같은 부피의 금과 거의 비슷하며 살짝 높은 수준이다.

조공 초기엔 금보다 몇 배는 비쌌지만 지나치게 높은 가격을 유지하는 것보단 적당한 가격으로 푸는 게 좋을 것 같아 오 년 전부터 해당 네다섯 가마 정도의 분량을 공급했고, 그후로 점점 물량이 늘어나면서 가격이 내려가 현재는 금하고 비슷한 가격이 되었다.

남명의 이부상서 왕직이 첫 협상에서 말하길, 미당에 그 가격을 지급하는 대신 화약 십만 근을 같은 부피의 쌀과 교환해 달라는 말도 안 되는 요구를 하자 이정서가 바로 자리에서 일어나 버려 협상이 파행을 겪었다고 한다.

아무래도 조선의 사정을 모르는 데다 화약을 풍족하게 쓰던 예전의 명나라 기준으로 생각해서 저런 요구를 한 듯한데, 정녕 제정신인가? 전쟁 전 명나라의 화약 가치는 내가 잘 모르겠지만, 현재 조선에서 화약 10근의 시세만 따져도 쌀 한 섬보다 훨씬 비싸며 그것도 예전에 비하면 가격이 많이 내려간 편이었다.

그런 의미로 내가 생각한 남명에 줄 수 있는 화약의 최대치는 이만 근(12t)이 한계다.

거기다 이만 근만 해도 전쟁 이전 조선 기준으로 일 년 치 생산량의 두 배 정도다.

그간 경주에 유황 광산을 개발하고 큐슈에서도 해마다 유황을 꾸준히 수입한 데다 염초전을 이용해 고작 해당 1천 근을 간신히 넘기던 염초의 생산량을 열 배 가까이 늘렸다.

그런 연유로 현재 화약 생산이 10년 전보단 대폭 개선되긴 했으나 규모와 재정적 한계로 인해 조선 중기와 비슷한 수준이 한계였지.

앞으론 북명을 통해 초석이 계속 공급될 테니 이번 해부터 생산이 더 늘긴 하겠지만, 그렇다고 해서 대뜸 화약을 남명에 풀면 적절하게 군사적 균형이 유지되고 있는 정세가 깨질 수 있으니 조절을 잘해야겠지.

그렇게 장계를 읽으며 생각에 잠겨 있던 난 곧장 이정서에게 보낼 서신을 작성했다.

*   *   *

첫 협상이 파행되고 오 일 후 예조정랑 이정서가 협상장에 모습을 드러내며 왕직에게 유창한 명나라 말로 운을 떼었다.

"왕 대인, 일전엔 제가 결례를 범했었습니다."

"아닙니다. 우선 제가 첫날 무리한 요구를 한 것에 대해 사과하고 싶습니다. 그건 어디까지나 사정을 잘 모르고 꺼냈던 말이고, 조선에서 화약이 귀한 것을 몰랐기에 범한 실수였습니다."

"다시 한번 말씀드리자면, 본래 귀국 조정의 존재는 아국에

서 공인될 수 없으며 양국이 공식적으로 접촉해 이야기를 나
눈 게 명국 조정에 알려지면 커다란 문제가 될 수 있다고 하
지 않았습니까. 그런 와중에 대인께서 아국의 사정을 고려치
않고 무작정 화약을 넘기라 하시니 잠시 이성을 잃었던 듯합
니다."

　"예, 그런 사정은 저도 십분 이해가 가지만 우리 명국의 사
정도 급박합니다. 사특한 역도들을 한시라도 빨리 제압해야
하는 사정이라 마음이 급해 자세한 사정을 알아보지 못하고
그랬으니 제 잘못도 크지요."

　"흠… 실례지만, 두 조정을 전부 명국이라고 호칭하니 살짝
혼동이 오는군요. 혹시 적절한 별칭이 없겠습니까?"

　"그럼 남명이나 남조라고 칭해주시지요. 아국 조정에서도
건국 수도였던 경사(京師) 남경(南京)의 정통을 잇기 위해 태조
께서 처음 지으셨던 국명을 따와 오국조(吳國朝)나 응천남명
조(應天南明朝)라고 통칭합니다."

　"알겠습니다. 우선 아국의 사정부터 짚고 넘어가겠습니다.
지난 광무정난(光武靖難), 그러니까 야인과 전쟁 당시 아국의
군대가 황도 북경을 탈환하기 위해서 화포로 덕승문과 서직
문 일대의 성벽을 전부 무너뜨렸고 당시 아군이 사용한 화약
의 양만 해도 삼만 근이 넘습니다. 본래 아국의 화약 생산량
이 해당 천 근을 조금 넘길 정도였으니 그게 어느 정도 양인

지 감이 오십니까?"

광무정난은 북명 조정에서 정한 전쟁의 명칭이며 사실 오이
라트군의 공격으로 한번 붕괴하였던 성벽의 취약점만 골라 공
격했기에 실제로 전쟁 동안 사용되었던 화약은 그보다 훨씬
적었다.

하지만 이정서의 입에서는 협상에 임하는 조선 예조의 관
리들이라면 기본적으로 익혀야 할 소양인 일부의 진실만 섞
은 거짓말이 자연스레 나오고 말았다.

"으흠, 그렇군요. 제가 본래 천생 문관인지라 군문의 사정이
나 전쟁에는 밝지 않아 무리한 요구를 한 듯싶습니다."

왕직은 반란을 진압하러 나선 병부상서 우겸이 군재에 밝
은 데다 총명하니 자기 대신 그가 왔으면 더 좋았을 것이라
내심 자책하며 말을 이었다.

"그럼 오늘은 일전에 합의한 미당값과는 별개로 화약 건에
대해 논하는 게 좋겠지요?"

그러자 이정서가 진지한 표정을 지은 와중에 마음속으로만
웃으며 말했다.

"저희 전하께서 이 건에 대해 진노하신 듯 이전의 협상도
없었던 일로 돌리라 하교하셨습니다. 죄송하지만, 그런 사정
으로 오늘은 협상이 아니라 돌아가시기 전에 인사를 드리러
온 것입니다."

"예? 그게 무슨……."

"사실 조선은 북쪽의 조정과 조공 관계만 이어가도 아국에 필요한 것을 전부 얻을 수 있으니, 북경 조정과의 관계가 뒤집힐 위험을 감수하면서까지 남조와 조공 관계를 새로 이을 필요가 없다는 말입니다. 거기에 아국의 사정도 감안하지 않고 무도한 요구를 하는 귀공 덕에 전하께서 진노하신 듯합니다."

그러자 왕직은 자신이 총애를 받는 권신이긴 하나, 이대로 아무것도 얻지 못하고 돌아간다면 경태제의 분노가 쏟아지리라 생각해 머리가 아찔해졌다.

거기다 황제의 분노는 둘째 치고, 화약을 얻지 못한 채 돌아간다면 복건성에서 고군분투 중인 소중한 지기인 우겸도 위험해질 것이며 그리되면 간신히 확산을 저지한 민란이 남명 전체에 퍼질 거라는 생각이 들자 왕직은 곧장 체면도 전부 버리고 이정서에게 엎드리며 빌어야 했다.

"이 대인! 제발, 이대로 돌아갈 수는 없습니다. 부디 광무왕 전하께 제 말을 다시 한번 전해 드리면 안 되겠습니까? 제가 이렇게 간절히 청합니다. 부디 사정을 한 번만 보아주시길 빕니다."

본래 광무왕이란 왕호는 남명 입장에선 북경의 암군인 정통제가 내린 호칭이기에 공식적으로 입 밖으로 낼 수 없는 단어였다.

그러나 사정이 급박해지자 왕직은 어떻게든 협상을 지속하기 위해 금기고 뭐고 잠시 잊고 이정서의 다릴 붙잡을 기세로 애원해야만 했다.

그렇게 일각 정도의 실랑이가 이어지자 이정서가 한숨을 내쉬며 왕직의 요구를 못 이기는 척 수용했다.

"알겠습니다. 제가 다시 한번 도성에 장계를 올려 전하의 윤허를 기다려 보지요. 그러니 그만하시고 치료부터 받으시지요. 의원을 불러 드리겠습니다."

이정서에게 애원하던 와중에 머리를 바닥에 찧은 왕직의 이마엔 어느새 피가 줄줄 흐르고 있었고 머리도 전부 풀어 헤쳐져 있었다.

"이 대인, 정말 고맙습니다! 이 은혜는 반드시 잊지 않겠습니다."

"지금부터 제가 하는 말은 공식 석상에서 발언할 만한 이야기는 아니니 흘려 들어주시지요. 솔직히 나라를 위해 체면도 전부 버린 왕 대인의 충심과 정성에 감복했습니다. 제가 알기론, 대인께선 남조에서 제일가는 권신이자 노대신이라 들었습니다. 그런 귀하신 분이 어찌 저 같은 범부에게 이렇게까지……"

이정서가 감격한 듯 눈물을 보이며 왕직의 손을 맞잡자 왕직 또한 감정이 북받친 듯 눈물을 흘리기 시작했고 두 사람의 대화는 그 후로도 계속 이어졌다.

그렇게 왕직을 잘 달래 악감정을 가지지 않게 만든 후, 협상장에서 나온 이정서는 곧장 표정을 평소처럼 바꾸며 생각했다.

'허허, 해마다 재래연을 주의 깊게 본 보람이 있군. 이런 맛에 종친이나 공신들이 재래연을 하는 건가? 나중에 기회가 있으면 나라에서 주최하는 재래연 말고 조그만 무대라도 한번 참여해 보고 싶군.'

광무왕 이향이 내려준 방침에 덧붙여 상대의 반응을 보고 나름대로 일생일대의 연기를 펼친 이정서는 의원을 부르곤, 곧장 새로운 장계를 쓰기 시작했다.

*　　　　*　　　　*

이마를 다친 왕직이 조선의 의원에게 소독을 받고 있을 때, 티무르 왕국으로 향하는 조선과 티무르의 사신단 일행은 타림 사막을 지나고 있었다.

"예조참의 영감, 오늘도 무관 중 한 명이 탈진해 쓰러졌다고 합니다."

사신단의 일행이자 신숙주의 부관 역을 맡은 설동인의 보고에 신숙주는 눈살을 찌푸렸다.

"이거 큰일이로군. 이걸 어찌하면 좋을꼬. 낮에는 사람이 쓰러질 정도로 덥고 밤엔 얼어 죽을 만큼 추우니, 사막이란 정말 기괴한 기후일세."

"아국의 의원들과 첩목아국의 의원들이 공통적으로 말하길, 무관들이 쓰러진 것은 머리에 열이 차서 생기는 탈진 증세라고 합니다. 그러니 우선 머리에 열이 차지 않게 조치해야 합니다."

"우리도 이미 머리에 천을 둘러서 햇볕을 차단하고 있지 않은가."

신숙주의 말대로 조선식으로 죽립이나 관(冠)을 쓰길 고수하던 일행은 사막에서 첫날의 지옥 같던 더위를 겪자, 그다음 날 곧바로 티무르 측의 조언을 실행해 천을 머리에 두르게 되었다.

"그것과 별개로 무관들은 언제 들이닥칠지 모르는 습격에 갑옷을 벗을 수가 없어서 머리에 열이 차올라 그렇다고 합니다."

설동인의 말대로 사막을 건너던 일행은 두 번에 걸쳐 도적떼의 습격을 받았고 양국의 무관들이 나서서 그들을 손쉽게 격퇴했지만, 만일의 사태에 대비해 무장을 유지할 수밖에 없었고 전투에서 다친 이는 없는 대신 열사병으로 쓰러진 이들이 속출했다.

무관들이 착용한 판금 갑옷 위쪽엔 임시 조치로 커다란 의전용 도포를 둘러 열을 차단하여 몸통 쪽은 견딜 만했으나, 상투 튼 머리로 인해 차오르는 열과 땀으로 인한 습기를 견딜 수 없어서 일어나는 증상이었다.

"이럴 줄 알았으면 에센에게 도움을 받을 걸 그랬군."

"그러게나 말입니다."

신숙주는 북명을 지나 천산 일대를 장악한 오이라트의 영역에 들어가기 전 서신으로 이번 사신행에 대해 통보하고 지나갈 것을 양해받았었다.

그 당시 에센이 사신단에게 길잡이 겸 호위를 붙여주겠다고 제안했었지만, 신숙주는 지난 전쟁 당시 사정을 자세하게 알지 못해 그의 제안을 거절했었다.

그리고 다음 날 또 몇 명이 더 쓰러지자 신숙주가 신음하며 설동인에게 말했다.

"본관도 변방에서 오래 살았지만 야인들이 어째서 변발을 고수하는지 몰랐었는데 이제야 그 이유를 알 것 같군."

"어떻게 하시겠습니까?"

"무관들의 머리카락을 자르게 해야겠네. 비록 부모님께 받은 털이 소중하다곤 하나 건강보다 더 중할 수는 없지. 이 정도 중증이면 정수리에 백호를 치는 것만으론 부족하겠네."

본래 조선에선 상투를 쉽게 틀기 위해 정수리 부분의 머리를 짧게 자르며 그것을 백호나 배코 친다고 부른다.

그렇게 신숙주가 무관들을 불러 머리를 자를 것을 명하며, 본보기를 보이기 위해 본인도 먼저 머리를 잘랐다.

그러자 끝까지 거부 의사를 표하는 몇 명을 제외하곤 무관들은 정수리 쪽에 배코 쳤던 머리 길이에 맞춰 승려들처럼 머리를 짧게 잘랐다.

그 와중, 최근에 정수리 쪽에 배코를 쳤던 무관은 변발이나 다름없는 머리가 될 것 같자 옆, 뒷머리도 전부 깎아 삭발을 해버렸고, 그렇게 자른 머리는 각자 준비한 주머니에 잘 보관하게 조치했다.

"허, 정말 시원하기 그지없군. 중이나 야인들은 이렇게나 편하게 살았던 건가. 그런데 자네까진 자를 필요는 없었을 텐데, 정말 괜찮겠는가?"

그러자 같이 머리를 자른 설동인이 신숙주에게 말했다.

"전 집안이 회회계라 이런 것에 익숙합니다. 관직에 나서지 않은 몇몇 집안 어르신들도 날씨가 더워지면 머리카락을 자르곤 하십니다."

"그랬나. 이번에 좋은 걸 배웠군."

"무엇을 말씀하십니까?"

"직접 겪어보지 않곤 함부로 남의 풍속에 대해 왈가왈부하면 안 된다는 걸 말일세. 우리가 언뜻 보기에 괴상해 보일지라도 나름대로 합당한 이유가 있다는 것도 말일세."

그렇게 여정이 다시 재개되었고, 그날 저녁에 티무르 왕국 사신단의 대표인 아흐마드가 식사를 마친 신숙주에게 다가와 놀란 표정으로 말을 건넸다.

"신 공, 머리를 자르신 겁니까?"

"예, 아국의 무관들에게 먼저 본을 보이기 위해 제가 먼저 손을 써봤습니다."

"신 공께선 미남이시라 그런지 인물이 훤히 사시는군요."

"하하, 빈말이라도 감사드립니다. 그건 그렇고 얼마나 더 가야 합니까?"

"모래바람만 만나지 않는다면, 한 달에서 두 달 사이면 될 듯합니다만…… 그 전에 산맥을 통과해야 합니다. 거기만 넘으면 바로 우리 왕국의 수도인 사마르칸트에 도착합니다."

"그렇군요."

"그건 그렇고 신 공의 어학 실력은 정말 대단하십니다. 몇몇 부분의 발음을 조금만 고치면 우리 형제라고 착각하겠어요."

"그렇습니까? 좀 더 연습해서 가다듬어 봐야겠군요. 오늘은 귀국의 예법과 역사에 대해 좀 더 배우고 싶습니다."

"네, 오늘은 금기에 대해 알려 드리죠. 일단 개와 돼지는 더러운 동물로 여겨 가까이하는 것이나 먹는 것도 금지되어 있습니다. 또한……."

그렇게 신숙주가 말과 예법 등 티무르의 문화에 대해 익히며 여정을 계속할 때, 티무르 왕국의 군주 울루그 벡의 맏아들인 압둘 라티프는 나약하다고 여긴 아버지에게 반기를 들어 같은 불만을 품고 있던 유력자들을 포섭했고, 자신의 영지인 발흐에서 수도인 사마르칸트로 군대를 북상시키고 있었다.

제4장

기사정난

　남명의 이부상서 왕직은 한 달에 가까운 시간 동안 조선과 협상 끝에 화약 일만 오천 근 정도를 팔겠다는 확답을 들을 수 있었지만, 앞으로 화약 대금은 전액을 금이나 은으로 지급하겠다는 협정서를 받아들일 수밖에 없었다.

　그러나 왕직은 가진 금은이 부족한 현 상황에선 도저히 화약값을 전부 치를 수 있을 것 같지 않자 조심스럽게 새로운 제안을 내비쳤다.

　"이 대인, 아무래도 본국의 상황이 급박한 만큼 화약을 먼저 가져간 다음에 약조한 것보다 많은 하사품을… 아니, 값을 치러 드리겠습니다. 그 건에 대해 긍정적으로 생각해 보실 수 있겠습니까?"

그러자 이정서는 왕직의 예상과 달리 선선히 그 제안에 응했다.

"그러시지요. 그 정도 사정은 봐드릴 수 있을 듯합니다."

"정말이십니까? 이 대인의 관대한 처사에 그저 감사드립니다. 진정 이 대인이시야말로 귀인이시군요."

"아닙니다. 군자가 되어 어찌 타국의 사정을 이용해 약조한 것 이상의 이득을 취할 수 있겠습니까? 그냥 정해진 값을 치르시기만 하면 됩니다."

"정말 감사할 따름입니다."

"그 대신, 저희도 대외비를 조건으로 조선 수군을 왕 대인과 동행시켜 화약을 넘겨 드린 다음 바로 대금을 받는 것으로 하면 될 듯합니다."

이정서는 혹시나 남명 조정이 화약을 받고 나서 모른 척할까 봐 안전장치를 걸었고, 거기에 추가로 쐐기를 박았다.

"선단에 저도 동행할 테니 이참에 왕 대인께 남경을 안내받아 둘러보고 싶군요."

"정말 그래 주시겠습니까? 저야 이 대인이 와주시면 환영이지만, 타국에 가는 일을 그리 쉽게 결정하셔도 되겠습니까?"

"이미 전하께서도 윤허하셨으니 문제는 없습니다."

그러자 왕직이 반색하며 이참에 남명의 황제 경태제를 알현하는 것이 어떻겠냐고 제안했지만, 이정서는 입장상 미묘하게 말을 돌리며 확답을 주지 않은 채 남경행 배에 몸을 실었다.

최근 산동에서 쓰이던 거대한 군선과 보선 중 일부가 조선 수군에 배속되어 사용되고 있었으며 생소하면서도 커다란 배를 다룰 수 있는 수부가 적어 새로운 배의 선원 절반가량은 산동 출신의 뱃사람들이 그 자리를 차지하고 있었다.

산동 출신의 뱃사람들은 전보다 높은 임금을 받고 조선에 고용되어 만족하고 있었으며, 산동이 사실상 조선에 편입된 것이나 마찬가지라 구국의 은인이자 번왕인 광무왕에게 충성한다는 생각으로 수군에 편입되었다.

그런 이유로 조선에 올 때보다 세 배 이상 늘어나 100여 척이 된 선단이 남경을 향했고, 일행이 해안선을 따라 돌아 장강 입구에 도착하자 차마 한눈에 셀 수 없을 정도로 많은 배가 장강으로 이어진 입구를 봉쇄하듯 포진해 있는 걸 발견하곤 이정서가 왕직에게 물었다.

"왕 대인, 최근 남조 조정에서 다른 나라에 사신단이라도 보내셨던 겁니까? 배가 정말 많군요."

그러자 왕직이 새파랗게 질린 얼굴로 답했다.

"저건 아국의 배가 아니라 역도들의 선단이 분명하오!"

그러자 이정서도 놀란 표정으로 반문했다.

"예? 그게 정말입니까?"

"예! 제가 작년에 직접 아국의 선박 수를 파악한 적이 있어서 잘 압니다. 황도와 항주에 주둔 중인 배를 합쳐도 저 정도로 많지는 않습니다. 거기다 군선과 어선이 제멋대로 섞여 있는데, 저게 어찌 수군이라 할 수 있겠습니까."

그러자 이정서는 남경에 따라온 걸 후회했지만, 자신이 해야 할 일을 떠올리곤 곧바로 수행원에게 소리쳤다.

"어서 경기 수군 도안무처치사(水軍都安撫處置使, 수군절도사)에게 신호를 보내게!"

그러자 신호를 받은 경기 수군의 최고 지휘관이자 사신단 호위대장인 하한(河漢)이 동행한 전선(戰船)들에 신호를 보내 전투대형으로 포진을 변경하기 시작했다.

"처치사 영감, 적도의 수가 너무 많은데 지금은 물러나 전력을 보존하는 게 어떻겠습니까?"

망원경으로 상황을 파악한 경기 수군 감영의 중대장이자 하한의 부관이기도 한 이팔동(李八소)이 조심스럽게 제안했다.

"아니다. 비록 타국이라곤 하나 역모를 일으킨 역적들을 눈앞에 두고 어찌 그냥 물러날 수 있겠나."

"하지만 여긴 수군만 있는 게 아닙니다. 자칫 잘못하여 남조의 사신들과 아조의 신료들에게 위험이 닥치지 않을까 염려됩니다."

"흠, 자네는 숙부와 기질이 매우 다르군. 매사에 신중하기 그지없어."

"어찌 저 같은 일개 무부와 명국의 금군 대장을 역임 중이신 숙부님을 비교하십니까? 그보다 소관이 생각하기엔 이 자리에선 잠시 물러났다가 남조의 수군과 합세하여 공격하는 것이 현 상황에서 최선일 듯싶습니다."

"글쎄다. 본관의 짐작이지만, 장강의 입구가 이리 봉쇄당할 정도였으면 가까운 항주에서도 큰 사달이 났을 걸세."

그의 짐작대로 항주(杭州)의 항구에서 주둔하던 남명의 주력 수군은 이미 지난밤 야습으로 인해 배의 절반가량이 불타버렸고, 그다음엔 잔평군의 상륙을 허용하고 말아 육지에서 치열한 전투가 벌어지고 있었다.

"으음……."

이팔동이 내심 그의 말이 타당하다고 생각해 침음하자 하한이 말을 이어갔다.

"그리고 아군의 수가 적긴 하나, 충분히 승산이 있다고 생각하네. 지금 적도들이 통제도 없이 제멋대로 뭉쳐 있는 데다 어선으로나 쓰일 법한 작은 배가 절반 이상은 되어 보이니, 수전에서 전력으로 쓰일 배는 생각보다 많지 않네. 그러니 공격 적기를 놓치기 전에 전투를 준비하게나."

"예, 장군의 명을 받들겠습니다."

한편 뒤늦게나마 해안선을 타고 나타난 조명 연합 선단을 발견한 잔평 수군 측에선 급하게나마 반전하여 전투준비를 하려 했지만, 그보다 조선 수군의 공격이 더 빠르게 닥쳐왔다.

꽝음과 함께 조선군의 거대한 군선에서 날아온 대장군전이 밀집한 선단에 그대로 들이닥쳐 덩치가 작은 배나 어선들이 먼저 침몰하기 시작한 것이다.

이들의 대규모 선단은 장강에 진입할 당시 입구에 위치한 장강문호(長江門戶), 즉 숭명도(崇明島)로 불리는 여러 섬 일대에 방대하게 퍼져 있는 모래톱에 배가 여럿 걸려 사구를 피해 밀집할 수밖에 없었다.

그런 이유로 조선 측의 오해와는 다르게 이들의 목적은 장강 봉쇄가 아니라 남경을 기습하려는 것이었고, 그 과정에서 지체되고 있었을 뿐이다.

그렇게 조선군의 일방적인 화포 공격이 이어지자 잔평국의 선단은 화포를 피하고자 급히 산개했지만, 그로 인해 더 많은 배가 모래톱에 걸려 항행 불능에 빠지고 말았다.

순식간에 삼 분의 일에 가까운 배들이 화포와 대장전에 맞거나 좌초해 무력화되었고, 그중 포격을 몇 번 버틸 만한 군선이나 큰 배들 이백여 척이 나서서 조선군을 향해 이동을 시작했다.

그 순간 적진을 향해 일자진을 펼쳐 포격을 펼치던 조선군의 선박들은 진의 중심이 후퇴하듯 천천히 움직이기 시작했으며, 무작정 조선군에게 돌입한 잔평군의 주력 전선들은 대구경 화포인 천자총통의 철환 공격을 받아 점점 피해가 누적되고 있었다.

이들은 본래 농민과 광부들이 주력인 관계로 화포는 다룰 줄 아는 이가 없었기에, 소수나마 보유하고 있던 화포는 그저 장식품에 불과했다.

그런 상황에서 결정적인 피해를 줄 만한 수단은 머릿수를 믿고 적의 배에 올라탄 후, 백병전을 벌이는 수밖에 없다고 판단해 한층 더 배의 속도를 올렸다.

잔평 수군이 앞줄의 배들을 방패로 삼아 어떻게든 포격을 견디며 적의 대장선으로 보이는 커다란 배를 향해 쇄도했지만 시간이 흐를수록 뭔가 이상함을 느꼈다.

아무리 따라잡으려 해도 적의 대장선과 거리가 좁혀지지 않았으며, 정신을 차려 보니 이들은 조선군의 반원진에 포위되어 집중포화를 받게 된 것이다.

결국 일점 돌파를 포기한 이들은 각자 최대한 가까이 위치한 배들에 붙어 올라타기로 마음먹곤, 산개하려는 순간 조선 수군의 지휘관인 하한이 명령을 하달했다.

"맹화유탄(猛火油彈)를 준비하라!"

맹화유탄은 지난 오이라트와 전쟁 때, 광무왕 이향이 명국에서 수거했던 석유 불순물인 맹화유, 즉 나프타를 이용해 비격진천뢰의 원리를 응용해서 만든 지연신관식 소이탄이며 경기 수군이 먼저 시험용으로 운용하고 있었다.

그렇게 준비된 맹화유탄이 대완구에 장전되어 적의 선단에 날아갔고, 그중 삼 분의 일가량이 적의 갑판 위에 안착했다.

잔평국의 군사들이 화포에 맞지 않아 운이 좋았다고 생각하며 대수롭지 않게 여기려는 순간 그들이 상상할 수 없던 일이 일어났다.

꽝음과 함께 갑판 위에 있던 철환들이 폭발했고 일반적인 진천뢰에 비교해 범위가 넓지는 않지만, 폭발한 자리에서 맹렬한 불꽃이 타오르게 된 것이었다.

운이 없는 병사들은 거기에 휘말려 들어 온몸에 불이 붙었고, 비명을 지르며 배의 바닥을 구르기 시작했다.

몇몇 이들이 신속하게 물통을 가져와 부어 불을 끄려고 했지만, 물을 부어도 타오르는 불은 꺼지지 않았으며 불길이 더 크게 타올랐다.

결국 불이 붙은 채 물을 뒤집어쓰고 몸부림치는 이들 덕에 배 곳곳에 더 큰불이 번지게 되었다.

그러는 사이에 조선 수군의 맹화유탄 일제사격이 한차례 더 이어졌고, 결국 이백여 척의 배 중 온전한 건 오십여 척이 채 되지 않게 되었다.

결국 이들은 전투를 포기하고 장강 입구에서 대기하던 온전한 배들과 합류해 필사적인 도주를 감행해 전선에서 이탈하기 시작했다.

"장군, 도망치는 적들은 어찌할까요?"

이팔동의 물음에 하한이 답했다.

"이 정도면 충분하겠지. 이젠 가져온 화약도 얼마 남지 않았을 테니, 만일의 사태에 대비해 후방에서 대기 중인 명국의 함선부터 보호하라고 지시하게."

"알겠습니다."

그렇게 조선군은 관료들이 탄 배에 승전의 신호를 보냈고, 그 소식을 들은 왕직은 전투 내내 긴장하고 있던 탓인지 다리에 힘이 풀린 듯 휘청거리기 시작했다.

"왕 대인, 조심하십시오."

이정서가 왕직을 부축해서 자세를 잡아주자 왕직이 반쯤 잠긴 목소리로 말을 꺼냈다.

"정말… 이 구원의 은혜를 어찌 갚아야 할지 모르겠군요. 아국이 귀공과 조선에 차마 갚을 수 없는 큰 은혜를 지고 말았습니다."

"아닙니다. 비록 비공식적 관계이긴 하나 어찌 이런 일을 보고 그냥 넘어갈 수 있겠습니까? 광무왕 전하께서도 이 일을 아신다면 기뻐하실 것입니다."

"정말이지, 스스로 대국을 자처하던 과거가 부끄럽군요. 지난 전쟁 때 그 무서운 야인들을 몰아낸 것도 그렇지만 수군도 이리 강병일 거라곤 생각 못 했습니다. 정말 경탄스럽군요."

그러자 남명에 확실한 빚을 지웠다고 생각한 이정서는 일전에 왕에게 들었던 말을 떠올리며 말했다.

"맹화유가 저리도 유용하게 쓰인 걸 봤으니 앞으로 쓰임새가 늘겠군요. 아국에서도 귀국에서 정기적으로 맹화유를 들여오고 싶습니다."

"정말로 그래 주시겠습니까?"

"예, 맹화유는 아국에서도 확보한 양이 얼마 없으니 방금 전투로 가진 걸 대부분 소모했을 겁니다."

"알겠습니다. 황상께서도 그 정도는 흔쾌히 허락해 주실 겁니다. 그러니 이 공께서도 이참에 황상을 알현하시는 게 어떻겠습니까?"

"아무래도 이런 일이 생겼으니 그럴 수밖에 없겠군요. 대신 외부엔 비밀로 해주셔야겠습니다."

"당연히 그래야죠. 아국이 조선에 구명의 은혜를 졌는데 그 정도는 당연히 해드려야죠."

화약을 아끼기 위해 화염방사기인 맹화유궤를 주로 사용하는 우겸 덕에 최근 남명에선 맹화유 생산이 부쩍 늘게 되었는데, 조선에서도 수입하고 싶다는 의사를 밝히게 되니 왕직은 일회성이 아닌 정기적인 교역이 이뤄질 거란 생각이 들어 기꺼워했다.

"일단 지금은 장강 입구에 좌초한 적당을 먼저 소탕하는 게 우선일 듯합니다. 자세한 이야기는 남경에 도착해서 계속하지요."

"그러지요. 이참에 황상께 건의해서 장강문호의 섬에 요새나 항구를 지어야겠습니다. 저 섬들이 저리도 유용할 거란 생각조차 못 해봤었는데, 정말 하늘이 도운 듯합니다."

"그렇겠군요. 언뜻 보기에도 섬들이 크니 수군을 주둔시키고 둔전을 해도 좋을 듯합니다."

"그 말씀도 타당하군요. 나중에 자세히 알아봐야겠습니다."

그렇게 조선의 경기 수군은 좌초한 배에서 전황을 살피다 낙담해 항전 의지를 잃은 일부 병사들을 포로로 거두었고 그 과정에서 병사 대부분은 좌초된 배를 버리고 섬 안쪽으로 도망쳤다.

이후 왕직이 인근에 있는 절강성 가흥의 군사들을 불러서 포로들을 인계했다.

그리고 뒤늦게나마 일련의 소식을 접한 남조의 황제 경태제는 가슴을 쓸어내리며 안도했고 그 후 전투가 벌어지고 있는 항주에 빠르게 원군을 보냈다.

그렇게 남녕의 크나큰 위기가 될 뻔한 사건이 마무리될 무

렵, 신숙주가 이끄는 사신단은 반란이 벌어져 아들에게 유폐
당한 현왕 울루그 벡의 사정을 모른 채 티무르 왕국의 수도
사마르칸트에 도착했다.

                    *   *   *

조선행 사신의 수장이었던 아흐마드는 티무르 왕국의 수도
사마르칸트에 귀환한 후 충격적인 소식을 들어야 했다.

세상 누구보다 고귀하며 현명하신 자신의 군주이자 주인인
미르자 무함마드, 울루그 벡이 그의 맏아들인 압둘 라티프의
반란으로 인해 비밀 장소에 유폐되어 있다는 것이었다.

"신 공, 큰일 났습니다. 어쩌면 바로 귀국하셔야 할지도 모릅
니다."

이동 중에 레기스탄 광장의 화려한 건물들, 그리고 도시의
모든 도로가 광장으로 이어진 걸 보곤 조선 육조 거리를 떠
올리며 이곳의 건축 기술에 대해 알고 싶은 마음에 들떠 있던
신숙주는 숙소에 짐을 풀자마자 귀국해야 할지도 모른다는
갑작스러운 아흐마드의 말에 의아해하며 반문했다.

"갑자기 그게 무슨 말씀입니까? 설마 전쟁이라도 일어난 겁
니까?"

"그게 아니고, 수도에서 반란이 일어났어요. 저의 주인이신

울루그 벡께서 반역자들에게 유폐당하셨다고 합니다."

그러자 신숙주는 출발하기 전에 자신의 왕이 미리 말해주었던 지시가 떠올랐다.

유력자들이 그들의 군주인 울루그 벡에게 불만을 품고 있으니 그를 지지해서 권위를 세워주라는 당부는 급변한 사정으로 인해 불가능하게 되었다는 생각을 하며, 어찌해야 할까 고민했다.

그러자 옆에서 아흐마드의 말을 같이 들은 설동인이 신숙주에게 말을 꺼냈다.

"예조참의 영감, 아무래도 지금은 교역이 중요한 문제가 아닌 듯싶습니다. 불미스러운 일에 말려들기 전에 바로 떠나는 게 어떻습니까?"

아흐마드도 설동인의 말에 동의했다.

"저 역시 같은 생각입니다. 먼 이국의 손님을 여기까지 초청해 놓고 면목 없는 처사이지만, 신 공과 여러분들의 신변이 더 중요합니다. 그러니 반역자들이 여러분들의 존재를 눈치채기 전에 빨리 돌아가시는 게 좋을 듯합니다."

신숙주는 잠시 생각에 잠긴 듯 침묵했고 양국의 사신단 일행들은 모두 그의 입이 떨어지길 기다려야 했다.

"아닙니다. 이 먼 길을 왔는데, 그냥 갈 수는 없는 일이지요. 우선 새로 왕위에 오르신 분께 인사를 드려 사신의 의무를 다해야겠습니다."

"신 공! 위험합니다. 다시 한번 생각해 주세요."

그러자 신숙주는 단호한 표정을 짓고, 아흐마드에게 물었다.

"우선 반란의 주모자가 왕위에 올랐을 텐데, 그가 누군지 아십니까?"

그러자 아흐마드가 내심 창피한 듯 복잡한 표정을 지으며 답했다.

"그것이… 저의 주인의 장자이자 차기 계승권자인 압둘 라티프란 이입니다."

그러자 신숙주는 차마 예상하지 못한 답변을 들은 듯 놀라서 아흐마드에게 다시 한번 물었다.

"세자나 다름없는 아들이 아버지에게 반기를 들어 왕위에 올랐다고요?"

"예, 차마 입에 담기 부끄럽지만… 그렇습니다."

아흐마드의 발언은 역관들을 통해 조선 측 일행에게도 전달되었고, 그의 말은 엄청난 파문을 불러와 분을 참지 못한 이들이 한마디씩 내뱉었다.

"어허, 어찌 아들이 되어서 아비를 폐하고 왕위에 오를 수 있단 말인가! 진정 금수만도 못한 작자일세."

장년의 관리가 한마디 하자 옆에 있던 젊은 관리가 그간 들어온 울루그 벡의 평판을 떠올리곤 동의했다.

"맞습니다. 반란에 어떤 사정이 있는지는 모르겠지만, 학문에 능한 현군을 끌어내렸으니 압둘이란 이는 분명 불충한 국적(國賊)이 분명합니다."

그러자 비록 나이는 어리지만 깐깐한 성품을 지닌 유학자이자 예조의 관원인 서거정(徐居正)이 자리에 앉은 채 거리에서 자신을 계속 따라와 숙소로 데려온 페르시안 계통의 흰색 장모종 고양이를 조심스럽게 쓰다듬으며 말했다.

"거참, 아들이 보위를 탐해 군주를 끌어내리다니……. 그는 부자유친이나 군신유의의 도도 모르는 역적임이 분명하고 나라를 어지럽게 하고 어버이를 해쳤으니 난신적자(亂臣賊子)라고 부를 만하군요. 진정 이 고양이만도 못한 작자임이 분명하오."

사신단의 일행들은 그렇게 압둘에 대한 비난과 더불어 성토에 들어갔고 숙소 안은 혼란스러우면서도 분노한 분위기가 가득했다.

그러자 신숙주가 나서서 좌중들을 우선 진정시켰다.

"내 아흐마드 공과 나눌 이야기가 있으니 잠시 진정하시오. 아흐마드 공, 새로 왕위에 오른 압둘이란 이는 성품이 어떻습니까?"

"흐음, 뭐라고 말해야 할지……. 우선, 제가 아는 대로 간략히 평해보자면 그는 무예를 좋아하고 사람들을 널리 사귀길 좋아합니다. 그리고 인상은 부드러워 보이나 사람들을 꼼짝 못 하게 만드는 분위기가 있고, 믿기진 않으시겠지만 가족이나 아내에겐 따듯한 성격이었습니다. 하지만 지금에 와선 그게 전부 가식이었단 생각이 드는군요."

그러자 신숙주가 누군가를 떠올리며 답했다.

"그렇습니까? 저도 예전에 비슷한 이를 겪어본 적이 있어서 그 말씀만으로도 어떤 이인지 쉽게 이해가 가는군요. 그럼 정식으로 알현을 요청해 봐야겠어요."

"신 공께선 진심으로 그 찬탈자를 만나 그의 왕권을 지지해 주실 생각이십니까? 저의 주인의 둘째 아들이신 아지즈 공께서 이 소식을 알게 되면 영지에서 군대를 일으키실 겁니다. 그러지 말고 차라리 아지즈 공을 알현하시지요."

"나라 간의 일이니 사정이야 어쨌건 사신으로서 새 군주에게 예를 보이는 게 먼저라고 생각됩니다. 아흐마드 공께서 압둘 왕에게 연락을 넣어주시면 감사하겠습니다."

아흐마드가 표정을 일그러뜨린 채 신숙주를 쳐다보며 말했다.

"전, 그런 무뢰한 따위를 새 주인으로 인정할 수 없습니다. 그리고 신 공께는 실망스러운 기분이 드는군요."

그러자 신숙주는 냉정한 표정으로 답했다.

"그렇습니까? 이거 실망시켜 드려 미안하군요. 그러나 나라 간의 일에 사감을 개입시킬 수는 없으니 제가 해야 할 일을 하는 것뿐입니다."

그러자 사신단 측에서도 통역을 통해 사정을 들은 일행 중 서거정이 나서서 신숙주에게 말했다.

"영감, 뭐 하러 그런 무도한 이의 권위를 세워줄 만한 일을 하시려 합니까? 무릇 군자라면 상종도 못 할 만한 난신적자를 만나는 건 피해야 합니다. 그러니 그냥 돌아가시지요."

"티무르 왕국의 사정이야 어떻든, 본관은 주상 전하께 지시받은 공무에 충실하려 할 뿐이네. 그러니 가만히 있게나."

"하지만……."

"자원(子元), 기고만장하지 마라. 네놈의 학식이 높다 하지만 제대로 실무에 나서본 적이 있느냐? 이제 겨우 수습을 벗어난 이가 뭘 안다고 끼어들어? 그리고 나라 간의 일을 고작 사감만으로 결정해야 한다고 생각하느냐? 네 선배 관원들이 예조의 일을 그렇게 가르치더냐?"

그러자 서거정은 주눅이 든 채로 답했다.

"송구하옵니다. 소관이 실언했습니다."

신숙주는 서거정과 같은 해에 양시(兩試, 생원, 진사 시험)에 합격했지만, 오 년이나 먼저 관직에 나선 집현전 선배이면서도 연상이었고 당상관의 반열에 오른 지금엔 비교도 할 수 없을 정도로 품계의 차이가 크게 났다.

그리고 서거정이 집현전에서 학문을 닦는 동안 변방에서 여진족과 야인들을 상대로 고생하며 한 지방을 개척한 공이 있는 데다, 30대의 나이로 차기 예조판서로 영전이 예정되어 있었으니 사신단 안에서 누구도 그의 권위에 대항할 만한 이가 없었다.

그렇게 사신단들의 반발을 억누른 신숙주는 다음 날 티무르 왕국의 새 군주인 압둘 라티프를 알현할 수 있게 되었다.

"머나먼 동쪽의 나라, 조선의 사신이 티무르 왕조의 정당한 계승자 압둘 라티프 미르자 전하를 뵙습니다. 오래오래 선정을 베푸소서."

"하하하, 반갑네. 동방의 먼 나라에서 온 사신이 본 왕을 지지해 주다니 정말 고맙군. 여기까지 오는 데 불편함은 없었는가?"

"이렇게 진정한 군왕을 뵙게 되었으니 지난 일은 떠오르지 않습니다."

"그댄 우리 말을 정말 잘하는군. 정말 눈 감고 들으면 우리나라 사람으로 착각하겠어."

"과찬이십니다. 전하께 바칠 선물이 있는데 감히 올려도 되겠습니까?"

"고맙게 받아들이겠노라."

그렇게 허락이 떨어지자 사신단은 준비한 미당 주머니를 꺼내 압둘에게 바쳤고, 그것을 본 압둘은 반색하며 신숙주에게 말했다.

"이건 미르단이라 부르는 마법의 가루가 아니더냐. 이걸 정녕 내게 바치겠다고?"

"예, 이것의 정식 명칭은 미당이며 아국의 특산품이옵니다."

"그래? 이게 조선에서 만든 거였구나. 그건 그렇고… 가져온 양은 얼마나 되는가? 얼마큼이던 간에 전부 사고 싶네만."

"미당의 값어치는 황금의 몇 배는 될 텐데, 괜찮으시겠습니까?"

"하하하, 아국의 부를 얕보는 건가? 창고 하나를 가득 채울 미당을 가져와도 지급할 수 있네."

"그러시다면 나중에 이야기할 관리들을 불러주시면 따로 처리하라 이르겠습니다. 오늘은 첫 대면을 기념해 저희가 준비한 음식을 대접해 드리고 싶습니다."

"아니지. 어찌 먼 곳에서 온 손님에게 대접을 받을 수 있겠는가? 이참에 오늘은 본 왕이 그대들을 환영할 만찬을 벌이겠노라."

"그럼 다음에 저희가 전하를 대접할 영광스러운 기회를 주시지요."

"알겠나. 오늘은 먹고 마시고 즐기게."

그렇게 신숙주와 일행들은 그날 만찬을 즐겼는데, 조선인들의 대식 성향을 모르는 이들은 엄청난 식사량에 감탄했고 독실한 이슬람 신앙을 가진 군주였던 울루그 벡 때문에 몰래 마셔야 했던 술들이 연회장에 대거 등장해 모두가 잔뜩 취해서 풀어졌다.

"전하, 오늘 불러 모으신 이들은 전하의 사람들입니까?"

신숙주가 술을 들이켜던 압둘에게 묻자 그는 기분 좋은 얼굴로 답했다.

"그렇네. 저들이 아국의 유력자이자 전통 있는 가문의 수장들이라네. 모두가 뜻을 모아 나를 지지하고 있지."

"그렇군요."

"그건 그렇고 정말 적절한 때에 와줘서 고맙네. 나약해 빠진 선대 덕에 온 거겠지만, 역으로 내게 도움이 됐어. 자넨 사정을 알고도 날 이리 지지해 주니 고맙기 그지없어."

압둘의 말대로 그의 반란은 어떤 명분도 없었기에 수도인 사마르칸트는 혼란에 빠져 있었다. 그런 참에 사신이 찾아와 그를 만나고 싶다고 하니, 이참에 권위를 보일 기회라고 생각해 바로 허락한 것이다.

"무릇 군주란 만인을 강력하게 통제할 철인이 어울리는 법이지요."

"그렇지! 어찌 타국의 사신도 아는 걸 모르는 멍청이가 이리 많은지 원……. 조만간 선대를 지지하는 멍청이들에게 본보기를 보여야겠어."

"어떤 본보기 말씀이십니까?"

"선대를 광장에서 참수할 것이다. 그럼 진정한 본보기가 되겠지."

아버지를 죽이겠다는 말을 아무렇지도 않게 하는 압둘의 언행에 조선의 사신단은 순간 얼어붙었지만, 신숙주는 아무렇지도 않은 표정을 하고 대꾸했다.

"그것참 볼만하겠군요. 아국에서도 큰 죄를 지은 죄인들은 양 귓불에 화살을 꿴 다음 머리를 잘라 전시합니다."

"그런가? 우린 나무틀에 묶어 움직이지 못하게 하고 목을 치지. 하하하, 역시 이국이라서 그런지 같은 형벌을 집행해도 조금씩 다르군. 조선에 대해서 좀 더 이야기해 주게."

"아국의 군주이신 광무왕 전하의 이야기를 해드리지요."

"그래, 자네의 군주는 어떤 분이신가?"

"소식을 들으셨을지는 모르겠지만, 재작년에 밍(명나라)에서 큰 전쟁이 벌어졌었습니다. 알고 계십니까?"

"그런 일이 있었나? 몰랐었네."

"오이라트의 왕 에센이 밍을 공격해 황제를 포로로 잡고 수도를 공격해 성벽을 무너뜨려 함락시켰었습니다."

"허, 그런 일이 있었나? 좀 더 자세하게 말해보게."

"예, 그것이 어찌 된 일인지 처음부터 말씀드리자면……."

그렇게 신숙주가 야인들을 포섭할 당시 써먹던 이야기 솜씨가 빛을 발했고, 어느새 연회에 모였던 유력자들 역시 신숙주의 전쟁 이야기에 푹 빠지고 말았다.

"허, 자네의 군주도 정말 대단한 인물이군. 마치 나처럼 말이야. 하하하!"

패륜아 찬탈자와 광무왕 이향을 비교당한 사신단의 관원들은 분노했지만 차마 표출할 수 없는 와중에 신숙주는 다른 이야기를 꺼냈다.

"달리 보면 전하의 형제국 사람들이 아국에 패한 것인데, 혹여 기분이 상하진 않으셨습니까?"

"하하, 별 잡스러운 걱정을 다 하는군. 우리의 선조가 황금씨족이긴 하나 에센은 그 혈통과는 무관하네. 그건 그렇고 밍은 생각보다 많이 약하군. 나의 선조 위대하신 정복자 아미르 티무르 벡께서도 밍을 정복하려 했었지. 그 대업이 결국 그분께서 병사하시는 바람에 이루어지지 못했으니 아쉽기 그지없어……."

"언젠간 전하께서도 그럴 만한 업적을 세우실 수 있을 겁니다."

"그렇지. 요즘 오스만 놈들이 슬슬 기가 살아나고 있는 모양인데, 예전에 그놈들의 술탄이 나의 위대하신 선조에게 사로잡힌 역사를 재현해 줄까 생각 중이라네."

1402년에 오스만은 아미르 티무르에게 패해 술탄 바예지트 1세가 사로잡혔던 치욕스러운 과거가 있었다. 그러나 최근 오스만은 힘을 점점 회복한 데다 두 번에 걸친 십자군 원정을 전부 격파하고 위세가 살아나 있었다.

"전하께선 반드시 해내실 수 있을 겁니다. 그럼 오늘은 시간이 늦었으니 이만 물러나겠습니다. 아까 이야기한 대로 전하를 모시고 싶은데, 부디 그럴 기회를 주시면 영광이겠습니다."

"알겠네. 다음에 반드시 참석하도록 하지. 나도 조선의 음식이 궁금해졌네."

"그 참에 오늘 여기 모이셨던 이들도 다시 한번 부르는 게 어떨지요?"

"그거 좋지. 정말 기대되는군."

그렇게 자리를 파하고 연회에 모였던 이들과 일일이 인사를 나누고 숙소로 돌아온 신숙주는 연회에 초대할 명단을 작성하기 시작했다.

"참의 영감, 안 주무시고 뭘 그리 적고 계십니까?"

잠들었다가 잠시 소변을 보러 깬 서거정이 모두가 잠든 와중에 등불을 밝히고 일하는 신숙주에게 의아함을 느끼고 물었다.

"다음에 초대할 인원 명부일세."

"그렇습니까? 그 멍청한 패륜아의 비위를 잘도 맞추시던데, 영감의 비위가 참 대단하시더군요. 다음엔 뭘 대접하실 겁니까?"

서거정의 말을 들은 신숙주는 웃으면서 말했다.

"아국의 특제 철퇴 맛을 보여줄 생각이네. 이건 단순한 명단이 아니라 살생부(殺生簿)일세."

*　　　　　*　　　　　*

신숙주는 압둘을 초대할 만한 길일을 고려하겠다며 이 주 가량의 시간을 벌었고, 그사이 사마르칸트의 지형과 군사 배치를 파악하며 현재 정세에 대해 알아냈다.

"신 공, 절 부르신 이유가 뭡니까?"

신숙주에게 호출받은 아흐마드가 경멸의 감정을 담아 초대한 신숙주를 노려보았고, 그런 시선을 받은 신숙주는 웃으면서 답했다.

"귀국의 정당한 군주께서 다시 자리를 찾으실 때가 왔기에 그 일에 대해 상의드리려고 불렀습니다."

"그게 무슨 말씀이신지? 내 일전에 귀공이 압둘의 연회에 초대되어 무슨 이야기를 했는지 잘 들었소. 만인을 강력하게 통제할 철인이야말로 군주에 어울린다면서요?"

아흐마드는 비밀리에 궁궐에서 일하는 시종 몇 명을 포섭했기에 연회 당시 신숙주가 했던 이야기를 건네 들었었다.

"제가 일전에 공에게 선을 긋고 냉정하게 군 건 압둘의 귀에 소문이 들어가길 바라서 한 일이었습니다."

그러자 아흐마드가 의아해하는 표정을 지으며 답했다.

"대체 어떤 소문을 이르십니까?"

"아국에선 새 왕을 지지하고 공을 비롯한 충신들이 우리와는 입장을 달리한다는 소문 말입니다."

"그럼 혹시……."

"연회에서 나눈 이야기를 다 알고 계신다니 설명해 드리기가 편하겠군요. 제가 그 무도한 패륜아이자 찬탈자 압둘과 그의 사람들을 이곳으로 초대한 건 어디까지나 그들을 한곳에 모아 일망타진하기 위해서입니다."

"그게 정말입니까? 어째서 제게 미리 말씀하시지 않으셨습니까? 전 그런 줄도 모르고 공께서 압둘에게 굴복했다고 생각해 경멸하고 있었습니다. 그간 제 무례한 언사를 사죄드리겠습니다."

"아닙니다. 이 일은 아는 사람이 적을수록 좋으니 일부러 그렇게 한 것이라 아흐마드 공의 원망을 들어도 제가 할 말이 없지요. 그보다 공의 도움이 절실히 필요합니다."

"예, 혹시 군사들이 필요하시다면 말씀만 하시지요. 비록 수는 적지만 제 휘하에 있는 이백 명 정도는 동원할 수 있습니다. 어찌 제가 타국의 대신인 신 공에게 모든 걸 맡겨둘 수 있겠습니까."

"아닙니다. 비록 적은 수라곤 하나 병사들을 먼저 움직이게 되면 압둘이 의심하게 될 겁니다. 제가 알아본 바론 수도 곳곳에 그의 세작이 깔려 있더군요. 그러니 병사를 움직이기 전에 먼저 해야 할 일이 있습니다."

"그럼 제가 도울 일이 무엇입니까?"

"귀공의 주변 사람들과 반대파들을 설득해 압둘에게 충성을 맹세케 하십시오. 물론 연회에 관한 것은 절대 입 밖에 내시면 안 됩니다."

"그를 방심시키려 하십니까? 제 지인이나 친우들은 울루그 벡의 충성스러운 신하라 사정을 모른 채론 그 찬탈자에게 고개 숙이지 않을 겁니다."

"진상을 아는 이는 저와 아흐마드 공이면 충분합니다. 자세한 계획은 제 수행원들이나 무관들에게도 아직 전부 밝히지 않았습니다."

"저야 제 주인을 구할 수만 있다면 거짓 맹세 정돈 얼마든 가능하지만, 진정 그에게 굴복할 이가 얼마나 있을지는……."

"글쎄요. 제가 보기엔 유력자이신 아흐마드 공께서 충성을 맹세하면, 대세가 넘어갔다고 생각한 이들이 굴복할 거라 봅니다. 거기에 공의 전향을 반길 만한 사람도 분명 나올 겁니다. 이 기회야말로 진정한 울루그 벡의 충신을 가려낼 기회가 아니겠습니까?"

"그럼… 이건 단순한 보여주기식 위장 맹세가 아니군요."

"네, 이건 옥석… 아니, 여기 식으로 말하자면 금과 불순물을 가려내는 일이며, 공 주변에 있는 배신자와 압둘의 세작을 색출하는 일입니다."

"그럼 절 따라 충성을 맹세하는 이들을……."

"예, 그들이야말로 꼭꼭 숨어 있던 배신자들이니 버리는 패로 쓰는 겁니다."

아흐마드는 눈앞의 상대가 그간 알고 있던 유쾌하고 학문을 좋아하는 신숙주와 같은 이가 맞는지 의심이 들었고 어찌 보면 냉혹한 그의 모습에 두려움마저 품었다.

"그다음엔 어찌 움직일까요?"

"충성을 맹세한 이들과 함께 제가 주최하는 연회에 참가하고 싶다는 의사를 많은 이들이 알 수 있게 공개적으로 피력하십시오. 그럼 찬탈자와 배신자들, 그리고 세작들마저 전부 한곳에 모을 수 있습니다."

"혹시나 해서 묻는데, 그들을 어쩌실 생각입니까?"

"제가 생각할 땐 사특한 역적들에겐 참수나 교형만으론 모자랍니다. 아국의 형벌 중 난장(亂杖)형이란 게 있는데, 그것을 집행해야겠지요."

"그게 무슨 형벌입니까?"

"죄인을 거적으로 말아놓은 후 둔기로 때려죽이는 형벌입니다. 물론 거적이 없으니 그냥 쳐야겠지만요."

그러자, 아흐마드는 신숙주의 의도를 눈치채고 반색했다.

"귀국의 무관들로 하여금 그들을 전부 때려죽이실 참이십니까?"

"예, 그렇습니다."

"제가 일전에 알려 드렸던 아국의 예법을 전부 통달하시고도 이런 불명예스러운 일을 자처하시다니⋯⋯. 정말 신 공이야말로 대단하신 분입니다."

"초대한 손님을 해치는 것은 금기란 예법을 말씀하십니까? 그런 금기보단 나라의 대사가 더 중요한 법이지요."

"정말 신 공께 뭐라고 감사를 표해야 할지 모르겠습니다."

"아직 거사가 성공하지도 못했는데 감사는 이른 듯합니다. 만에 하나라도 실패하면 저와 일행은 모두 목숨을 잃을 테고, 양국 간에 전쟁이 벌어지게 될 만한 사태가 되겠지요."

"타국의 귀인이신 신 공께서 목숨을 걸고 나서셨는데, 막연한 계획 하나 없이 아지즈 공을 끌어들여 형제간의 내전을 벌이게 할 뻔했습니다. 정말 부끄럽기 그지없어요. 이런 건 제가 나서서 진행했어야 하는 일인데⋯⋯."

"아닙니다. 충신이신 아흐마드 공께서 저와 같은 계략을 썼다면 압둘이 경계해 응하지 않았을 겁니다. 이건 어디까지나 의심받지 않는 타국의 사신이기에 쓸 수 있는 책략입니다."

"알겠습니다. 오늘은 이만 물러나 신 공의 지시대로 움직이지요. 그럼 연회 날에 뵙겠습니다."

"네, 부디 몸조심하시고 비밀을 지켜주시지요. 어느 누구에게도 털어놓으시면 안 됩니다. 상대가 아내라 할지라도요."

"그 당부, 마음에 깊게 새겨 지키겠습니다. 알라의 이름을 걸고 맹세하지요."

이후 아흐마드는 신숙주의 계획대로 움직였고, 그 과정에서 스스로가 품고 있던 기대나 희망이 빗나갔음을 알게 되었다.

생각보다 많은 이들이 아흐마드를 따라 찬탈자에게 충성했으며, 그중 십여 명은 완전히 같은 편이 되었다고 생각해서 자신은 이미 압둘에게 포섭당한 상태였고 그간 그의 세작 노릇을 했음을 고백한 것이었다.

'허, 정말 신 공의 말대로 사람이란 큰일을 겪어봐야 본성이 나온다는 게 사실인 듯하군. 이런 찢어 죽여도 시원찮을 배신자들 같으니⋯⋯.'

그렇게 배신자들을 먼저 가려낸 아흐마드는 압둘에게 신숙주의 설득으로 인해 새 왕에게 충성했다고 둘러대어 압둘과 그의 지지자들 사이에서 나날이 조선 사신단의 위세가 높아져 갔다.

그렇게 시간이 흘러 연회의 날이 다가왔고 수많은 이들이 사신단의 숙소에 모였다.

이들은 편한 복장으로 연회에 참석했으며 압둘의 호위병은 숙소 밖을 지켰다.

"전하, 약조하신 대로 초대에 응해주셨으니 이 일은 제가 귀국해서도 대대로 자랑할 만한 영광입니다."

아랍식 복장을 한 신숙주는 압둘에게 고개를 숙이며 예를 표했고 압둘은 웃으면서 신숙주에게 답했다.

"하하, 어찌 그대 같은 귀인의 초대를 거절할 수 있겠는가. 다음엔 궁에 다시 한번 초대할 테니, 그땐 여인들을 끼고 흥겹게 놀아보세."

"네, 그럼 이쪽으로 오시지요. 자리로 안내해 드리겠습니다."

그렇게 연회가 시작되었고, 신숙주가 미리 요리사들에게 이슬람의 율법을 준수하게 해 미당을 잔뜩 넣어 만든 조선식 할랄 음식이 연회장에 차례대로 나오자 모든 이들이 음식의 맛을 칭송하며 기분 좋게 술에 취해갔다.

그렇게 연회의 분위기가 한창 무르익을 무렵, 신숙주가 일어서 세숫대야보다 조금 작은 대접을 높이 들어 올리며 소리쳤다.

"위대하신 티무르의 적통을 이으신 군주를 칭송하며, 여기 담긴 술을 전부 한 번에 마시겠습니다."

그러자 상석에 앉아 있던 압둘이 갑작스러운 신숙주의 제안에 웃으면서 소리쳤다.

"으하하하! 신 공은 정말 호탕하군. 쓸데없는 학문이나 파는 샌님들과는 정말 기질이 달라."

그러자 많은 이들이 환호하며 신숙주의 대접을 바라보곤 놀라서 정말 그의 도전이 가능할지 내기까지 거는 이들이 나왔다.

"거기 실패한다는 데 돈을 거신 분! 분명 후회하실 겁니다."

"거기 담긴 게 전부 술이 맞긴 합니까?"

"카심 공. 정 궁금하시면, 직접 나와서 확인해 보시죠."

"엇, 제 이름을 기억하고 계셨습니까?"

"제가 직접 초대한 분인데, 당연히 기억해야죠."

그렇게 신숙주의 지목을 받은 유력자가 나와 대접에 담긴 것이 전부 술임을 확인하곤 경탄한 심정으로 자리에 돌아가서 판돈을 더 크게 키웠다.

모두의 주목을 받은 신숙주는 그렇게 대접에 담긴 술을 쉬지 않고 들이켜기 시작했고, 그 광경을 지켜보던 이들은 경악하기 시작했다.

그산 울루그 벡의 영향으로 이슬람 율법을 지키기 위해 술을 멀리하여 양조술이 발달하지 않은 티무르 왕국의 술들은 하나같이 도수가 약하기 그지없는 데다, 조선인답게 대식가이며 북방 생활 동안 주량이 엄청나게 늘어난 신숙주에겐 이 정도의 술은 물을 마시는 것과 다름없었다.

그렇게 모두의 시선이 신숙주에게 쏠린 상태에서 신숙주가 대접을 들어 올려 머리에 쓰곤 남은 술이 없는 걸 확인시켜 주자 내기에 진 이들 역시 그의 남자다움에 반해 즐거워했다.

"정말 대단하군. 본 왕도 술을 즐기긴 하나 그 정도 주량은 차마 꿈도 못 꾸겠군. 그리고 오늘 초대해 줘서 고맙네. 음식도 하나같이 맛있는 데다 이런 여흥까지 보여주니 정말 즐겁기 그지없어."

압둘이 감탄한 표정으로 신숙주에게 말을 걸자 신숙주가 웃으면서 답했다.

"제 성의가 마음에 드셨다니 다행입니다. 그러나 오늘 밤의 주요 행사는 아직이니, 전하께서 허락하신다면 지금부터 시작하겠습니다."

"더 준비한 게 있는 건가? 어서 보여주게."

"이미 준비는 끝났습니다. 전하께서 허락하셨으니 바로 시작하도록 하지요."

신숙주가 웃으며 손짓으로 신호를 보내자 술 마시기로 시선을 끈 사이에 연회장 장막 뒤편으로 이동해 준비를 마친 조선의 정에 무관들이 판금 갑옷으로 전신 무장한 채 철퇴와 방패를 들고 등장했다.

아직 술과 분위기에 취해 있던 이들은 갑작스러운 사태에 적응하지 못한 듯 무슨 일인지 의아해했고, 눈치가 빠른 이들은 곧바로 함정임을 깨닫고 고함을 치며 바깥의 호위병을 부르기 시작해 연회장은 난장판이 되었다.

"이봐! 이게 대체 무슨 짓이냐! 감히 손님을 초대해 놓고 무기를 준비하다니, 정녕 금기를 어기려 하는가?"

압둘이 진노한 채 호통치자 신숙주는 여전히 웃는 낯으로 답했다.

"우선, 난 이국의 사람이니 그런 금기나 법도를 지킬 필요가 없지."

"뭐라고? 네놈이 정녕 미친 게냐?"

"아니, 미친 것은 네놈이지. 아무리 풍속과 예법이 다르다고 하나 아들로서 아버지를 폐하고 죽이려 하는 놈이 금기를 어긴 내게 뭐라고 할 자격이 있느냐? 또한 알라께서 그리하라고 가르치더냐? 내 일전에 너희의 경전인 꾸란을 읽어봤지만, 아들이 아비를 죽이려 하는 패륜을 정당화할 법도는 없더군."

그러자 궁색해진 압둘이 말을 돌렸다.

"혹여 네놈이 날 죽이거나 사로잡는다 해도 너희가 여기서 무사히 빠져나갈 수 있을 거 같으냐? 사마르칸트엔 십만의 정병들이 있노라!"

"그러시겠지. 그 병사들을 지휘할 이들은 전부 여기에 모여 있지만."

압둘이 신숙주의 말을 듣고 분노에 몸을 떠는 사이, 신숙 주는 조선 말로 외쳤다.

"무관들은 들어라. 나 예조참의 신숙주는 광무왕 전하께 받은 권한을 대리하여 이 자리에 있는 패륜아 난신적자의 수 하 역당에게 즉결심판을 내리노라. 저 수괴를 빼고 나머진 전 부 죽여라!"

"참의 영감의 명을 받들겠습니다."

신숙주의 명령이 떨어짐과 동시에 무관들이 들고 있던 철 퇴가 반역자들의 머리에 틀어박혔고 그중 일부는 일격에 머리 가 박살 난 채 뇌수와 핏물을 사방에 흩뿌렸다.

몇몇은 필사적으로 대항해 무관들을 넘어뜨리거나 무기를 빼앗으려 시도했지만, 근접 갑주술의 달인인 내금위와 겸사복 무관들은 오히려 상대를 역으로 제압한 채 무릎이나 팔꿈치 부분으로 타격하여 그들의 뼈를 부러뜨렸다.

그렇게 반항하던 이들을 제압한 무관들은 철퇴로 그들의 머리나 가슴 부분의 뼈를 박살 내어 확인 사살 했고, 그와 동 시에 안쪽의 공격을 신호 삼아 아흐마드가 준비한 병사들이 숙소 바깥에 대기 중이었던 호위대를 공격하여 전투가 시작되었다.

그렇게 소중한 측근들이 하나둘씩 살해되어 쓰러지자 분기탱천한 압둘은 자신의 무술 실력을 믿고 무장들과 함께 근처의 무관에게 돌진했다.

"주인이시여! 저희가 잡고 있을 테니, 어서 무기를 빼앗으십시오!"

"알겠다!"

무려 십여 명이 일제히 무관 한 명에게 달려들어 넘어뜨린 다음 무기인 철퇴를 빼앗았고 무기를 손에 넣은 압둘은 곧장 다른 무관을 기습해서 철퇴로 머리를 내려쳐 기절시켰다.

그렇게 압둘과 무장들이 날뛰자 몇몇 무관들이 철퇴에 맞아 상처를 입었고, 그중 두 명이 무기를 빼앗기자 신숙주가 혀를 차며 말했다.

"이런, 웬만하면 역당 수괴에겐 직접 손대고 싶지 않았는데 어쩔 수 없군. 무관들에게 저 패륜아부터 제압하라 이르게. 단, 죽이지는 말게나."

"알겠습니다."

신숙주의 명령을 받은 무관이 곧장 신호를 보내 압둘과 측근들을 포위하기 시작했다.

압둘은 서른 명가량의 전신 판금 갑옷을 입은 무관들을 상대로 분전하는 듯 보였으나, 애초에 상대가 될 수 없는 싸움이었다.

금세 압둘의 측근 무장들은 전부 철퇴에 맞아 다리나 팔이 부러져 무력화되었고 곧장 머리가 박살 나 숨이 끊어지고 말았다.

결국 압둘 역시 방패를 내세운 압박에 밀려나 구석으로 몰려 움직일 공간이 사라졌고, 결국 팔에 철퇴를 맞고 무기를 놓쳐 그대로 무관들의 몸에 깔려 제압되었다.

결국 조선 측이 압둘을 제외하고 살생부에 적혀 있던 인원들을 전부 살해하고 나자 신숙주는 압둘을 지킬 일부의 무관을 제외하곤 전부 외부로 보내 전투를 지원하게 했다.

그렇게 숙소 바깥의 전투마저 압승을 거두자 압둘은 포승으로 묶여 꿇어앉혀졌고 부러진 오른팔에 가해지는 압박과 통증 때문에 기절할 듯이 아팠으나, 간신히 참고 발악하듯 큰 소리를 질렀다.

"네놈들이 감히 이러고도 무사할 성싶으냐! 위대한 티무르의 혈손이자 이 왕국의 정당한 군주에게 위해를 가해? 당장 이걸 풀지 못할까!"

신숙주는 냉소적인 표정으로 압둘에게 답했다.

"누가 정당한 군주라는 거냐. 진정한 티무르의 혈통은 너 따위가 아니다. 진정한 군주는 따로 계시지."

"하, 그럼 누가 진정한 군주라는 거냐? 설마 멍청하고 유약한 내 동생 놈과 붙어먹은 거냐?"

그러자 압둘에게 익숙한 목소리가 들려왔다.

"그건 바로 나다."

조금은 수척한 인상의 장년인이 신숙주의 인사를 받으며 장내에 입장했고 그런 그의 얼굴을 본 압둘은 경악하며 침음했다.

"아… 버지?"

티무르 왕국의 진정한 주인인 미르자 무함마드 타라가이 빈 샤루흐. 즉 울루그 벡이 유폐된 장소에서 구출되어 찬탈자이자 패륜아 맏아들 앞에 모습을 드러낸 것이었다.

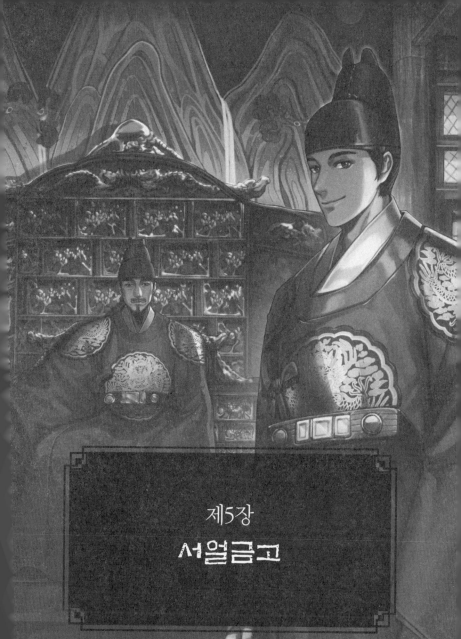

제5장

서얼금고

　아들의 반란으로 인해 폐위도 모자라 공개 참수형을 당할 뻔했던 아버지가 처지가 뒤바뀐 주모자에게 물었다.

　"넌 일전에 어째서냐는 내 물음에 제대로 답하지 않았지. 지금은 답할 수 있겠느냐?"

　"…이대로라면 나라가 망할 것 같다는 위기감을 느껴서였소."

　"그렇게 느낀 근거는 무엇이지?"

　"아버지는 사마르칸트의 총독이 되었을 때부터 율법을 준수하고 학문을 장려하여 현자란 명성을 얻었소."

"그게 반란을 일으킬 만한 이유더냐?"

"아니, 그것뿐이라면 이러지 않았을 거요. 본래 우리 왕국의 정식 수도는 아버지의 영지인 사마르칸트가 아니라 헤라트인 걸 알고 있소?"

"그래, 잘 알고 있지."

"아버진 정식으로 왕위를 잇자마자 사마르칸트를 실질적인 수도로 삼고 천문과 학문에 심취해 직접 설립한 학교 마드라사와 천문대 같은 것에만 신경 쓰며 학자들을 우대해서 그들을 유력자로 삼았지. 그러면서 학문에 능하지 않다는 이유로 소외되거나 밀려난 이들의 불만을 모른 척했소. 나를 지지했던 이들은 내가 아니었다고 해도 언젠간 반란을 일으켰을 거요. 난 단지 그들의 구심점이 되어줬을 뿐이오."

"네 말엔 몇 가지 잘못된 점이 있다. 첫 번째로 혈통만 잘 물려받은 능력 없는 이들이 계속 정치를 하게 됐어야 한다는 말이냐? 지식은 그 무엇보다 강한 힘이다. 검증된 현명한 이들이 나를 도와 백성을 다스리는 게 앞으로 이 나라의 미래를 위해서 필요한 처사였다."

"그런 아버지 역시 위대하신 선조의 피를 이어 왕위에 오른 몸이잖소. 어찌 혈통을 부정하는 말을 하시오?"

"그래, 나 역시 위대한 티무르와 황금 씨족의 피를 이은 몸이지. 그걸 부정하진 않겠다. 무릇 군주는 혈통을 잘 타고난 것에 안주하지 말고 배움을 추구해 자신을 갈고닦아야 하는 법이다. 넌 이 나라에서 일 년 동안 세금이 얼마나 걷히는 줄은 아느냐? 그렇게 걷은 세가 어디에 어떻게 쓰이는 줄은 알고?"

"그런 건 군주에게 사소한 일이오."

"하긴, 네 영지인 발흐의 관리도 아랫것들에게 맡기는 네가 그런 것에 신경 쓸 리 없지. 부끄러운 줄 알아라."

"하! 아버지가 그런 사소한 것에 집착하는 동안 오스만 놈들이 힘을 회복한 것을 알고 있소?"

"그래, 잘 알고 있다. 넌 공공연하게 그들을 정벌해야 한다고 떠들고 다닌 모양인데, 그들이 예니체리라고 부르는 술탄 친위대의 힘이 어느 정도인지도 모르고 있던 듯하구나. 내 측근인 알리 쿠쉬치는 학문의 교류를 핑계 삼아 오스만에 자주 드나들며 그들의 전력을 파악하고 있었다."

결국 궁색해진 압둘은 큰 소리를 질렀다.

"그렇다 해도 아버진 정치에 실패했소! 소외되거나 밀려난 이들의 불만을 잠재우려면 다른 대안을 제시하거나 차라리 그들을 전부 숙청해야만 했소! 그런데 아버진 아무것도 하지 않았잖습니까?"

울루그 벡은 조금은 씁쓸하면서도 비탄에 잠긴 말투로 답했다.

"그래, 그건 네 말이 어느 정돈 맞다. 내가 실수한 거지. 그들을 너무 무르게 대한 거다. 하지만… 아들아, 내가 이렇게 나라를 다스린 건 언젠가 네게 강대한 나라를 물려주기 위해서였다. 어째서 기다려 주지 않은 거냐……."

"나도 이유를 모르겠소."

"네 마음을 네가 모르면 누가 아느냐?"

"전엔 안다고 생각했는데… 지금에 와선 모르겠소……. 조급함에 쫓겨 무언가에 떠밀린 듯한 느낌이오."

울루그 벡은 아들의 대답을 듣곤 실망해 냉정한 말투로 말했다.

"찬탈자여, 더 할 말이 있느냐?"

"아내와 아이들만은 살려주시지요."

"그러마. 마지막으로 남길 말은 있느냐?"

"그렇다면 더는 할 말 없습니다."

울루그 벡은 고개를 돌려 신숙주를 바라보며 말했다.

"아흐마드에게 듣기론 신숙주라는 이름의 귀인이 이 일을 계획했다고 들었습니다. 그대가 신 공이 맞습니까?"

"예, 티무르의 정당한 군주시여. 제가 사신단의 대표 신숙주입니다. 부디 천세를 누리소서."

그러자 울루그 벡이 신숙주에게 고개를 깊이 숙이며 말했다.

"정말 고맙소. 내가 그대에게 차마 갚지 못할 은혜를 입었구려."

신숙주는 고개 숙인 울루그 벡에게 절을 하며 답했다.

"어찌 일국의 군주께서 타국의 신하에게 고개를 숙이려 하십니까. 이 일은 어디까지나 전하의 충신 아흐마드 공의 일을 은밀히 도운 것뿐입니다."

"내 아흐마드의 성품을 잘 알고 있으니 그가 이런 일을 주도할 만한 그릇이 아님을 아오. 그가 생각해 낼 만한 일은 기껏해야 내 둘째 아들을 부르는 것이었겠지. 내 그대와 조선의 호의는 잊지 않겠소."

"아닙니다. 군자로서 불의에 맞서 당연히 해야 할 일을 했을 뿐입니다. 괘념치 마십시오."

"신 공이 말한 군자가 뭔지 알고 싶긴 한데, 그건 나중에 묻기로 하고……. 그보다 궁금한 게 있소. 귀국에선 반란자에게 어떤 형을 집행하오?"

"보통 사지를 찢는 거열형이나 목을 자르는 참수형을 집행합니다. 상대가 왕족이나 귀족이라면 사정을 보아 독약을 내려 시체를 보존케 하거나 평민으로 신분을 강등하기도 합니다. 모든 것은 군주의 의지에 달려 있습니다."

"그런가. 이번 일을 조선식 율법으로 처리하고 싶은데 도와줄 수 있겠소?"

"물론입니다. 부디 명령을 내려주시옵소서."

"어찌 귀인에게 명령을 내리겠소. 그저 부탁일 뿐이오."

그렇게 다음 날 사마르칸트의 광장인 레기스탄에서 반란의 주모자인 압둘의 참수형이 집행되었다.

압둘은 조선식으로 참수가 집행되어 양 귓불에 화살이 꿴 채로 목이 잘렸으며, 팔과 다리 역시 잘려 경고의 의미로 각 지방으로 보내도록 지시되었다.

*   *   *

한양과 문경, 그리고 대구와 동래를 잇는 도로 공사가 한창일 무렵, 동래에서 파발이 올라와 내게 소식을 전해주었다.

왜국의 막부에서 조선에 사신을 보냈다는데, 그들의 대표로 온 이의 이름이 세천승원(細川勝元)이란다.

역사에 이름을 남긴 이인가 싶어 사전을 뒤져보니 무려 일본 전국시대를 연 오닌의 난 주모자 중 하나인 호소카와 가쓰모토란다.

호소카와가 조선에 온 이유가 뭔지 생각하다가 문득 신숙주가 떠올랐다.

티무르 왕국에 간 신숙주는 잘하고 있겠지? 앞으로 양국 간의 교류가 지속해서 이루어졌으면 한다.

울루그 벡의 치세는 많은 부분이 아버지와 비슷했다. 학자를 우대하여 학문을 발전시키고 집현전과 비슷한 학교인 마드라사를 설립해 후학을 양성하고 그들을 통해 나라를 다스리려 했지.

아들의 반란만 아니었어도 더 많은 일을 해낼 수 있는 왕인데, 안타깝기 그지없지.

사신단의 영향으로 인해 반란이 늦춰지거나 뭔가 바뀌었으면 좋겠는데 지금은 신숙주가 거기서 잘 대처하길 바랄 뿐이다.

"주상 전하, 아뢰옵기 송구하오나 금일은 서얼금고법에 대해 논하려 합니다."

편전에 출석한 이조판서 박안신이 조심스럽게 운을 떼었다.

"이판 대감의 제안을 허하노라. 그래, 서얼금고법에 대해 뭘 논하고 싶은 것인가?"

"서얼금고법을 태종 대왕께서 만드신 것은 잘 알고 있으나, 지금 아국의 실정엔 어느 정도 개선이 필요한 듯하여 이리 고했사옵니다."

박안신이 적절한 시기에 먼저 이야기를 꺼내주니 나도 반가운 마음이 들었다.

서얼금고법은 할아버지가 정도전 때문에 만든 법인데, 서자의 관직을 제한하고 사회적인 불이익을 주어 차별하는 악법이다.

법전이 정비되지 않은 지금은 크게 문제가 되진 않았지만 이후 경국대전에 정식으로 채택되어 본격적으로 문제가 되었지.

거기다 현재 본격적인 법전 편찬이 한창인데 악법이긴 하나 할아버지께서 만드신 법인지라 내가 먼저 이야기를 꺼내기가 뭐해서 적절한 기회만 보고 있었다.

"그래, 그 법은 태종 대왕마마께서 만드시긴 하셨으나 현 조선의 실정엔 그대로 적용하긴 무리가 아닌가 싶노라."

내가 긍정적인 의사를 보이자 박안신도 밝은 표정을 짓고 내게 답했다.

"그럼 전하께서 생각해 두신 바가 있으시옵니까?"

"그래, 우선 태어남에 있어서부터 누군들 서자가 되고 싶겠는가? 그 아비가 선택한 일로 인해 차별을 겪게 되는 것이지."

그러자 편전에 모인 대신들이 약간은 부끄러운 표정을 지었으며 형조판서 김종서가 내게 답했다.

"전하의 말씀이 지극히 지당하시옵니다. 모든 아이는 부모를 골라 태어날 수 없으니 다시 말해 서자란 부모의 허물이옵니다."

"그래, 경의 말이 맞노라. 서자로 태어난 자식을 책임져야 할 아비는 아무런 불이익을 겪지 않는데, 그 피해는 온전히 자식이 받고 있지. 그러니 예외를 두고 추가 조항을 만들어 억울한 이들의 한을 풀어주어야겠노라."

그러자 김종서가 내게 물었다.

"어떤 예외를 두시려 하십니까?"

"그 법이 적용되는 건 어디까지나 사면받지 못한 역적의 서 자에게만 한해 적용된다고 하면 될 듯하군."

이건 사실 말장난에 가까운 소리다. 본래 역적의 후손은 왕 명으로 조상이 사면되기 전까진 공식적으로 벼슬에 나설 수 없다.

내가 다시 말을 이어갔다.

"그리고 현재 벼슬길이 막혀 있는 서자들에겐 몇 년간 체아 직(遞兒職)으로 군무와 실무를 익히고 적법한 절차를 거쳐 정 식으로 관원이 될 수 있도록 조치하는 게 좋겠노라."

내가 내놓은 답변을 들은 대신들의 얼굴이 환해졌다. 그렇 게나 예비 노예들이 고팠냐?

최근 늘어난 땅덩어리와 함께 관원들의 업무량도 몇 배가 되었으니 그간 늘렸던 관직 정원의 수만으로 감당하기가 어려 웠을 걸 안다.

과거도 자주 열고 합격 정원을 늘리기도 했고 잡과를 비롯 해 과거에 응시하는 백성들도 몇 배는 늘었지만, 관직에 오를 만한 학식을 갖춘 이들은 아직 많지 않은 게 문제다.

그런 상황에서 서자란 이유로 허송세월하고 있는 예비 노예들을 본 관료들의 마음이 어떤지 알 것 같았다.

"전하의 어심이 그러하시다면 신이 형관 대감과 논의하여 개정된 법의 초안을 정해서 편찬 중인 법전에 넣어보겠사옵니다."

박안신이 김종서를 바라보며 내게 말했고 김종서도 내게 고개를 숙이며 말했다.

"신이 전하의 높으신 뜻을 받들겠사옵니다."

결국 서얼금고법은 이름만 남기고 사문화가 되겠지. 이름은 남겼으니 명목상이나마 내 할아버지 태종 대왕의 유지를 거스르지도 않을 테고.

"호판, 최근 구주를 통해 동의 수입이 늘었다고 들었는데, 화폐 주조는 잘되어가고 있는가?"

"예, 그러하옵니다. 구주 대내전의 영지에 있는 동광에 아국의 야장(冶匠)을 파견해 생산이 늘었으며, 그렇게 생산한 동은 동래로 옮겨져 호조 관원들의 통제하에 주화로 만들어지고 있사옵니다."

"그런가? 혹여나 민간에서 멋대로 돈을 만드는 일은 없도록 단속해야 할 것이네."

"사실 전하께서 친정에 나서셨을 때, 사특한 무리가 조악하게 흉내 낸 돈을 오만 냥 정도 찍어내었다가 추포된 적이 있사옵니다."

"그랬었나? 그들은 어찌 되었나."

"당시 상왕 전하께서 처결하시길, 통보를 위조한 것은 나라
를 어지럽힌 역적이나 다름없는 죄인이라며 그들의 재산을 몰
수하고 주동자들은 사형에 처했고 나머지 일가들은 북으로
사민하셨습니다."

아버지는 통보가 본격적으로 쓰이기 전 소량의 저화 위조
죄를 저지른 죄인을 방면해 주신 적이 있었는데, 이번엔 봐주
지 않으셨네.

"그랬었나. 그들을 추적해서 잡는 것도 힘든 일이었을 텐데,
수사를 지휘한 이는 누구였나?"

"의금부의 도사 추정현이란 이입니다."

아, 일전에 도성에 줄 서기 문화를 정착시킨 추익한(秋益漢)의
장손? 나중에 불러서 이야기 좀 해봐야겠어. 쓸 만한 인재면
곁에 두고 부려야겠다.

그렇게 회의가 마무리되었고 상경 허락을 받은 왜국의 사신
이 도성을 향해 출발했다는 소식을 들었을 때, 한명회가 내게
보낸 서신이 도착했다.

정통제가 황후 전씨에게서 아들을 보았다는 내용인데, 그것
보다 제일 중요한 내용은 따로 있었다.

내 딸을 이제 갓 태어난 아들의 배필로 맞이하고 싶다는

데……. 하, 우리 바지 사장님을 어찌 처리해야 하나.

*　　　　*　　　　*

우리 바지 사장 경태제의 제안은 내게 엄청난 고민을 불러 일으켰다.

순간 잘 유지되고 있던 나라 간의 관계도 전부 때려치우고 군사를 일으켜서 북경을 공격하고 싶은 마음이 들 정도였으니.

지금 내겐 두 딸이 있다. 중전 소생이자 맏이인 경혜 공주와 숙의 홍씨에게 태어난 셋째 정혜 옹주.

두 딸 모두 내겐 누구에게도 주고 싶지 않은 소중한 자식이며, 또한 정혜는 아기일 적에 이질에 걸려 죽을 뻔한 큰 사건을 겪었기에 혹여나 어디가 아프지 않을까 하여 특별히 건강에 신경 쓰고 있었다.

그런데 감히 내 딸을 아직 돌도 안 된 갓난아이의 배필로 달라니 그게 말이 되는 소린가?

물론 아버지의 입장을 버리고 정치적으로 계산하면 내 딸이 명나라의 황후가 될 기회니 기뻐해야 할 일이기도 하다.

그런데 난 전혀 기뻐할 수가 없으니 복잡한 문제군.

"아바마마, 소녀는 대국의 황후가 되고 싶지 않사옵니다."

맏이 경혜가 소문을 들었는지 한 주에 두 번 있는 내 특별
교육 시간을 마친 후 말을 꺼냈다. 홍위는 요즘 아버지에게
특별 교육 받느라 바쁜지라 내 교육 시간은 딸들과 함께하는
시간이 되었다.

"그러니? 그럼 우리 딸은 누구랑 결혼하고 싶어?"

"소녀는 평생 아바마마하고 살 것이옵니다."

그래, 이 아비도 마음 같아선 그러고 싶구나.

그러자 이제 여섯 살이 된 정혜가 천진난만하게 웃으며 내
게 말했다.

"아바마마, 소녀는 명국에 가보고 싶어요."

뭐라고?

"옹주는 정녕 진심으로 하는 이야기더냐?"

"예, 아바마마."

"어째서 그런 생각을 했느냐?"

"우웅… 명국에 가면 커다란 궁궐에서 더 맛있는 걸 먹을
수 있을 것 같아서요."

하아… 순간 놀랐네. 아직 어려서 그런가 그냥 생각 없이
꺼낸 말이구나.

"그럼 이 아비나 네 어미도 영영 못 보게 될 텐데? 그래도
좋겠니?"

그러자 정혜는 금세 울상을 짓고 내게 말했다.

"그러면 소녀는 아바마마랑 궁에서 살래요."

"이미 늦었다. 이참에 옹주를 꽁꽁 묶어서 명으로 보내야겠어."

"아바마마, 소녀가 잘못했사옵니다. 명국에 가기 싫사옵니다. 으아앙."

내 농담에 정혜는 울음을 터뜨렸고 경혜가 동생을 안아서 달래주었다.

"아바마마, 어째서 옹주를 울리십니까? 아바마마께서 농으로 하신 말씀이니, 명국엔 안 보내실 거야. 뚝 해."

열네 살이 되었다고 동생 챙기는 걸 보니 이 아이도 많이 크긴 했구나. 언제나 내 앞에선 응석만 부려서 어리게만 보았네.

"아바마마… 정말이시옵니까?"

경혜의 품에서 서럽게 울던 정혜는 얼굴을 들고 나를 바라보며 물었다.

"아닌데? 옹주가 명이 싫다면, 바다 건너 왜국에 보내야겠노라."

그러자 정혜는 겨우 진정된 상태에서 다시 울음을 터뜨렸고, 경혜는 순간 나를 노려보았다.

"아바마마!"

어이쿠, 장난 한 번만 더 쳤다간 경혜까지 울릴라.

난 경혜의 품에 안긴 정혜를 안아 들어 올리며 말했다

"아비가 장난을 좀 쳐봤노라. 우리 딸이 원하지 않는다면 아무 데도 안 보낼 것이다."

정혜는 나를 끌어안으며 말했다.

"아바마마, 소녀가 잘못했사옵니다."

"그래, 아비도 농이 지나쳤으니 미안하구나. 그럼 오늘 공부도 끝났는데 아비랑 뭘 하고 놀고 싶니?"

"소녀는 지난번에 했던 쟁가 하고 싶사옵니다."

쟁가(爭家)은 미래에서 젠가라고 부르는 게임의 조선식 명칭이다. 난 이걸 만들 당시 분명히 젠가라고 이야기했는데, 궁인들이 그걸 쟁가라고 알아듣곤 다툴 쟁(爭)에 집 가(家)를 붙여서 음차어로 만들어 버렸더라.

그렇게 딸들과 즐겁게 지낸 다음 날, 편전에서 아니나 다를까 국혼에 대한 이야기가 주제로 올라왔다.

"주상 전하, 경사스럽게도 명국에서 먼저 국혼을 제의했으니 금일은 이에 대해 논하는 것이 가당하다 사료되옵니다."

역시나 전에 공주의 국혼을 이야기했다가 묵살되었던 황희가 같은 주제를 들고 나왔다.

"명국의 황자는 아직 돌도 지나지 않은 갓난아기일세. 무턱대고 혼인을 약조했다가 황자가 잘못되기라도 하면 고의 딸은 평생 과부가 되어야 하는데 어찌 그런 일을 쉬이 약조할 수 있겠는가?"

우두를 비롯해 소독 개념이 퍼지면서 조선의 영아사망률이
많이 낮아지긴 했지만, 저긴 명국이라서 우리와 사정이 아주
다르지.

지금 시대에 본명 말고 아명(兒名)이 따로 있는 게 별다른
이유가 아니다. 워낙 별 시답지 않은 이유로 아이가 죽으니 무
사히 크길 바라서 그러는 거다.

그런 이유로 내 말이 계속 이어졌다.

"게다가 맏이인 경혜 공주는 황자와 나이 차이가 크게 나
니 배필로 적합하지 않노라. 거기에 둘째인 정혜는 옹주의 신
분이니 어찌 황자의 배필로 줄 수 있겠는가."

그러자 황희는 웃으면서 내게 답했다.

"전하의 말씀이 전부 지당하십니다. 그러나 명국에서 먼저
제의한 국혼이니, 이는 성사되지 않는다 해도 아국의 위세를
크게 올릴 만한 이야깃거리가 되옵니다."

생각해 보니 황희의 말이 맞다. 내가 딸에 관련된 일이라서
그런지 너무 감정적으로만 이 일에 접근했다.

"계속하라."

"또한 혼인 약조를 바로 하는 것보단 황자의 보령이 적으니
장성한 훗날을 기약하는 식으로 말을 돌리는 것이 적당할 듯
싶사옵니다. 또한 그사이에 왕실에서 새로운 손을 보실 수도

있지 않사옵니까?"

그러니까 결국 애를 더 많이 낳으라는 건가.

황희는 지난 국혼의 건도 그렇고 최근 내게 왕실의 격을 높이기 위한 정책을 많이 입안했었다.

난 민생이나 도로 공사에 치중해서 그런 황희의 제안을 거의 다 무시했었는데, 왕실의 권위를 세우는 것도 중요한 일 중 하나다.

"알겠다. 이 건은 명국에서 기분 나쁘지 않게 훗날을 기약하도록 하는 것으로 하지. 영상 대감은 예판과 논의하여 다음 황상의 생신에 보낼 성절사(聖節使)를 결정하고 성절사의 수장을 잘 교육하게나."

"예, 신 영의정부사 황희가 전하의 명을 받들겠습니다."

"신, 예조판서 민의생이 전하의 명을 받들겠사옵니다."

그렇게 국혼의 건이 얼추 마무리되자 난 한명회에게 보낼 서신을 작성하기 시작했다.

한명회가 내가 이전에 알려준 그 건을 공론화시킨다면 저기도 당분간 국혼 같은 건 신경도 못 쓰게 될 거다.

*   *   *

"도어사 대인, 최근 국혼에 관한 이야기가 주요 현안이 되었는데 그보다 먼저 처리해야 할 일이 있습니다."

우첨도어사 한명회가 직속 상관인 석형의 집무실을 찾아와 이야기하자 석형은 의아해하며 말했다.

"지금 황실과 조선국 왕실의 결합보다 더 중요한 건이 있었나?"

본래 이 건은 황자가 태어난 후 황제가 지나가듯 이야기를 꺼냈던 것이 관료들 사이에서 입소문을 타고 퍼져 어느새 자발적으로 신하들이 주도한 것이었다.

북으로는 오이라트와 남쪽으론 남명의 위협이 있고 서쪽으론 얼마 전 정식으로 독립한 사천 지방, 촉국에 둘러싸이게 되었으니 조선 왕실과의 결합은 그들로썬 최고의 안전장치였던 셈이다.

"제가 알기론, 황실의 태조 실록에 아국의 태조 강헌왕(康獻王) 전하의 아버지가 전조 고려의 권신이자 간신인 이인임이라고 적혀 있다고 들었습니다."

"그게 무슨 말인가? 혹시 아국의 사서가 잘못되었다는 이야기인가?"

"예, 그렇습니다. 본래 강헌왕의 선대는 연무성환대왕(淵武聖桓大王) 마마시며 이인임과는 무관한 분이시옵니다. 게다가 태조께서 전조의 왕들을 무도하게 시해했다는 거짓말조차 적혀 있었다고 들었습니다."

"어허, 이런 낭패가 있나. 광무왕 전하께선 그 일에 대해서 알고 있으신 건가?"

"예, 전하께선 세자 시절부터 그 일을 알고 사신을 보내 수정을 요구하셨지만 명국 조정에 무시당한 것으로 알고 있습니다."

"아니, 어찌… 비록 타국이라곤 하나 건국 시조에 관한 건을 잘못 기록한 것도 모자라서 그럴 수 있단 말인가? 허, 안되겠군. 당시 관련자였던 인물을 전부 찾아서 사정을 알아봐야겠어."

"그래야 할 것입니다. 전하께서 제게 내리신 교지를 살펴보니, 그런 것도 미리 정리하지 않고 국혼을 논한 것에 어심이 불편하신 듯 보였습니다."

"허, 이거 큰일이로군. 어찌 전하께선 이곳에 머무르실 때 그 일에 대해 일언반구조차 하시지 않은 것인가?"

"명국 조정을 재건하기 바쁘셨고 누구보다 많은 업무를 보고 계셨잖습니까. 그러니 알아서 처리해 줄 것이라 믿으신 듯합니다. 그러나 지금은 그리되지 않은 것을 알고 진노하신 듯합니다."

석형은 표정이 새파랗게 질려서 변명하듯 말했다.

"난 천지신명에 맹세코 진정 그런 일이 있는 줄도 몰랐네. 진작 알았더라면 바로 공론화하여 그 일을 처리했을 걸세. 내

어찌 재조지은(再造之恩)을 입은 광무왕 전하께 그런 불경죄를 짓겠는가?"

"사정이야 어쨌든, 전하께서 실망하신 것은 분명합니다. 그러니 국혼에 앞서 종계(宗系)의 건부터 해결하는 게 순리가 아닐지요?"

"아, 알겠네. 내 모든 권한을 총동원해서라도 이 일을 바로잡겠네. 반드시 약조하지."

어느새 상관과 하급자란 자리도 뒤바뀌어 보일 만큼 석형의 표정이 다급해졌고, 한명회가 돌아가자마자 긴급 관료 회의를 소집했다.

"그런 연유로 양국의 국혼이 당면한 문제가 아니게 되었소. 이 일을 제대로 바로잡지 않는다면 장차 조선과 관계가 전부 틀어질 수도 있는 문제가 될 수 있다고 보오."

석형이 사정을 설명하고 좌중을 둘러보자 얼마 전 이부상서로 승진한 설선이 나서서 말했다.

"어찌 사서에 그런 잘못된 일이 적힐 수 있단 말입니까? 또한 그 말이 적히게 된 경위는 무엇이라 합니까?"

"본관이 사정을 알아보니, 고려에서 아국으로 망명한 윤이와 이초란 자가 조선의 태조 강헌왕 전하께 악감정을 품고 거짓을 고한 것이 원인이라 하오."

"허, 그렇다 해도 어찌 사관이란 이가 일방적인 말만 듣고 그걸 실록에 남길 수 있단 말입니까."

그러자 왕진이 나서서 말했다.

"그건 선대의 일이라서 그렇다 치지만, 광무왕 전하께서 기록의 정정을 위해 사신을 보냈었는데 무시당했던 것이 더 큰 문제죠. 당시 업무를 담당한 이가 누군지 찾아야 해요."

그러자 석형이 말했다.

"왕 공공, 만약 그들을 찾는다 해도 분명 전쟁 통에 배신했거나 죽은 이들이 많을 텐데, 그렇다면 어찌하실 생각입니까?"

"만약 그렇다면 죽은 이들이라도 책임을 지게 만들어야죠. 안 그렇습니까?"

그러자 회의에 모인 많은 이들이 왕진의 말에 동의했고, 그렇게 진상 조사와 함께 명 태조 실록에서 관련된 부분을 찾아와서 대대적인 수정 작업에 들어가기 시작했다.

결국 진상 조사가 진행되자 당시 예부와 이부에서 사신을 담당하고 홀대한 관원들의 이름을 찾을 수 있었는데, 그들은 전부 난리 통에 행방불명되었거나 죽어서 무덤에 묻혀 있음을 알게 되었다.

거기에 왕진은 당시 사신단으로 조선에 다녀온 태감 황엄을 이 사태의 주동자로 지목했다.

황엄은 전쟁 전에 노환으로 죽어서 무덤에 묻혀 있었지만, 한때나마 자신과 권력을 다투던 그를 혐오한 왕진은 그에게 대역죄의 죄목을 씌워서 이미 죽어 있는 관련자들과 함께 무덤에서 시체를 꺼내 목을 치는 부관참시 형에 처했다.

거기에 주원장의 치세 때 사관으로 일하며 종계변무의 원인을 제공한 이들의 무덤마저 파헤쳐졌고 같은 죄목으로 백골만 남은 시체의 목이 잘리게 되었다. 거기다 죄인으로 지목된 이들의 후손이나 가족들은 졸지에 재산이 몰수되고 죄인이 되고 말았다.

그렇게 북명의 조정에서 광무왕의 비위를 맞추려 난데없는 사화(士禍)를 벌이고 있을 때, 일본 막부의 대표로 조선에 온 호소카와는 이동 중에 역관을 통해 자신이 조선에 대해 몰라도 너무 모르고 있었음을 절감하고 기가 죽었다.

"그럼, 지금은 조선 왕실과 저 대국 명나라 황실 간에 혼담이 오고 가는 중이란 말인가?"

"예, 전 그렇게 들었습니다."

"거참, 우리나라가 섬이라서 그런지 소식이 정말 느렸군. 대륙에서 그런 큰 전쟁이 벌어진 것도 모자라서, 대국이 둘로 갈렸는데도 전혀 모르고 있었으니… 오우치 녀석은 분명 다 알고 있었을 텐데 대면한 자리에서도 내게 일언반구하지 않았어."

"오우치라고 하시면 구주의 슈고 다이묘 오우치 노리히로 나리를 말씀하십니까?"

"그렇네. 그놈이 얼마나 비열하고 음흉한 놈인지 알고 있나? 내 조선에 와서 알게 된 것이지만 그놈은 비누나 사탕의 값을 원가에서 무려 열 배로 불려 본국에 팔고 있었네."

"허, 저도 예전에 그분이 아국에 들렀다 귀국하실 때 뵌 적이 있지만 그럴 분으론 보이지 않았는데……. 열 배의 폭리는 조금 심하군요."

"거기다 그놈의 선조는 막부에 반란을 일으켰던 전과가 있네. 그러니 조선 조정에서도 그놈을 믿으면 위험하다네. 언제 깃발을 갈아탈지 모르는 놈이야."

"그렇습니까."

"이참에 차라리 정식으로 나… 아니, 막부와 통교를 하고 교역을 잇는 게 양국 간에 더 큰 이득이 될 거라 보네."

"저는 일개 역관일 뿐이니 그런 것을 결정할 수는 없지요. 나중에 전하를 알현하실 때 말씀드리는 게 어떻습니까?"

"그래야겠지. 자네의 군주이신 광무왕 전하에 대해서 좀 더 이야기해 주게. 혹시 특별하게 좋아하시는 것이 있는가?"

"글쎄요. 제가 모신 적이 없어서 잘 알진 못하지만, 주상께선 문무에 모두 통달하신 분이라 무예에 관련된 것이나 서책 같은 걸 좋아하지 않으실까요. 물론 어디까지나 제 추측입니다."

"흐음… 지금은 준비된 서책도 없고 아국의 학문은 불교 위주니 드릴 게 없겠군. 아! 그러고 보니 자네가 말하길 전하께서 이국인들을 모아 친위대를 만드셨다고 했었지?"

"예, 가별초란 이들이며 북방의 새 유력자들의 아들들입니다. 이국인이 아니라 아국에 투신했으니 지금은 조선인입니다."

조선의 북방 영토, 즉 화령이 정식으로 조선의 영토가 되자 차별 금지의 일환으로 야인이란 말은 조정에서 사어가 되었고, 관리들은 그 지시를 지켜 야인이나 달자 같은 호칭을 입 밖에 내지 않게 되었다.

"내 가신 중엔 아국에서도 손에 꼽을 만한 무사들이 많은데, 전하께선 그들을 받아주시겠나?"

"글쎄요. 가별초 선발은 시험을 보고 뽑는데 다음 시험은 2년이나 남았고, 마술과 궁술, 그리고 박투전으로 시험을 치르니 일본국의 무사들이 얼마나 기준에 적합할지는 저도 잘 모르겠습니다."

"그럼, 아국과 조선의 무예 교류를 시작하는 건 어떻겠나?"

"음, 그건 전하께서도 좋아하실지도 모릅니다. 세자이실 때도 무관들을 모아 무예서를 집필하셨었으니까요."

"그렇군. 알려줘서 고맙네."

그렇게 호소카와가 정식으로 교역을 트기 위해 고민하는 사이, 일본의 사신단은 어느새 여름의 햇살이 가득한 수도 한양에 도착했다.

*   *   *

1449년의 여름, 일본 막부에서 온 사신단의 수장인 호소카와가 한양에 도착해 동평관에 짐을 풀자마자 곧바로 내게 알현 신청을 넣었다.

그러나 가별초의 수료 행사가 먼저 잡혀 있었기에 알현 일정은 미뤄졌고, 그동안 호소카와의 접대는 예조에서 담당하도록 지시해 두었다.

"훈련소 대표 훈도 이하, 가별초 일동은 주상 전하께 몸과 마음을 바쳐 충성을 다할 것을 천지신명과 사직에 맹세합니다!"

가별초 훈련생 대표인 이브라이의 유창한 조선 말로 이어진 맹세 선언으로 수료식 절차가 끝나자 미리 소문을 듣고 수료식장에 모인 가별초들의 친지나 조선의 사대부, 그리고 백성들의 박수가 이어졌다.

이제 정식으로 가별초가 된 이들이 자칫 들뜰 수도 있는 상황에서 냉철하면서도 차분한 태도를 유지하고 있는 게 눈에 띄어 마음에 들었다.

역사적인 수료식을 이렇게만 끝내는 건 이렇게나마 축하해 주기 위해 모인 사람들에게도 아쉬울 테고, 나 역시 그간의 훈련 성과를 직접 보고 싶었기에 각종 무술 시범을 보이도록 지시했더니 볼거리에 목이 말랐던 백성들이 천세를 외쳤다.

역시… 가별초 시험을 정기 행사로 만들길 잘했다는 생각이 든다. 현재 백성들이 모여 구경할 만한 놀잇거리는 국가 공인 재래연이나 사당패의 마당놀이, 혹은 작은 규모의 사설 재래연뿐이다.

그간 여유 없이 나라의 내실 발전 쪽에만 힘써서 문화 발전을 소홀히 한 편이니 이젠 슬슬 그쪽도 신경을 써야 할 듯하다.

화학청의 성과인 펄프의 발명으로 인해 요즘은 종이 생산도 예전과는 비교도 할 수 없이 많이 늘어났는데, 조만간 다른 이들을 시켜 흥미 위주로 읽힐 통속소설부터 집필해 보라고 해야겠어.

내가 하고 싶어도 거기까지 손대기엔 지금 하는 일이 너무나도 많다.

그리고 아직은 가상이나 상상만으로 이뤄진 내용이 잘 먹힐 만한 때가 아니니, 용비어천가나 뿌리 깊은 나무처럼 옛 역사를 각색한 소설부터 내봐야 할 듯하다.

내가 시범을 기다리며 소설에 대해 고심하고 있을 때 가별초 일동은 첫째 종목인 마술 종목 준비를 끝마치고 나의 시작 신호를 기다리고 있었다.

그렇게 나의 윤허가 떨어지자 가별초 일동은 개인적인 기술 시연보단 오와 열을 맞춰 자유자재로 진형을 변경하면서 빠르게 장애물을 통과하는 모습을 보여주었다.

"와아아!"

백성들의 환호성이 울려 퍼졌고, 사대부들 역시 가별초의 멋진 모습이 마음에 들었는지 감탄하며 마술 시범에 집중하고 있는 게 보였다.

그런데 경기장 어디선가 왜국 말이 들려온다.

"상선, 혹시 왜국의 사신단이 이곳에 들렀느냐?"

김처선이 바로 내 물음에 답했다.

"신도 그 건에 대해 미리 들은 적은 없으나 아무래도 일정을 변경해 이곳에 들른 듯하옵니다. 신이 나서서 사정을 자세히 알아보고 오겠습니다."

"알겠노라."

그렇게 김처선이 잠시 자리를 비우곤 예조의 관원으로 보이는 이들과 이야기를 나눈 후 내게 돌아왔다.

"전하, 예조의 관원에게 들어보니 왜국의 사신 수장 세천승원이 미리 가별초의 소문을 듣고 행사를 관람하길 졸랐다고 합니다."

"그런가. 이참에 같은 일정을 치르게 되었으니, 왜국의 사신들을 이곳으로 부르도록 조치하라."

"예, 신이 전하의 명을 전하겠습니다."

그렇게 일본 사신단 알현은 궁이 아닌 가별초 수료식장에서 이뤄졌고 그들의 수장인 호소카와의 인사가 역관을 통해 내게 전달되있다.

"왜국 막부의 관령대신(管領大臣) 세천승원(細川勝元)이 늦게나마 전하의 승전을 감축드리며 은 10관과 보검 스무 자루를 선물로 준비했다고 합니다."

"그런가. 그의 성의에 고마움을 느낀다고 전하라. 그리고 역관은 첫 소개만 한자 독음으로 전달하고 이후는 정음으로 통변하라. 사관은 이후 역관에게 문의해 한자로 표시할 부분에 대해서 도움을 청하라."

요즘은 내 지시로 인해 많은 기록이 정음으로 적히고 있었고 사초도 정음과 한자 혼용이 주를 이루고 있었다.

이렇게 선례를 만들어놓았으니 나중엔 실록도 정음으로 적은 원본과 한자 축약본이 생길 것이라고 본다.

그러자 지난 전쟁에서 북경 탈환전을 전부 기록하여 조정의 유명 인사가 된 사관 유성원(柳誠源)이 조용히 내 지시를 사초에 기록했다.

"그럼, 아국의 새 정예 무관을 본 소감이 어떻냐고 전하라."

그러자 내 말을 전해 들은 호소카와가 들뜬 듯한 표정으로 이야기했고 그의 말이 통역되어 내게 전달되었다.

"사신 호소카와가 고하길, 사람이 저리 말과 한 몸이 된 듯 자유자재로 부리는 광경을 처음 보았다고 합니다. 왜국엔 저렇게 말을 타는 무사들이 없다며 진심으로 경탄했다고 합니다."

"그런가? 다음 시범은 궁술과 마상 궁술을 시연할 차례이니, 즐겁게 봐줬으면 한다고 전하게."

그렇게 친지와 관중들의 응원을 받으며 준비를 마친 가별초는 거의 백발백중이라고 말할 만한 명중률을 보여주며 일반 궁시 시범을 마쳤다.

그리고 마상 궁술의 차례가 되자 호소카와는 흥미로운 표정을 지었다.

가별초 구십 명은 일반적인 과녁 대신 수백의 허수아비를 가상의 적 부대로 상정하고 말을 몰기 시작해 우측으로 진입해 빠르게 궁을 쏘고 이탈했고, 이후 진형을 갖추고 목표를 중심으로 원을 그리며 무려 육 할이 넘는 명중률을 보여주었다.

본래 마상 궁술은 가만히 서서 쏠 때와 다르게 명중률이 낮을 수밖에 없고 움직이는 말 위에서 행해지는 조준 문제로 인해 실질적인 사정거리도 서서 쏘는 것에 비교하면 짧을 수밖에 없다.

그런데 이들은 그동안 엄정한 훈련을 거쳤는지 놀랄 만한 성과를 보였고 통제 군관의 지시가 떨어지자 말 위에서 뒤를 돌아보며 쏘는 배사(背射)를 선보였으며 이후로도 지시에 맞춰 묘기와도 같은 궁술을 관중 앞에서 선보였다.

"전하, 호소카와가 고하길 왜국에도 마상 궁술이 있긴 하지만 말을 멈춘 상태에서 습사(習射)하는 것에 익숙해져 전쟁 중에도 말을 타고 이동해 멈춰서 활을 쏜다고 합니다. 이런 무예가 있을 거란 생각은 해보지 못했다고 합니다."

"그런가. 아국의 정예병을 보고 기뻐해 주니 고도 기분이 좋다고 전해주게."

하긴, 일본은 아직 전국시대를 거치지 않아 군대도 그다지 발달하지 못했고 기병이란 개념도 우리와는 매우 다르다고 알고 있다.

"마상 창 시범을 준비하라 이르라."

본래 가별초 시험을 볼 땐 맨손 무예 종목이었으나 그건 시범으로 보이기엔 시간이 너무 오래 걸리는 데다 관중들이 진정 보고 싶어 하는 건 마상 창 시연이라고 본다.

내가 초대 우승자가 된 후론 무관들도 자극을 받았는지 마상 무예 단련에 열중했고 얼마 전엔 병조에서 주최한 마상 창 대회가 열려 큰 인기를 끌었었다.

그렇게 준비를 마친 가별초들이 얼마 전에 맞춤 제작된 전용 판금 갑옷을 입고 사복시에서 받은 오명마에 올라타 랜스를 들고 관중 앞에 섰다.

진형을 갖춘 가별초가 좀 전에 궁술용 표적으로 삼았던 허수아비를 향해서 천천히 속도를 올리며 돌진했고, 그간 훈련이 잘됐는지 절묘한 시점에서 최대한의 속도를 내어 실수 없이 표적을 창으로 꿰뚫은 다음 짓밟고 지나갔다.

이후론 다시 우회하여 다시 한번 돌진해 나머지 표적들을 완전히 말소하고 나자 관중석에서 함성과 함께 박수갈채가 쏟아졌고 먼 북방에서 아들들을 보러 내려온 아버지나 친지들은 그들의 발전에 감격해 눈물마저 보이는 듯했다.

그리고 그걸 바라보던 호소카와는 아예 말문이 막힌 것도 모자라 문자 그대로 입이 떡 벌어져 있다.

잠시 후 정신을 차린 그는 이곳이 공식 석상인 것도 잊은 듯 흥분해서 역관에게 호들갑을 떨 듯이 이야기했고 그의 말은 내게 통역을 거쳐 전달되었다.

"주상 전하, 호소카와가 아뢰길 이런 무예는 본 적도 없고 감히 상상도 못 해봤다고 합니다. 말 위에서 활을 쏘는 건 이해가 갔지만 말 위에 탄 채로 근접하여 싸우는 건 그들의 상식으로 전례가 없다고 하옵니다."

아무래도 그렇겠지. 일본에선 말은 그저 이동용 수단이며 기마병이 싸울 땐 말에서 내려서 싸우는 게 상식이라고 들었었다.

"그래, 오늘은 북방에서 도성으로 올라온 이들의 환영 잔치가 준비되어 있으니 나중에 다시 한번 만나서 이야기를 나누자고 전하라."

그러자 잠시 후 호소카와의 답변이 전달되었다.

"호소카와가 고하길, 혹시 결례되지 않는다면 그곳에 참석해도 되는지 여쭈었사옵니다."

"그래? 아무래도 저들을 대접하는 잔치니 왜국과는 예법이 매우 다를 텐데, 그래도 괜찮겠는지 물어보거라."

"본국을 떠나 이국까지 왔기에 그런 건 상관없다고 하옵니다. 그보다 조선에 온 김에 많은 이들과 알게 될 만한 자리에 참여할 수 있어서 더 좋다고 합니다."

"그렇다면, 저녁에 사람을 보내 북평관으로 초대한다고 전하게."

"예, 그리 전하겠사옵니다."

*　　　　*　　　　*

호소카와는 기대했던 조선 국왕과 만남을 거쳐 숙소인 동평관에 왔지만, 오늘 보았던 광경이 머릿속에서 떠나지 않았다.

'가별초가 저런 무예를 지녔어도 국왕 직속 금군인 내금위와 겸사복이란 부대엔 아직 미치지 못한다고 했었지. 그럼… 아직 보지 못한 그들의 수준은 얼마나 대단할까?'

큐슈와는 다르게 조선이나 명과 교류가 없어 화기나 화약에 대해 잘 모르던 호소카와는 그저 가별초의 시범을 보고 조선식 무예에 깊이 매료되고 말았다.

"난 정식으로 조선의 무예를 배우고 싶다."

"간레이, 그건 진심으로 하시는 말씀이십니까?"

가신인 야쿠시지가 되묻자 호소카와는 진지하게 답했다.

"그래, 마음 같아선 내가 조선에 남아서 직접 배우고 싶긴 하나 거기까지 하기엔 많은 무리가 따르겠지. 그러니 그대들 중 일부가 남아서 무예를 배워서 나중에 내게 가르치게나."

"예? 하지만……."

"그대도 잘 생각해 보게. 오늘 본 무예 중에 하나라도 통달해서 귀국한다면, 본국에서도 유례가 없을 만한 일파의 창시자가 되어 엄청난 명성을 얻을 수 있을 거다. 그런데 어째서 이런 기회를 두고 주저하는가?"

미래 일본의 고류(古流) 검술이라고 불리는 것들 대다수는 전국시대를 거쳐 에도시대에 창시되었고, 나중에 보기엔 정말 별것 아닌 기술들이 엄중한 비밀로 취급되었으며 무사들의 밥줄이자 구명줄이 되는 시대였다.

결국 먼저 이야기를 꺼냈던 호소카와의 가신이자 셋슈국(摂津国, 셋쓰노쿠니)의 수호대장인 야쿠시지 모토나리(薬師寺元就)가 주군의 사탕발림에 넘어가 조선에 남겠다고 맹세했고 몇몇 이들도 귀국 후에 얻을 부와 명성을 노리고 같이 남겠다고 맹세했다.

그렇게 먼저 가신들을 설득한 호소카와는 저녁에 북평관으로 이동해서 가별초의 친시들을 환영하기 위한 잔치에 잠석했다.

이후 광무왕의 축사가 이어지고 술이 한 순배 돌고 나자 호소카와는 역관에게 부탁해 주변에 앉은 이들에게 인사했고 코르친의 대족장인 두르벤과 말을 틀 수 있었다.

"그러니까 두르벤 노얀(那顏)의 아들이 가별초의 대표였고 마술 대회에서도 우승을 차지하셨단 말씀이십니까? 정말 장한 아들을 두셨군요. 하하하!"

사실 칭찬을 하는 호소카와가 이브라이보다 더 어린 탓에 어색한 칭찬이 되었지만, 그의 말은 일본어에서 몽골어로 다시 이중 통역이 되어서 전달되었고 호소카와의 말을 들은 과이심(科爾沁)의 관찰사 두르벤 튀멘이 박장대소하며 말을 이었다.

"아들아! 여기 바다 건너 왜국에서 오신 귀한 손님께서 너를 칭찬하는구나."

"아버지, 왜국이 어디입니까?"

"왜국을 모르느냐? 네가 어릴 적에 이야기해 준 적 있잖으냐. 우리 선조 중에 쿠빌라이 칸의 휘하에서 종군하며 바다 건너 원정에 참여했다가 돌아오지 못하신 분이 있었다고."

"아아, 아버지가 상종도 하지 말아야 한다고 말씀하신 저주받은 땅이요? 제겐 강 근처도 못 가게 하셨던 게 이제야 생각나네요."

"야! 그걸 지금 이야기하면 어쩌냐?"

"사역관 나리, 방금은 제가 술에 취해 말이 잘못 나온 듯하니 왜국의 귀빈껜 방금의 말은 전하지 마시길 부탁드립니다."

아들의 매끄러운 조선 말 발음을 들은 두르벤은 놀라서 아들을 다시 보았고, 그런 아버지의 시선을 받은 아들은 자랑스러워했다.

"하하, 제가 마음만 먹으면 이 정도는 합니다."

"허, 네가 말 타는 것 말고도 잘하는 게 있다니 정말 다시 봤다. 정말 자랑스러워!"

"아참, 귀한 손님을 곁에 두고 이럴 게 아니죠. 제가 손님께 술 한 잔 올리겠습니다!"

그렇게 조선을 매개로 평생 만날 일이 없었던 이들이 친해져서 즐거운 밤을 보내고 있을 때, 오이라트에선 타이순 칸이 에셴의 명성이 올라가는 것을 참지 못해 먼저 군사를 일으켜 선제공격을 시작했다.

제6장

내전

몽골의 타이순 칸 보르지긴 톡토아부카는 명과 오이라트의
전쟁 동안 전력을 보존하고 전쟁에 관한 정보를 얻으면서 칸
의 이름으로 에센을 싫어하는 부족들을 규합하는 데 집중했
었다.

그 결과로 4만에 가까운 병력을 얻을 수 있었고, 타이순 칸
은 에센에게 벗어나 자립할 수 있을 거란 희망을 품기 시작했
었다.

전쟁 통에 몽골까지 흘러 들어온 명국제 화포와 화약도 손
에 넣은 데다가 오이라트의 기병을 격파했다는 조선 총통위

를 조악하게나마 흉내 내어 장창병과 화포와 같이 운용하는 편제를 만들어내기도 했다.

타이순 칸은 북경에서 병사의 절반 이상을 잃고 귀환한 에센을 바로 공격하려 했었으나, 에센이 카라코룸에 머물며 이해할 수 없는 행보를 보여 잠시 그의 행적을 지켜보았더니 이상한 소문이 돌기 시작했다.

풍문을 들어보니 에센이 북경에서 패하긴 했어도 그건 조선에 진 것이지 명국을 상대론 한 번도 지지 않은 명장이라며 그를 칭송하는 이들이 많아지고 있었다.

거기에 에센이 승전의 대가로 청해와 섬서 인근의 영지를 얻어서 귀한 식량과 소금을 북방에 공급하며 칸의 이름을 이용하니 에센이야말로 진정한 황금 씨족과 칸의 수호자란 어처구니없는 이야기를 믿고 있는 이들을 자신의 진영에서도 찾을 수 있었다.

결국 타이순 칸은 이대로 그를 놔두면 자신은 예전처럼 허수아비 신세를 면치 못한다는 걸 깨닫고 귀환한 에센을 친히 격려하겠다는 핑계로 군사를 이끌어 에센이 자리 잡은 카라코룸으로 진군하였다.

타이순 칸의 친동생이자 칸 친위대 케식의 지휘관인 아크바르지 지농이 카라코룸 인근 평원에 집결한 에센의 군대를 바라보며 말했다.

"형님, 에센이 단지 우리를 도발하기 위해 이런 소문을 흘린 건 아닌 듯싶습니다. 평판이란 게 이리 무서울 거라곤 생각조차 못 해봤습니다."

"그래. 누구의 머리에서 나온 것인지는 모르겠지만 정말 효과적이면서 악의적인 계략이지."

"맞습니다. 그대로 두었으면 에센과 사이좋게 지내야 한다는 의견이 대세가 되었을 겁니다."

"그래. 그런 말도 안 되는 이야기를 그냥 둘 순 없지. 그래도 에센이 뭔가 숨기고 있는 듯해서 찜찜하구나."

"어차피 우리가 에센을 먼저 공격하려고 계획을 전부 짜두었잖습니까. 지금은 그저 싸워서 이기면 그만입니다. 그러니 결단을 내리시지요."

타이순 칸은 결전을 앞두고 불안한 표정을 지으며 동생에게 무언가를 확인받으려는 듯 질문했다.

"아우야, 정말 승산이 있는 거겠지?"

"형님, 걱정하지 마십시오. 일전에도 설명해 드리지 않았습니까. 제가 알아본바, 명국 황성에서 벌어진 전투에서 에센의 친위대 대부분이 조선 왕이 이끄는 군대에 몰살당했고 바얀이 지휘하던 정예 기병대 역시 삼 분의 일 정도만 남았다고 합니다."

"으음……"

아크바르지는 이미 여러 번 했던 설명을 반복해야 했지만 소중한 형을 위해서라면 몇 번이고 더 이야기할 수 있었다.

"그런 이유로 이 정도의 전력이면 에센과 충분히 견줄 만합니다. 거기에 새로운 훈련을 받은 병사들이 있지 않습니까."

아크바르지가 화포와 장창으로 무장한 병사 쪽을 바라보자 타이순 칸이 표정을 바꾸며 답했다.

"결전을 앞두고 내 병사들을 믿지 못하고 긴장하다니, 정말 창피하구나."

"아닙니다. 그보다 새로 영입한 보르카투의 공이 대단합니다. 단시간에 저들의 역량을 실전에 써먹을 수 있을 만큼 끌어올린 건 전부 그의 공입니다."

"그래? 그의 출신 부족은 어디냐?"

"그가 우리에게 합류한 건 북쪽 야쿠트의 영역 인근입니다만, 그의 출신은 야쿠트가 아닌 듯하더군요. 주르첸(여진)의 억양이 말에 섞여 있었습니다."

"그런가. 나중에 불러서 이야기해 봐야겠구나."

"예, 지금 당장은 에센의 군대에 집중해야 할 순간입니다. 칸이시여, 명령을 내려주십시오."

"그래. 칸의 이름으로 저들을 공격할 것을 명하노라."

"명을 받들겠습니다."

그렇게 에센의 군대와 대치 중이던 칸의 병사들이 먼저 움직이며 포진을 변경했고, 장창과 대구경 화포로 무장한 오천의 혼성부대가 전열로 전진했다.

그들의 후방에서 깃발로 신호를 보내자 백 명 단위로 편제된 부대가 중앙의 통제를 따라 전투대형을 갖추고 자리를 잡았다.

그렇게 먼저 타이순 칸의 부대가 자리를 잡고 압박을 개시하자 에셴의 화포병 역시 비슷한 진형을 갖추면서 자리를 잡았다.

타이순 칸 진영의 포격을 시작으로 전투가 시작되었고, 양측의 기병은 바로 투입되지 않은 채 상황을 지켜보는 방향으로 전투가 이어졌다.

그렇게 1시간 가까이 병사의 목숨을 교환하는 포격전이 이어지자 에셴의 화포 부대 측에서 먼저 포진을 뒤로 물리기 시작했고 그것을 지켜본 아크바르지는 타이순 칸을 바라보며 말했다.

"칸이시여, 저곳을 보시지요. 에셴의 군대가 후퇴하고 있습니다. 전초전의 기세는 우리가 먼저 가져갔습니다!"

"음, 그렇구나. 그럼 이쯤에서 화포 부대를 조금 더 전진시키고 압박을 가해야겠어."

"아닙니다. 지금 저들이 물러날 때야말로 기병을 돌입시키기에 최적의 순간입니다."

"에센의 기병도 아직 움직이고 있지 않은데, 굳이 무리할 필요가 있겠느냐?"

"아닙니다. 지금은 다소 무리를 해서라도 분위기를 전환해야 합니다. 지금 아군에게 무엇보다 필요한 건 승전의 기세입니다."

한참을 고심하던 타이순 칸이 동생의 요청을 받아들였다.

"흐음… 그래, 케식을 투입하되 일부만 돌입시켜서 상대의 반응부터 보자꾸나."

"예, 알겠습니다."

그렇게 칸의 허락이 떨어지자 칸의 친위 기병대 케식 1천 명이 먼저 투입되어 후퇴하는 에센의 부대를 배후에서 공격했다.

그러나 에센은 그때까지도 기병을 움직이지 않았다. 후퇴하던 화포 부대는 수백의 사상자를 내었고, 중갑으로 무장한 창병 부대의 도움을 받아 케식을 몰아내는 데 성공했지만 칸의 친위대는 별다른 피해 없이 후퇴할 수 있었다.

"보셨습니까? 적은 겁을 먹고 있습니다. 이 기세를 몰아 기병을 총동원하시는 게 어떻겠습니까?"

"그래. 지금은 확실히 아군의 기세가 올랐구나."

그간 신중하던 타이순 칸도 연이은 전투의 성과를 보곤 동생의 의견을 받아들여 다수의 경기병을 투입했다.

부대마다 천 명 단위로 편제된 몽골 경기병들이 에센의 진형으로 돌입하자 에센도 그에 맞서 기병을 전장으로 돌입시켰다.

전장의 상황은 순식간에 난전으로 흘러갔고, 전장 곳곳에선 기병들끼리 기동전이나 추격전이 벌어져 화포의 지원이 불가능해지고 말았다.

그 상황에서 타이순 칸은 창과 화기의 혼성부대를 뒤로 물리고 자신을 보호하게 지시했으며 자신의 친위대인 케식의 절반가량을 전장에 보내 아군을 지원하게 했다.

그렇게 전황이 조금씩 타이순 칸 쪽으로 유리하게 흐르는 것처럼 보일 무렵, 에센의 수하 바얀이 지휘하는 혼성 기병대 삼천가량이 전장을 크게 우회하여 타이순 칸이 자리 잡은 곳으로 전진하기 시작했다.

뒤늦게 적군을 발견한 타이순 칸은 케식을 불러들이려 했지만 이미 난전 중인 상황에선 그것이 불가능했다. 어쩔 수 없이 자신을 지키는 혼성 병력과 절반의 케식만으로 대처하기로 마음먹고 타이순 칸은 그대로 전투를 시작했다.

타이순 칸 측의 화포 사격이 먼저 시작되었고, 바얀이 이끄는 혼성 기병대는 빠르게 산개하여 피해를 최소화했다.

그리고 선두에선 에센의 경기병들이 먼저 화살을 일제히 날린 후 옆으로 빠지자 칸의 케식 부대는 곧바로 거기에 대응하여 그들을 견제하기 위해 움직여 추격을 시작했다.

에센은 적진의 주위를 돌며 화살을 날리는 전형적인 몽골식 경기병 운용을 보여주는 듯했으나 이후의 행보는 사뭇 달랐다.

궁기병의 다음으로 들이닥친 이들은 말에 탄 채 왼손으론 불이 붙은 심지를 꺼지지 않게 빙빙 돌리고 있었고 다른 한 손엔 화창(火槍)으로 무장하고 있었다.

화창 부대는 조선군의 나팔총 부대에 큰 인상을 받았던 바얀이 마상에서 어떻게든 화기를 쓸 방법을 고안하다가 나온 결과물이다.

에센이 고사를 공부하다 남송과 몽골의 전투 기록에서 발견한 화창과 대원 제국 시절에 쓰이던 화총(핸드고네, handgonne)을 참고해서 개량한 후 마상 사격을 연습시켜 탄생한 부대다.

이들은 언뜻 보기엔 짧은 창을 든 기병처럼 보였지만 이들이 들고 있는 화창의 안엔 철환이 잘 재어져 있었다. 이들은 창을 위로 세우고 있다가 앞으로 거창하는 듯한 동작 이후 심지에 불을 붙였고, 잠시 후 창끝에서 불꽃과 함께 연기가 피어올랐다.

이미 한차례의 화살 공격을 받아 진형이 흐트러졌던 타이순 칸의 혼성부대는 재차 이어진 화창 공격에 창병들이 상처를 입거나 사망해 전열이 붕괴하였고, 화창 부대는 곧바로 우회하여 후속부대에 길을 열어주었다.

그렇게 화살과 화기의 시간 차 공격으로 타이순 칸 측의 전열이 붕괴하자 그 뒤엔 중갑으로 무장한 바얀의 정예 창기병들이 속도를 올려 돌입하여 적진을 관통하기 시작했다.

그렇게 단 한 번의 돌격 성공으로 타이순 칸의 본진은 위험에 빠졌고, 형을 지키기 위해 분투하던 동생은 형 대신 목숨을 잃었으며 타이순 칸은 결국 바얀에게 사로잡혔다.

그렇게 오이라트와 몽골의 내전은 한 번의 전투로 빠르게 끝나고 말았다.

"바얀, 칸에게 이게 무슨 짓이냐. 귀하신 몸인데 이리 상하게 하면 쓰나."

생포 과정에서 얻어맞은 채로 끌려온 타이순 칸을 본 에센이 바얀에게 조금은 장난스러운 말투로 질책했고 바얀은 무표정하게 그의 주군에게 사과했다.

"죄송합니다. 속하가 타이시의 명을 어겼으니 기꺼이 벌을 받겠습니다."

그러자 에센은 바얀이 자신의 농담을 못 알아들었음을 눈치채곤 평소대로 진지하게 답했다.

"아니다. 너야말로 이번 전쟁의 일등 공신이니 내 따로 게르와 영민 1만을 상으로 내려주지."

"감사합니다."

에센은 바얀을 칭찬하고 난 후, 곧바로 타이순 칸을 바라보며 약간 과장된 말투로 질문했다.

"칸이시여, 어찌 칸의 충신인 저를 먼저 공격하셨습니까?"

"이 간악한 놈! 감히 내 동생을 죽여?"

"저를 선제공격하셨는데 그 와중에 생긴 불상사가 어찌 제 탓이라 할 수 있겠습니까? 그래도 동생분의 일엔 유감을 표하지요."

"……."

분노에 말문이 막힌 타이순 칸이 침묵하자 에센은 손수 칸에게 다가가 묶인 줄을 풀어주었다.

그러자 타이순 칸은 마지막 발악으로 에센을 죽이려고 덤벼들었지만 에센의 노련한 몽골 씨름 기술에 당해 넘어지고 말았고, 에센의 몸에 깔려 제압되었다. 제압된 상태로 몸부림치는 그에게 에센이 말했다.

"제가 어째서 칸을 살려두었는지 아십니까?"

"닥쳐라! 천신 텡그리의 저주를 받을 놈아!"

"하, 칸이 천신 따위를 믿는 겁니까? 그 천신 신앙을 타파하신 분이 칸의 선조이신 테무친입니다. 역사에 대해 너무 무지하신 듯하군요."

"뭐? 그게 대체……."

"분노에 눈이 멀어 제 말을 듣고 싶지 않으신 것 같은데, 지금도 제 나름대로 최대한의 존경을 칸에게 보이는 중이니 그 마음이 사라지기 전에 잘 들으시지요."

"……."

결국 현실을 인지한 타이순 칸이 에센에게 굴복하듯 몸부림을 멈췄고 에센이 말을 이어갔다.

"전 칸이 되고 싶은 마음이 없습니다. 그러니 칸께서는 계속 칸으로 남아주셔야겠습니다."

그러자 삶을 포기했던 타이순 칸이 의아한 듯이 물었다.

"그게 정말인가? 날 살려주는 것도 모자라 자리를 보존시켜 주겠다고?"

"그렇습니다. 제가 어찌 황금 씨족을 감히 죽이겠습니까. 동생분의 일은 그저 불행한 사고였을 뿐입니다."

그러자 결국 타이순 칸은 모든 것을 체념한 채로 질문했다.

"그럼 내게 바라는 게 뭐지?"

"예전과 같이 편하게 지내시면 됩니다. 따로 바라는 건 없습니다."

"그럼 내 영민과 병사들을 살려주면 안 되겠는가? 그들은 아무런 잘못이 없네. 전부 내 잘못이니 부디 자비를 보여주게."

"칸을 충동질해서 저와 칸을 싸우게 만든 사특한 이들이 있었으나, 그들은 싸움 중에 전부 죽었으니 용서하도록 히지요. 다만 앞으로 그런 일이 생기지 못하게 칸의 호위는 제가 담당하도록 하겠습니다."

"그럼 내 영지인 케룰렌으로 돌아갈 수 없단 말인가?"

"예, 이제부턴 원의 새 수도는 카라코룸이 되었으니 이곳으로 천도하셨다고 생각하시지요."

"알겠네."

"그리고 칸의 측실을 새로 뽑아두었으니 원하시는 여인이 있으면 말씀만 하시지요. 바로 보내 드리겠습니다."

"…고맙네."

그렇게 타이순 칸이 사로잡혀 혈족을 잇기 위한 종마나 다름없는 신세로 비참하게 몰락했을 때, 타이순 칸의 휘하에서 병력을 훈련시켰던 보르카투는 자신의 부족이 기다리고 있는 서쪽으로 몸을 피해 달아나고 있었다.

"하, 역시 훈련만으론 근본적인 장비의 차이를 뛰어넘을 수 없었네요. 좋은 걸 배웠습니다."

그러자 보르카투와 동행한 사내가 대답했다.

"지금은 그런 감상을 늘어놓을 때가 아니다. 에센에게 잡히기 전에 도망을 칠 때지."

"알겠어요. 아버지가 돌아가시는 와중에도 악착같이 살아남은 몸인데, 여기서 죽을 순 없죠."

"네 고집을 들어주긴 했지만 몽골에서 힘을 키운다는 건 말

도 안 되는 이야기였어. 사실 지금에 와선 조선에 복수하는
건 이뤄질 수 없는 꿈이나 마찬가지다."

"충 어르신, 그리 말씀하셔도 어떻게든 아버지의 복수는 하
고 말 거예요."

"하아… 내 어쩌다 너 같은 놈을 주워서 이 고생을 하게 된
건지 모르겠군. 네가 이만주의 아들인 걸 알았으면 애초에 거
두지도 않았을 거야."

"에이, 어차피 어르신도 건주위를 재건해야 한다며 아버지
의 이름을 이용하신 거 아닙니까."

"내가 잠시 뭐에 홀렸던 거지. 애초에 건주위는 내 것이었
지, 네 아버지의 것이 아니었다."

본래 건주위의 정식 후계자였지만 일부 휘하들을 이끌고 조
선에 복속된 건주위를 떠나 유랑하는 신세가 된 충산은 6년
전 이만주의 아들 이보을가대(李甫乙加大)를 우연히 거두어 지
금에 이르게 되었고, 결국 이들은 부족원들과 합류해 사막을
건너 서역으로 이동하기 시작했다.

*   *   *

내 지시로 황제의 생일을 축하할 겸 국혼을 논의할 성절사
가 명으로 향했다.

그 후 막부의 사신인 호소카와가 예조 관리들과 교역을 논의하고 막부와 정식으로 통교를 시작하는 게 어떻냐는 의견이 나왔지만 확답을 주지 않은 채 일단 미루어두었다.

내게 신종한 쇼니와 오우치가 그간 우리와 중계무역으로 많은 이득을 보고 있었으니, 왜와 정식으로 통교하기 전에 그들을 조금이나마 챙겨주기 위함이었다.

그렇게 구주로 사정을 이야기하는 서신이 전달되었고 외교로 바쁘던 일정이 다시 평상시처럼 돌아올 때쯤, 화학청에서 사고가 일어났다.

관원들이 새로운 물질을 조합해 보겠다며 실험을 시행하다가 폭발 사고가 일어나 두 명이 조금 다쳤다는 것이다.

다행히도 극히 소량의 물질로 합성 실험을 한 덕분에 관원들은 크게 다친 것은 아니라고 한다.

"화학청에서 어떤 실험을 했길래 폭발 사고가 벌어진 것인가?"

내의원의 수장이자 관제상 화학청의 책임자이기도 한 어의 배상문은 내 건강을 확인하고 의료 기구를 챙기는 와중에 질문을 듣곤 자세를 바로 하며 답했다.

"관원들이 주로 쓰는 황산에 염초와 초석에서 추출한 새로운 액체를 섞는 실험을 하다가 그 사달이 벌어졌다 들었사옵니다."

초석에서 추출한 액체면 아마도 질산일 것이다. 조만간 정식으로 이름을 지어줘야겠군.

"거기에 대해선 고도 일전에 보고를 들었지만 황산처럼 생산이 안정화된 물건도 아니고 그 자체로도 위험하다고 보고가 올라오지 않았었는가. 앞으로 모든 실험은 신중히 처리하고 무엇보다 안전을 우선으로 하라고 이르게."

"예, 전하의 하교를 명심하겠사옵니다."

그렇게 배상문이 물러나고 난 후 곰곰이 생각해 보니, 황산에 질산을 섞었는데 폭발했으면… 그건 니트로글리세린의 조합식 아닌가?

그럼 폭발하는 게 당연하구나. 오히려 사람 안 죽고 그 정도로 그친 게 천만다행이었네.

내가 알기론 지금 화학과 과학 수준으로 니트로글리세린을 합성하는 건 오직 운에만 의존해야 하는 행위에 가깝다.

합성 도중에 안정화를 위해서 냉각 작용이 수반되어야 하고, 또한 그 과정에서 운 좋게 터지지 않고 주먹구구식으로 어찌 만들어냈다고 해도 그게 정말 니트로글리세린이 될 거란 보장도 없지.

차라리 지금은 화학 제반 기술을 다지면서 뇌홍을 천천히 연구하는 방향으로 가는 게 낫겠군.

뇌홍도 니트로글리세린만큼 위험하고 민감한 물질이긴 하

나, 상온에서 외부 자극 없이도 제멋대로 폭발하는 니트로 쪽보단 사정이 조금은 더 나을 거라고 본다.

뇌홍 제작에 성과가 생기면 수석총을 개조해 퍼커션 캡을 사용할 수 있게 되고 총기 분야에 커다란 발전이 이뤄지게 된다.

다만 그러려면 질산과 수은을 가공해야 하는데, 초석에서 질산을 안정적으로 추출하는 문제부터 먼저 해결하고 수은 증기를 차단할 방독면이나 작업 중 폭발로부터 몸을 보호할 장구부터 개발하는 게 우선시되어야 할 것 같다.

이런 선결과제를 전부 시행해서 뇌홍을 만들려면 최소 십 년… 아니, 어쩌면 몇십 년에서 백 년이 걸릴지도 모르겠네.

인명을 무시하고 작업자들을 수은중독으로 고생시키거나 그들의 손가락이나 손을 폭발로 날려가면서까지 뇌홍을 만들고 싶은 생각은 없으니까.

그런 걸 따져보면 아직 갈 길이 멀긴 멀구나.

난 뇌홍이 생각난 김에, 장영실을 보러 창덕궁 외곽에 위치한 군기감(軍器監)에 들렀다.

"오늘은 가선대부가 등청하지 않은 건가?"

"예, 그러하옵니다."

그런데 가는 날이 장날인지 장영실이 없었고, 그의 제자이자 최무선의 손자 주부(注簿) 최공손이 날 맞이했다.

"그럼 자네가 고를 호종하게나."

"예, 삼가 소인이 전하를 모시겠사옵니다."

그렇게 군기감을 둘러보자 한편에선 명에 수출하기 위한 판금 갑옷에 장식을 넣는 작업이 한창이었다.

장인들이 일하는 모습을 둘러보고 나니 최공손과는 딱히 할 말이 없어서 다시 돌아가려 했는데 갑자기 그가 말을 걸어 왔다.

"주상 전하, 신이 감히 전하께서 고안하신 화차를 나름대로 개량해 보았는데 한번 보아주실 수 있으시옵니까?"

"그런가? 도안을 가져와 보게. 이참에 그대가 고안한 것이 더 있다면 전부 가져오라. 가선대부의 제자인 그대의 성과를 보고 싶네."

"전하의 성은이 망극하옵니다. 신이 금세 가져오겠사옵니다."

나름 엄숙하게 날 호종하던 최공손은 금세 표정이 환하게 바뀌었고 잠시 자리를 비웠다가 다시 나를 찾아왔다.

그런데… 그가 구상한 무기는 한둘이 아니었나 보다. 성삼 문이 첨사원 시절에 고안했던 대차에 실려 온 도면이나 책의 수는 척 보기에도 수백은 족히 되어 보인다.

"…많구나."

"소신이 가선대부 영감의 제자가 된 후로 구상했던 화기들의 도안과 서적을 모은 것이옵니다. 전하께서 친히 보아주신 다니 그저 영광일 뿐이옵니다."

"가선대부는 자네의 구상이나 도안을 본 적이 있는가?"

"예. 가선대부 영감과 몇 가지를 만들어보기도 했으나 여러 가지 문제에 봉착하여 시험을 거친 후 폐기된 적도 있었사옵 니다."

그럼 이건 전부 실제로 작동하는 게 아니라 단지 구상뿐인 도면이란 거겠네. 과연 이 중에서 실제로 써먹을 만한 게 있 을까?

"그런가. 고가 시간 나는 대로 보고 감상을 들려주지. 상선, 최 주부의 도안을 처소로 옮기라."

"예, 전하."

김처선이 대차를 최공손에게 받아 내 처소까지 옮겼고 그 것을 한편에 정리해 두었다.

그렇게 난 최공손이 올린 것 중에서 먼저 책을 하나 꺼내서 살펴보았는데, 좋은 의미에서든 나쁜 의미에서든 웃음이 터지 고 말았다.

이건 도면이라기보단 상상한 것이 이렇게 작동되었으면 좋 겠다는 막연한 바람이 담긴 계획서에 가깝다.

그런 의미에서 최공손의 상상력은 내가 생각한 것보다 훨 씬 대단했다.

몇 가지는 미래의 무기들을 묘사한 듯 보였는데, 판금 갑옷을 개량해서 착용자에게 괴력을 부여한다는 강화 갑옷은 SF에 나오는 강화복을 연상케 했고 100리를 날아가 적진에서 폭발한다는 신형 대장군전은 마치 미사일을 적어놓은 것 같아서 웃음이 멈추지 않았다.

그렇게 최공손의 상상력을 적어둔 설정집 같은 것을 재미있게 보고 나서 뭐라고 답변해 줘야 할지 몰라 고민하던 중 다른 게 눈에 띄었다.

개량형 화차라고 적어둔 도면을 꺼내서 보니 이건 방금 본 상상의 것들과는 달랐다.

이건… 충분히 구현 가능한 제사(諸射, 일제사격)식 화기인데?

최공손이 그림으로 구현한 신형 화차를 보니 전장식 총열 열 개를 화차처럼 다연발로 제작해 화약과 철환을 재게 되어 있었고 한 번의 격발로 일제히 발사할 수 있었다.

거기에 곧바로 미리 장전해 둔 총열 다발을 거치대에서 교체해서 빠르게 다음 공격을 준비하도록 만든 무기다.

또한 상황에 맞춰서 사용할 수 있도록 부채꼴로 펼쳐진 방사형 총열이나 직사형으로 선택할 수 있도록 선택 교체형 총열 다발도 있는 데다, 그중엔 근거리 전투를 고려해 산탄을 넣을 수 있게 구상된 것도 있었다.

다만 내가 볼 땐 산탄 교체식은 그냥 조란환을 일반 화포에 재어 쓰는 게 낫겠군.

거기 적힌 설명문을 자세히 읽어보니 최공손이 꽤 오랫동안 구상한 무기임을 알 수 있었다.

본래는 사람이 들고 쏘게 하려다가 장영실의 망치로 현실을 보게 되었다는 정체불명의 문구는 제쳐두더라도 신형 화차를 어떤 상황에서 써야 할지, 지형은 어떻게 활용해야 할지 고심하고 적어둔 문구들이 보였기 때문이었다.

이동식 거치대에 장착할 개량 바퀴나 조준 문제같이 여러 가지 현실적 문제를 개선하려는 고민도 적혀 있어 마음에 들었다.

개틀링 같은 무기가 나오려면 한참 멀었지만 이건 좀 더 다듬으면 실전에서도 충분히 먹힐 만한 무기라고 본다.

거기에 다른 도면을 보니 컬버린(Culverin)과 유사한 대형 화포도 구상한 듯 보였고, 이후로도 다른 걸 찾아보니 최공손이 처음 느낀 인상처럼 터무니없는 것보단 현실적인 화기를 고안하고 있음을 알 수 있었다.

최공손은 그저 내 명을 충실하게 따라 그간 적어둔 도면을 전부 가져온 듯하다. 아니면 급하게 도면 챙기다가 실수로 그런 거였나?

아무튼 나중에 장영실하고도 상의해서 화차와 신형 화포는 시제품 제작에 들어가 보라고 해봐야겠다.

*   *   *

"어? 이게 대체 어디 갔지?"

최무선의 손자 최공손은 집무실에 보관하고 있던 부끄러운 과거의 잔재가 잔뜩 적혀 있는 서적이 없어진 것을 알고 한참 동안을 찾았지만 찾지 못했다.

본래 최공손은 돌아가신 아버지 최해산의 영향으로 어릴 적부터 상상력이 풍부했다.

거기에 음서(蔭敍)로나마 관직을 얻고 화기를 제작하는 일을 시작하고 나니 그의 망상에 가까운 상상은 멈추지 않고 흘러나와 판금 갑옷을 입고 화승총을 쏘는 시험까지 직접 했었다.

결국 하라는 일은 제대로 안 하고 작동조차 제대로 안 되는 화기를 고안하고 멋대로 만드는 사고를 치다가 아버지 최해산의 부탁으로 장영실의 정식 제자가 되었던 그는 망치를 통해 현실을 깨닫고 지금은 건실한 장인이 되었다.

그러나 가슴 한편으론 어린 시절의 치기를 가득 담고 있는 그는 차마 그 서적을 버릴 수 없어 그냥 집무실 한편에 두었었는데, 그것이 없어진 것이었다.

'설마, 내가 그걸 주상 전하께 올린 도면이나 서적과 함께 바친 것인가? 그걸 다른 사람도 아니고 주상 전하께서 보시면……'

그렇게 최공손이 안절부절못하며 업무에 집중하지 못하자 그의 스승 장영실이 말했다.

"제자야, 오늘은 뭘 잘못 먹었길래 똥 마려운 개처럼 끙끙대느냐?"

그러자 최공손은 한숨을 내쉬곤 어제 있었던 일을 설명했다.

"그러니까… 어제 주상 전하께서 행차하셨을 때, 네가 작성했던 도안에 섞여 네 망상을 적어두었던 책을 실수로 같이 올린 것 같다고?"

"예, 아무래도 그런 것 같습니다."

"으하하! 네가 정말 사고 한번 제대로 쳤구나."

"스승님, 이러다가 주상 전하께서 진노하셔서 파직이라도 당하면 어찌합니까? 음서로 얻은 벼슬이라 이대로 파직당하면 조부와 선친의 이름에 먹칠을 하게 됩니다."

그러나 장영실은 웃음을 멈추지 않았고 제자가 그런 스승을 원망스러운 눈초리로 바라보자 겨우 다시 대화가 이어졌다.

"크크큭, 그 요상 망측한 책을 주상 전하께서 보셨다고 생각하니 웃음이 멈추지 않는구나. 내 나이가 들고 웃음이 사라졌다고 생각했는데, 아니었나 보다."

"스승님, 제발 웃지만 마시고 불초 제자의 사정도 좀 보아주십시오."

"걱정할 것 없다. 내가 아는 주상 전하라면 그런 것으로 화 내시거나 널 질책하시지 않으실 거란다."

"그게 참말이십니까?"

"그래, 그러니 너무 걱정하지 말아라. 그리고 내 나중에 주상 전하를 알현하게 되면 잘 이야기해 주마. 그건 그렇고 나도 뼈 마디마디가 다 쑤시니 슬슬 은퇴할 때가 되었나 보다."

최공손은 스승의 엄살 같은 말에 냉소적으로 답했다.

"영의정 대감도 아직 현역이신데 그분보다 훨씬 정정하신 스승님이 무슨 은퇴입니까?"

"야, 이놈아. 영상 대감께선 문관이지만 난 평생을 불 앞에 서 살다시피 한 쇠쟁이 아니냐. 어찌 날 그분하고 비교하느냐?"

"글쎄요. 전하께서 스승님의 사직을 허락하실까요? 현재 조정 대신들의 나이를 헤아려 보시지요. 스승님은 그들에 비하면 아직 젊으십니다."

"하, 그건 그렇구나. 내 나이가 곧 예순인데 아직도 편전에 가면 젊은이 취급당한다니까."

"그러니까 스승님께선 평생 현역이실 겁니다. 제 선친께서도 사실상 평생 현역이셨는데요. 그리고 스승님에겐 은퇴란 말은 어울리지 않습니다."

"이놈이 어디서 스승에게 그런 악담을 해! 네가 망치 맛을 본 지 오래돼서 기어오르는 게냐?"

장영실의 위협에 최공손은 미동조차 하지 않은 채 고저 없는 목소리로 답했다.

"아직도 이렇게 정정하신데 어찌 제게 뼈마디가 쑤신다고 하소연을 하십니까. 스승님께선 여든이 되어서도 변함이 없으실 겁니다."

"뭐라고? 지금 이십 년 후에도 이 짓을 하란 악담인 게냐."

"아닙니다. 제자로서 스승님께서 천수를 누리시길 바라는 마음을 이야기한 것뿐입니다."

"하, 이놈이 나이 먹을수록 말발만 좋아져선, 에잉…… . 네놈이 도저히 못 해먹겠다고 울고불고하던 시절이 그립구나."

그렇게 스승과 제자가 정겨운 시간을 보내고 있을 때 주상이 보낸 하교가 내려왔다.

"스승님, 주상 전하께서 뭐라 하교하셨습니까?"

"축하한다. 네놈이 고안한 개량형 화차하고 화포의 제작에 착수하라는 주상 전하의 윤허가 떨어졌구나."

"예? 그럼…… ."

"그리고 전하께서 말씀하시길, 언젠간 네 꿈이 이루어지는 날이 올 거란다. 다만 그때가 오려면 몇백 년은 걸리겠다고 하시는구나. 하하하!"

그러자 최공손의 얼굴이 새빨갛게 달아올랐고, 군기감에선 새로운 무기를 만들기 위해 커다란 불꽃을 피우기 시작했다.

＊　　　＊　　　＊

막부의 사신 호소카와는 내게 나름 만족할 만한 답을 듣고 귀국했다.

지금은 당장은 조선의 신하이기도 한 쇼니와 오우치를 우대할 수밖에 없으니 시간을 두고 교역에 대해 논의하자는 견해를 밝혔으며 해당 건에 대해서는 이후 조선에서 막부에 외교사절인 통신사(通信使)를 보내서 다시 논의하겠다는 확약을 주었다.

그러자 호소카와는 조선의 무예를 배우고 싶다는 휘하의 가신 열 명을 뽑아 우리 쪽에 일임하고 싶다고 말했는데, 앞으로 막부와 교류 사절로 써먹기 좋을 것 같아서 흔쾌히 허락했다.

그렇게 호소카와가 한양을 떠나고 나서 남겨진 이들을 겸사복에 보내서 교육하게 했는데 다음 날 김처선이 그들의 근황을 전해왔다.

"상선, 자네의 말은 그러니까… 왜인들이 교육 담당 무관의 실력을 알아보고 싶다며 결투를 신청했었단 이야기인가?"

"예, 그렇다고 하옵니다."

"허, 대체 무슨 자신감으로 그랬다는가?"

"자세한 사정은 신도 모르겠지만, 저들도 고국에선 나름대로 고명한 무예가들이라 그런 것이 아니겠습니까. 호승심이 들어서 그런 것이라 사료되옵니다."

"그래서 결과는 어찌 되었는가."

"본래 교육 담당 무관이 나이가 어린 탓에 그들의 요청에 곤란해하자 겸사복장이 갑옷만 입고 나섰다고 하옵니다."

"그게 정말인가?"

"예, 겸사복장은 무기 없이 맨손으로 나서서 왜국식 갑주를 입고 검이나 창을 들고 덤빈 열 명 모두와 일대일로 싸워서 승리했다고 합니다. 또한 이후엔 몽둥이를 들고 세 명이 한꺼번에 덤비라고 한 후에 다시금 제압했다고 합니다."

여기서 웃으면 안 되는데, 그 광경을 상상하자 금방이라도 웃음이 터져 나올 것 같아 잠시 마음을 가라앉힌 후 다시 물었다.

"혹여나 그들 중 다친 이들은 없다고 하던가?"

"예, 겸사복장이 그 와중에도 사정을 봐준 듯 크게 다친 이는 없었다고 합니다. 그저 멍이 들 정도로만 손을 쓴 듯합니다."

"자칫하면 큰 반감을 살 수도 있는데 그들의 태도는 어떻다더냐."

"소신이 듣기론 정식 사승 관계를 자처하며 모두가 겸사복장의 제자가 되었다고 합니다."

"그래? 자신만만하게 나선 것이 심히 무색하게 되었구나."

결국 난 웃음을 참지 못해 한참 동안 웃었고, 김처선도 나를 따라 잠시 미소를 보였다.

생각해 보니 전임 내금위장이었던 박강이 화령 절도사로 승진해서 그 자리는 겸사복장이었던 김수연이 물려받았고 겸사복장의 자리는 한성부 소윤이었던 유규(柳規)가 이었다.

또한 유규는 후세에 유명한 유자광의 아버지기도 하다. 아마 지금쯤이면 유자광은 10살쯤 되었겠군. 그러고 보니 유자광도 서얼금고법이 사문화되었으니 운명이 많이 달라지겠어.

내가 기억하기론 유규의 나이는 곧 오십이 다 되어가는 거로 알고 있다.

그가 무관으로 경력을 시작했지만 그간 관리직 위주로 관직 생활을 했고 성품이 엄격하고 공정한 편이라 북방 출신이 많은 겸사복 무관들을 잘 다스릴 것 같아 그 자리에 임명한 건데, 내 생각보디 무예에도 훨씬 능했던 모양이다.

물론 그 결과는 유규가 입고 있던 판금 갑옷 덕이기도 하겠지만 기본적으로 덩치부터 크게 차이 나는 데다 씨름이나 레슬링 같은 근접 전투기술과 개념이 저들에겐 정립이 안 된 탓이 큰 듯하다.

미래에는 왜국에서도 유술이나 유도 같은 근접 무술이 발달한다고 사전에서 봤지만, 그건 어디까지나 전국시대를 거쳐서 생겨난 싸움의 정수들이 정립되고 후대까지 온전히 이어진 결과다.

현재 상황에선 내 영향으로 인해 신식 무예를 제식으로 채택해서 수련한 조선의 무관이나 갑사, 혹은 북방의 정예병보다 전투력이 뛰어난 이들은 전 세계에서 찾아도 별로 없을 거다.

굳이 비등한 상대를 꼽으라면 유럽의 십자군 원정을 겪은 정예 기사들이나 그들을 막아낸 오스만의 예니체리 정도라고 할 수 있겠는데, 거기도 나라 특성상 개개인의 편차가 커서 집단전으로 붙으면 발전된 무술과 무기술을 수련한 조선의 무관들에겐 힘들 거라고 본다.

거기에 우리에겐 크고 아름다운… 아니, 그들보다 발전된 화기들도 있지.

요즘 성삼문이 내 명을 받아 산동에서 원양항해용 범선을 건조 중인데, 내 대엔 모르겠지만 적어도 홍위의 대엔 식민지

개척을 시작하는 유럽과 충돌이 벌어질 것 같긴 하다.

그때를 생각하면 슬슬 수군도 해군으로 개편해서 편제를 다시 짜봐야겠어.

"전하께서 친히 하교하심을 신이 이해한 대로 정리하자면, 수군을 해군으로 개편하고 원양 함대를 담당할 새 직책을 신설하겠다는 뜻이 맞사옵니까?"

다음 날 편전에서 열린 회의에서 내 말을 들은 병조판서 민신(閔伸)이 그 나름대로 의견을 정리해서 내게 다시 질문했다.

"그래, 병판이 이해한 것이 바로 고의 뜻이로다."

"하오면 해금령은 어찌하실 요량이시옵니까?"

"자네도 알겠지만 고의 영지인 산동에선 산동 절제사 성삼문이 새로운 배를 건조하고 있노라."

"그것은 어디까지나 황상의 수군을 재건할 목적이 아니었사옵니까?"

"아닐세. 해금령은 황상의 지시로 사문화된 법령이며 조선령 산동의 수군이 곧 명국의 수군이 된 거나 마찬가지일세."

그러자 병조판서를 비롯해 몇몇 대신들은 이런 내 말에 놀랐는지 눈을 크게 떴다.

"그럼 지난번에 남조의 사신을 따라갔다가 수전을 벌인 사실이 명에 알려지면 큰 문제가 될 수 있사옵니다. 그들이 경기 수영 소속이긴 하나 명분상 황상의 수군으로 역도를 도운 것이나 마찬가지웁니다."

"그래, 병판의 우려대로 그 일이 나중에 알려지면 문제가
될 수도 있으나 그 일은 어디까지나 공식적인 입장에선 없었
던 일이며 또한 알려진다 해도 큰 문제가 되진 않을 거라 보
네."

솔직히 대놓고 우리가 그랬는데 어쩔 거야? 라고 말해도 지
금 북명에선 종계변무로 지은 죄가 있어 아무 말도 못 하는
게 현실인걸.

그러자 예조판서 민의생이 나서서 말했다.

"주상 전하, 병판 대감의 우려도 타당하오나 예조에선 명에
서 트집을 잡을 경우를 대비하여 답을 미리 작성하여 두었사
옵니다."

"그런가? 그럼 병판을 비롯해 염려가 많은 대신이 들도록
일러주게나."

"아조에선 남조의 공식 접견을 거부하고 강화도에서 머물게
하다가 쫓아냈으며 동행한 수군은 어디까지나 그들의 귀경을
감시하러 보낸 것입니다."

하, 역시 민의생답네. 저런 걸 보면 예조판서 초기와는 완전
다른 사람이 된 듯하다. 역시 앞으로 판서 자리는 최소 십 년
정도씩은 하게 만들어야겠어.

"병판은 예판의 말을 들었는가? 그리고 다른 대신들도 그

일에 대해 너무 염려하지 않아도 되네. 그리고 매사에 지나치게 대국의 눈치를 보지 않아도 되네."

"하오나 아국은 명목상 명국의 제후국이니 자칫 문제가 되지 않을까 염려되어 그렇사옵니다."

역시나 지극히 신중한 성격의 민신답게 매사에 항상 많은 걸 따지네.

"그래, 병판의 말대로 명목상 제후국이라곤 하나 예전과는 처지가 많이 달라졌지. 우리가 칼끝을 그들에게 돌리지 않은 이상 예전처럼 아국을 견제하거나 트집을 잡을 일이 없노라."

물론 지금은 처지가 이렇지만 후대에 인구수가 늘어나서 비슷한 체급이 되면 완벽히 동등해지거나 우리가 명의 상국이 될 수도 있겠지.

"예, 전하의 당부를 명심하겠사옵니다."

"그리고 경들에게 미리 밝혀두건대 지난 첩목아국, 그러니까 티무르 왕국의 사신들이 오게 되어 다들 알음알음 알려져 있겠지만 서역엔 우리가 모르는 많은 나라가 있네."

그러자 민의생이 답했다.

"예, 신도 전하께서 십여 년 전에 하신 말씀을 기억하고 있사옵니다. 신은 불경하게도 그들의 사신이 오기 전까진 전하의 말씀에 반신반의했었지만 지금은 생각이 달라졌사옵니다."

민의생은 내가 세자 시절에 명에서 귀국하는 정인지를 맞이하러 갔다가 지나가듯 단 한 번 꺼냈던 정화의 원정과 서역의 이야기를 기억했는지 부끄러운 표정을 지었다.

"그런가? 그러고 보니 일전에 듣기론 예조에서 새로운 천하지리지를 편찬 중이라 했었지. 그 일은 잘되어가고 있는가?"

"예, 그러하옵니다. 예전에 왔던 티무르의 사신들에게 자문했고 정리된 기록을 바탕으로 강리도를 다시 정리해서 개정 중이옵니다."

그간 조선에서 알고 있던 세상은 중국과 조선, 일본과 유구, 동남아, 그리고 지극히 좁은 개념의 서역 일부였지.

하지만 이제 티무르와 본격적인 교류가 시작되었고 산동에서 배가 완성되는 대로 가까운 동남아시아 쪽부터 본격적인 교류를 시작할 것이다.

"이제부턴 본격적으로 새로운 세상이 열렸으니 경들이 알고 있던 천하란 개념은 다시 쓰이게 될 것이다."

그러자 대신들이 일제히 내게 고개를 숙이며 답했다.

"삼가 전하의 명을 받들겠사옵니다."

*　　　*　　　*

동양의 천하관이 본격적으로 확장되기 시작할 무렵, 오스만의 현 군주 무라트 2세는 에디르네의 궁궐에서 최근 티무르

쪽에서 들려온 소식에 인상을 찌푸렸다.

"하, 그 망할 놈의 핏줄은 정말 질기기도 하군. 이참에 그냥 죽어줬으면 좋았을걸."

그러자 아직 소년의 티를 전부 벗지 못한 이가 무라트에게 물었다.

"술탄이시여, 차라리 온건파인 미르자가 왕위를 그대로 보전한 것이 낫지 않습니까? 제가 듣기론 반란을 일으켰던 압둘은 공공연하게 우리를 공격해 선조의 영광을 재현해야 한다고 떠들고 다녔다고 들었습니다."

그러자 무라트는 부드럽게 웃으면서 답했다.

"아니다, 아들아. 네가 나중에 다시 나라를 다스려 보면 알겠지만 그런 멍청한 이들이야말로 가장 읽기가 쉽단다."

그러자 무라트의 아들이자 아버지가 패전의 책임을 지고 물러났을 때, 임시로 술탄의 자리에 올랐던 메흐메트가 조심스럽게 답했다.

"그렇습니까? 제가 일전에 아버지의 자리를 잠시 맡아두었었지만 아직 경험이 부족해서 잘 모르겠습니다."

"사실 미르자같이 온화한 듯 가장한 약삭빠른 이야말로 가장 다루기가 힘들단다. 그 늙은이는 학문 교류를 가장해 공공연하게 우리의 전력을 파악하곤 했지."

"학자들이 수도에 드나든 것이 그런 의미였습니까? 그러면 어째서 그들을 잡아 가두지 않으셨습니까?"

"서쪽의 이교도들이 우릴 공격하고 있었으니 전쟁의 빌미가 될까 봐 보고 있을 수밖에 없었지. 항상 절묘한 시기에만 찾아오니 정말 약아빠진 수라고 할 수 있다."

"그렇군요."

"사실 그 여우 같은 놈에게 가장 부족한 건 냉철함과 비정함이었는데, 서슴없이 아들을 죽인 걸 보니 이번 일로 기질이 달라진 듯하다. 그러니 앞으로 네가 다스릴 이 나라에 큰 걸림돌이 될 수 있어. 그러니 잠시 더 들어보거라."

"그렇군요. 술탄의 말씀을 경청하겠습니다. 말씀하시지요."

"그래. 내 추측이지만, 만약 티무르에서 그 멍청한 맏아들 놈의 반란이 성공했으면 둘째와 내전이 벌어졌을 것이다. 최소 몇 년에서 몇 십 년 동안은 나라가 갈라져 서로 싸웠을 테고, 우린 후방을 신경 쓰지 않고 레즈헤와 콘스탄티누스의 잔재를 공격할 수 있었겠지."

"듣고 보니 아버지의 말씀이 맞습니다. 제 생각이 짧았습니다."

"솔직히 말하자면 내가 예전엔 너를 그다지 좋아하진 않았지만, 이제 와선 너보다 나은 후계자를 찾기 힘들다. 앞으로 이 아비의 말이 지겹더라도 잘 듣거라."

"어찌 제가 술탄의 가르침을 지겹다 여기겠습니까?"

"사실 너야말로 내 아들 중에서 가장 약아빠진 놈이야. 내 이야기를 듣는 것도 네가 알고 있는 걸 다시 확인하는 절차에 불과하지 않으냐. 내가 그걸 알면서도 이야기하는 건 혹시라도 네가 모르는 것이 있을까 하여 노파심에 이르는 것이니라."

"아닙니다. 전 아직 배움이 모자랍니다. 부디 앞으로 많은 가르침을 내려주시지요."

그러자 무라트는 미묘한 웃음을 지으며 답했다.

"솔직히 내가 당장 죽어도 넌 아무렇지도 않게 계승식을 준비하겠지. 그런 면에선 너야말로 내 뒤를 이을 최고의 재목이야."

"과분하신 칭찬이십니다."

"내게 소식을 전한 이가 편지에 적길, 동방의 나라에서 온 사신들이 미르자의 복위를 도왔다는데 그게 어느 나라인지는 잘 모르겠다고 한다. 내가 볼 땐 그들이 차후에 변수가 될 수도 있다. 그러니 네가 사마르칸트에 사절로 가서 그들을 만나보고 오거라."

"제가 정말 그런 큰일을 맡아도 되겠습니까?"

"그래, 임무를 마치고 돌아오면 사특한 배신자 동맹 레즈헤의 두목 놈인 제르지(Gjergj)의 목을 선물로 네게 주마."

"예, 그럼 술탄의 대리자로서 임무를 수행하겠습니다."

그렇게 훗날 동로마의 정복자가 될 운명이었던 메흐메트가 친선사절로 사마르칸트를 향해 출발했고, 신숙주가 일으킨 사건의 여파는 주변국들의 미래를 아주 조금씩 비틀어놓게 되었다.

제7장
내부 정리

　산동 절제사 성삼문은 작년부터 산동의 등주항에서 새로운 함선 건조 지휘에 한창이었다.

　기존에 등주항에서 사용하던 쓸 만한 보선과 몇몇 배들은 조선에 보내 경기 수영에서 시범적으로 운용 중이다.

　하지만 성삼문의 최종 목적은 정화의 대원정 때보다 더 긴 항해를 버틸 수 있는 크고 튼튼한 배를 만드는 것이었다.

　그래서 그는 복건성에서 주로 제작한다는 복선(福船)의 제작 방식을 참고한 다음, 개량해서 거대한 용골을 뼈대로 삼는 새로운 배를 설계했다.

하지만 당장은 신형 선박의 용골로 사용할 만한 크기의 목재가 준비된 게 없기에 일단은 작은 크기부터 시작해 보기로 하여 절충된 방안대로 첫 시험용 배를 제작했고 얼마 전에 그 결실을 보았다.

"신형 선박은 생각한 것보다 작군요."

등주항에 군용 보급품을 받을 겸 몇 가지 중요한 일의 승인을 받으러 온 절제사 대행이자 산동 첨절제사 최광손이 새로 건조된 배를 바라보곤 성삼문에게 말했다.

"아무래도 새로운 방식으로 제작한 선박이니 그럴 수밖에 없다네. 본관이 생각한 크기의 배를 제대로 만들려면 화령에서 거둔 커다란 목재들이 제대로 마르길 기다려야 하니……."

"그래도 길이가 대략 80자(尺, 약 24m)는 되어 보이는데, 이 정도면 수군에서도 충분히 쓸 만한 전선이 되지 않겠습니까?"

"아니, 이건 그저 시험 운행용이고 전선으로 만든 게 아니네. 최종적인 목표는 이것보다 두 배 가까이 크기를 키우는 것이네."

"그렇습니까? 그러고 보니 돛의 모양이 삼각인 게 특이합니다."

"복선에서 쓴다는 돛을 시험을 거쳐 개량해 달아봤네. 이후 성공적으로 시범 항해가 이뤄진다면 조정과 등주항을 오가는 쾌속 연락선으로 쓰려고 하네."

"그렇습니까? 제가 생각할 땐 이런 배를 그저 시험용으로 쓸 게 아니라 정식 채택하여 수군에서도 사용하면 좋을 법합니다. 저기 나 있는 놋구멍을 포구 겸용으로 써도 수전에서 쓸 만하겠는데요?"

최광손의 말대로 서양의 지벡(XEBEC)을 닮은 신형 선박엔 보조용 노를 운용하기 위해 중간에 놋구멍이 여럿 달려 있었다.

"아니, 그건……."

성삼문이 뭐라고 반박을 하려다 뭔가 떠올랐는지 잠시 생각에 잠겼고, 그사이 최광손의 말이 이어졌다.

"제가 바다엔 문외한이긴 하지만 대마주에서 수군을 담당하는 장형(長兄) 덕에 주워들은 것은 많습니다."

"그래? 어디 한번 말해보게나."

"현재 수군에서는 대부분의 선박을 주력으로 사용 중인 망루를 올린 전선(戰船)으로 교체 중이긴 하나 여전히 작고 가벼운 정찰선이 필요하여 따로 운용 중입니다. 신형 선박의 모습을 보니 소수의 화포를 탑재해서 빠르게 치고 빠질 수 있는 군선으로 쓰여도 좋을 법합니다."

"그런가. 듣고 보니 자네의 의견도 그럴듯하군. 내가 너무 큰 배를 만드는 것에만 집중해서 저 배를 그저 거쳐 가는 단계로만 생각한 듯하다."

"그나저나 저기 배 옆에 주렁주렁 달려 있는 건 뭡니까?"

"아, 저건 시험 항해에서 행여나 불상사가 발생할까 봐 달아 놓은 구명용 바구니라네. 월국(越國, 베트남)에서 쓴다는 소쿠리 배를 참고한 거지."

"저 배는 이미 완성된 게 아니었습니까? 어째서 저런 우스꽝스러운 게 필요합니까."

"나도 이 일을 담당하기 전엔 몰랐는데, 배는 그저 만들었다고 전부가 아니더군. 바다에 몇 번 나가 물살을 헤쳐봐야 비로소 검증된다네. 자칫 잘못하면 항해 중에 바닥의 목재가 비틀리거나 수축해서 뒤늦게라도 가라앉을 수 있다고 하네."

"허, 그 광경을 상상해 보니 무섭습니다."

"그래서 시험 항해엔 다른 배들도 같이 갈 예정이라네."

"그럼 신형 선박의 처음 목적지는 어디입니까?"

"일전에 전하의 하교를 받았기에 유구(琉球)국에 다녀올 예정이라네."

"그런 나라도 있습니까? 처음 들어보는군요."

"거기도 명국의 제후국이네. 태종 대왕 시절에는 아국과 서로 사신이 왕래한 적도 있었고."

"그렇습니까? 그럼 실질적으론 사신행이나 마찬가지인데, 책임자로 누가 가게 되는 겁니까?"

"누구긴 누군가. 자네가 가게 될 거라네."

"예?"

"그간 내 업무를 대행하느라 고생이 많았으니 휴양차 다녀온다고 생각하게. 내 일전에 유구에 다녀온 뱃사람들에게 말을 들어보니 거기 경치가 천하절경이라 하더군."

"아니, 그건……."

"그리고 자네도 장형을 따라서 바다를 경험해 봐야겠지 않은가. 좀 전에 나를 일깨워 준 걸 보니, 마군(馬軍, 기병)을 지휘하는 것 말고도 수군에도 나름대로 적성이 있는 듯하네."

최광손은 결국 성삼문의 명을 거부할 수 없음을 깨닫고 자신이 우스꽝스럽다고 매도한 바구니에 타게 될지도 모른다는 생각에 울상을 지으며 답했다.

"소장이 삼가 대감의 명을 받들겠습니다……."

*　　　　*　　　　*

최광손의 류큐행이 억지로 결정되었을 무렵, 요동 북쪽의 울창한 숲속에선 충돌이 벌어지고 있었다.

몽골식 복장을 한 100여 명가량의 무리가 비슷한 복장을 한 60여 명 정도의 무리와 말싸움을 벌이고 있었다.

"야! 그건 우리가 점찍어둔 나무인데 감히 손을 대?"

"하, 웃기고 있네. 먼저 벤 쪽이 임자지. 뒤늦게 와서 그런 소리 하면 이게 네놈들 것이 될 것 같으냐?"

조선의 북방영토 화령의 울창한 수림엔 수없이 많은 거목이 있었지만, 최근 산동에서 배를 건조하기 위해 조선 조정에서 거대한 나무를 비싼 값에 사들이니 화령이나 요동 인근에서 거주 중인 이들은 숲에서 동물을 사냥하는 게 아니라 경쟁적으로 목재 사냥을 벌이고 있었다.

"이 개같은 놈들이……."

먼저 소리쳤던 남자, 하르친의 나르마이가 욕지거리를 내뱉으며 칼을 뽑으려 하자 그에게 비아냥 섞인 말을 꺼냈던 코르친의 무리도 긴장하여 손을 허리춤으로 가져가거나 활을 꺼내기 시작했다.

하르친 소속의 휘하 부족장 나르마이는 지난달에 사냥하러 요동의 북쪽 숲을 돌다가 수령이 오래되어 눈짐작으로 봐도 130자에서 170자(尺, 40~50m)는 족히 나갈 법한 거대한 나무를 발견하였었다.

이후 일족을 이끌고 나무를 베러 다시 돌아왔지만, 이미 점 찍어둔 나무를 베어 가지를 정리 중인 코르친의 대족장 두르벤의 휘하들과 충돌하게 된 것이었다.

코르친 측의 대표인 우르아다이가 소리 질렀다.

"네놈은 광무왕 전하께 신종하지도 않고 전하의 영토에 제멋대로 살면서 이것이 네놈의 것이라고 주장하는 거냐? 염치도 없이 염소 같은 흰소리만 하는군."

몽골 사내라면 참을 수 없는 모욕을 받은 나르마이는 얼굴이 시뻘게져서 소리쳤다.

"뭐? 지금 감히 내가 협잡을 부린다고 한 거냐?"

"그래. 거기다가 우린 정식으로 황상의 권한을 이어받으신 광무왕 전하의 신하가 되었고, 대족장 노얀(那顏, 몽골의 귀족)께선 코르친 관찰사의 벼슬을 하사받아 요동 이북의 요하 일대를 다스리신다."

"그래서 뭐 어쩌란 거냐. 내가 그런 말을 들으면 겁이라도 낼 것 같나?"

"네놈들은 전하께 복종을 거부하고 제멋대로 요동의 서북 부근을 차지한 채 살고 있지 않으냐! 그러면서 염치없게 값비싼 나무가 탐이 난 거냐?"

그러자 나르마이가 혐오의 감정을 담아 소리쳤다.

"하! 우리는 대대로 내려온 선조들의 땅을 지키고 있다. 언제부터 우리가 살던 터전에서 남의 허락을 받고 살아야 했냐? 꼬리를 만 개의 헛소리 같은 건 못 들어주겠군."

"뭐, 뭐라고?"

"그딴 재롱은 너희 개 주인 앞에서나 부려라. 아, 이젠 죽을 몸이니 그럴 순 없으려나? 저놈들을 쳐라!"

나르마이의 공격 신호와 함께 그의 일족이 활을 꺼내 쏘았고 그에 맞서서 우르아다이와 코르친의 전사들도 싸웠지만 결국 수에 밀려서 참패했으며 그중 소수는 간신히 몸을 피해 부족의 본거지로 말을 타고 도망쳤다.

"뭐? 감히 하르친 놈들이 우릴 공격했다고?"

간신히 생존한 우르아다이의 보고를 들은 하이라이가 고함을 쳤다.

"그렇습니다. 소족장님, 그놈들은 감히 우릴 개라고 모욕했고 거기에 우리의 군주이신 광무왕 전하를 개 주인에 비유하여 능멸했습니다."

"하, 이놈들이 미쳐도 단단히 미쳤구나."

"그보다 대족장께서 부재중이신데, 이 일을 어찌해야 할까요?"

코르친의 대족장이 둘째 아들 이브라이의 수료식에 참석하러 조선으로 갔기에 지금은 첫째 아들인 하이라이가 아버지를 대행하고 있었다.

"일단 첨절사 나리에게 먼저 상의하는 게 낫겠다."

광무왕은 휘하 부족의 대족장들에게 관찰사나 수령직의 벼슬을 내렸고 역관을 포함한 문관과 무관들을 몇 명씩 파견해서 행정 업무와 군무를 돕게 했다.

그리하여 부름을 받고 온 과이심 첨절사 이징석(李澄石)이 역관을 통해 하이라이에게 이야기를 듣곤 입을 열었다.

"그놈들이 주상 전하를 모욕한 게 사실이라면 관련자들을 전부 죽이고 그들을 징벌해야 하오. 감히……."

그러자 역관이 말을 다시 전해주었다.

"소족장이 이 일을 계기로 전쟁이 벌어지면 생각보다 큰일이 될 텐데 괜찮겠냐고 물어보았습니다."

"그 무엇도 주상 전하의 권위보다 높이 존재할 수는 없는 법이라 전하게."

"알겠습니다."

이징옥의 형인 이징석은 동생이 대전쟁인 광무정난을 거쳐 명나라 황실의 금군 대장으로 출세한 동안 자신은 전쟁에 참여조차 못 했고 지금은 변방, 그것도 야인 아래서 일하는 현실에 커다란 불만을 품고 있었다.

그러던 차에 조선에 신종하지 않은 하르친이 주상을 모욕하여 공을 세울 명분이 생기니 주저 없이 전쟁을 벌이자고 강경하게 나올 수 있었다.

"소족장이 말하길, 병력 사정상 원정을 하려면 본국에 원군을 요청하고 싶다고 합니다."

"음… 마음 같아선 당장에라도 그놈들을 오체분시 하고 싶지만, 현재 우리의 전력만으론 단독으로 전쟁을 벌이기엔 무리가 따르겠군. 우선 요동 절제사 영감에게 기별을 넣어야겠다."

"네, 그리 전달하도록 하지요."

그렇게 마치 아이들 싸움이 어른들 싸움으로 변한 것처럼 되었다. 한편, 하르친의 대족장 투르가 튀멘은 사태를 초래한 휘하 족장 나르마이에게 왜곡된 보고를 들어야 했다.

"먼저 그놈들이 감히 우릴 염소에 비유하고 광무왕의 물건을 멋대로 도적질한다며 매도했다고?"

"예, 그렇습니다. 그놈들이 평소에 우릴 얼마나 우습게 보았으면 그런 말을 서슴없이 했겠습니까? 그래서 그놈들을 죽여서 우리 부족과 대족장의 명예를 지켰습니다."

"잘했다. 그래도 조금은 걱정이 되는구나. 만약 조선에서 병력을 보내면……."

"그리되면 제가 나서서 해결하지요. 비록 우리의 명예를 지키기 위해서였으나 이 사태를 초래한 것은 저이니 제가 죽으면 해결될 것입니다."

"하, 날 어찌 보고 그런 말을 하는가? 그런 일을 할 바엔 차라리 에센에게 투항해서 거주지를 북쪽으로 옮기면 그만이다."

"대족장님의 아량에 감사드립니다."

그렇게 요동에 보고된 사안은 잘 정비된 봉화 대로를 거친 전령을 통해 조선 조정에까지 빠르게 전해졌다. 조선 조정에선 회의를 거쳐 가별초의 단독 투입을 결정했으며 요동 주둔군 일부가 그들을 지원하게 되었다.

가별초의 지휘관은 코르친 출신의 이브라이가 되었고, 그 역시 자신의 휘하 부족원이 죽어나간 데다 자신의 군주가 모욕당했다는 사실에 분노해 출정을 서둘렀다.

그렇게 사태가 벌어진 지 한 달이 채 되지 않아 가별초가 출정식을 치른 후 한양에서 요동으로 출발했다.

한 명당 네 마리의 말을 배정받은 가별초는 한 마리엔 갑옷과 무장을 싣고 세 마리의 말을 번갈아 타며 잠과 식사도 교대로 말 위에서 해결하면서 빠른 기동을 시작하여 하루에 80킬로미터가량을 이동했다.

원 제국 전성기 당시 몽골 기병이 쉬지 않고 하루 만에 130킬로미터가량을 이동한 것에 비교할 수는 없지만, 그들도 나름대로 무리하지 않는 선에서 최선을 다해 이동한 것이다.

그렇게 열흘이 채 안되어 1449년의 가을이 시작될 무렵, 요동에 도착한 가별초는 요동 절제사 남빈의 환대를 받을 수 있었다.

"다들 여기까지 오느라 수고가 많았네. 오늘은 배불리 먹고 깨끗한 잠자리에서 편히 쉬게나."

"예, 영감의 환대에 감사드립니다."

땀과 흙먼지와 찌들어 지저분한 몰골의 이브라이가 조선 말로 답하자 남빈이 감탄하며 말했다.

"하, 자넨 과이심 출신이라 들었는데 조선 말에 매우 능통하군. 말만 들으면 영락없이 조선 사람으로 착각할 만해."

"과찬이십니다. 주상 전하의 금군으로서 당연히 익혀야 할 소양일 뿐입니다."

"그런가. 아무튼 오늘은 피곤할 테니 목욕부터 하게나. 그 사이 식사를 준비하라 이르겠네."

조선에 머무는 동안 조선식 생활에 익숙해져 뜨거운 물과 비누로 목욕을 한 가별초 일동은 식사 상을 보곤 환호했다.

평소에 신물이 날 정도로 양생 식단을 먹어왔기에 흰쌀밥을 비롯해 기름기가 가득한 음식들이 나온 걸 보고 일부는 죄악감마저 품었다.

"혹시라도 꺼림칙한 마음이 들 수도 있겠지만, 오늘은 특별한 날이라고 생각하고 많이 들게나."

그러자 동소로가무의 아들 동청주가 남빈에게 물었다.

"절제사 영감, 이렇게 먹으면 나중에 탈이 나지 않을까요?"

"하, 별걸 다 걱정하는군. 자넨 이름이 뭔가?"

"소관은 가별초 무관 동가의 청주라고 합니다."

"아아, 오도리 관찰사 영감의 맏아들이 자네인가. 따지고 보면, 주상 전하께 양생법을 제일 먼저 배운 게 본관이네. 내가 전하께 직접 사사한바, 지나치게 쌀이나 기름을 거르는 것도 몸을 해치는 일이라네. 며칠에 한 번씩 적당히 먹는 건 괜찮다네."

"그게 정말입니까?"

"그래, 그러니 마음껏 들게."

그렇게 아버지에게 단련을 받기 시작한 이후 처음으로 제대로 된 음식을 맛보게 된 동청주는 감격에 차 울다시피 하면서 지방이 가득한 돼지고기를 입에 넣었고, 이브라이를 비롯해 다른 가별초 동기들은 그 광경을 보면서 웃음을 터뜨렸다.

그날 가별초가 깨끗한 잠자리에서 자고 일어나자 남빈은 지원군으로 결정된 기병 삼백을 이브라이의 휘하로 배치했다.

"영감의 환대에 감사드립니다. 나중에 다시 뵙지요."

"그래, 무운을 비네."

그렇게 390명의 기병이 코르친의 근거지인 조선 요하부 과 이심주로 출발했고 거기서 이브라이는 큰형과 재회할 수 있었다.

"형님, 이 아우가 왔습니다!"

이브라이가 면갑을 개방한 채 말에서 내려 환영하러 나온 형을 껴안자 하이라이는 얼떨떨해하며 답했다.

"네가 정말 이들의 지휘관이냐?"

"예. 구십 명은 광무왕 전하의 케식, 즉 가베치이며 나머지 삼백은 요동군에서 지원받은 병력입니다."

"아버지께선 너와 같이 오시지 않은 게냐?"

"예. 제가 먼저 급하게 왔고 아비지는 도성에서 몇 달 더 머무실 예정입니다."

"뭐? 이런 사태가 벌어졌는데 어찌 아버지께선 귀환하시지 않은 거냐? 그리고 너무 수가 적은데……. 하르친 놈들도 마음만 먹으면 이천 명 이상의 전사들을 동원할 수 있다."

"형님, 설마 그깟 놈들에게 겁먹으신 겁니까?"

"아, 아니다. 어찌 내가 겁을 먹었겠느냐."

"그럼, 이 아우를 믿어주시지요. 저희가 바로 주상 전하의 창, 가베치입니다."

*   *   *

코르친에선 가장 무장이 잘된 정예 기병 300명을 차출해서 가별초에 지원병으로 붙였다.

"아우야, 정말 이 정도 수로도 괜찮겠냐? 우리도 다소 무리하면 천 명까진 더 동원할 수 있다."

하이라이가 불안한 말투로 묻자 동생이 형을 안심시키듯 답했다.

"예, 이 정도면 충분합니다. 제가 볼 땐 다른 인원들은 훈련이 부족해 통제하는 데 방해가 됩니다."

"그러냐. 그럼 나도 너와 함께 가겠다."

"아닙니다. 형님은 어디까지나 아버지의 후계자 신분이 아닙니까. 위험을 감수하지 마시지요."

"그래도 형이 되어서 동생에게만 큰 짐을 지울 수 있겠느냐?"

"제가 이곳에 온 것은 전하의 명으로 형님과 부족원을 지키기 위해서입니다. 그러니 저를 믿어주시지요."

하이라이는 그제야 동생의 말을 듣고 고집을 꺾었다.

"그래, 알겠다. 무운을 비마."

"형님, 그럼 나중에 뵙겠습니다."

이후로도 첨절사 이징석이 가별초와 함께 출정하겠다며 고집을 부렸지만, 이브라이는 이징석에게 이곳을 수비하라는 명령이 적힌 교지를 전해주어 그는 남아 있는 코르친 전사들을 지휘해서 수비를 담당하게 되었다.

하르친의 근거지로 진군한 총원 690명의 기병은 코르친의 일족 전사를 경기병 겸 척후로 활용하며 이동했다.

그렇게 일주일가량을 이동한 가별초 휘하 부대는 칠 일째에 하르친의 본거지 근방에 도착했다.

정찰을 마치고 먼저 집결지에 대기하고 있던 코르친 척후병의 보고를 들은 이브라이는 고민하듯 말했다.

"흠, 듣고 보니 저놈들도 습격에 단단히 대비한 듯한데? 정면 돌파는 좀 힘들겠어."

척후병이 정찰한바, 하트친의 본거지는 습격에 대비해 기병을 저지하기 위한 목책이 3중으로 둘러싸여 있었고 많은 병력이 동원되어 보초를 서고 있었다.

"대장, 그럼 다른 계획은 있는 거야?"

우랑카이 소속 궁시 대회 우승자 이수가 묻자 이브라이가 잠시 생각에 잠겨 있다가 대답했다.

"그래. 밤까지 기다린 다음 맹화유시로 화공을 하고, 본거지에서 기어 나오는 놈들을 요격하는 게 최선이겠어. 이수 네가 우리 일족의 전사들을 지휘해서 화공을 해줘야겠다."

"알겠어, 대장."

지난 전쟁 이후로 조선에서 쓰이게 된 석유 불순물 맹화유는 화포용 포환뿐만 아니라 불화살에도 쓰이게 되어 가별초 대원들에게 100여 발 치의 맹화유가 소량이나마 보급되었다.

그렇게 기다려 칠흑 같은 밤이 되자 이브라이는 이수와 척후병에게 불화살을 전부 모아 건네주어 주요 지점에 불을 지르고 빠르게 후퇴하도록 지시했다.

그리고 이수의 지휘대로 가벼운 무장을 갖춘 경기병들은 불화살을 전부 쏘고 빠르게 적진에서 이탈하는 데 성공했다.

"적의 습격이다!"

"어서 불을 꺼라!"

하르친 부족은 갑작스러운 공격에 놀라 불을 끄기 위해 동분서주했지만, 송진이나 어유 같은 옛 방식의 인화물과는 차원이 다른 맹화유의 화력으로 번진 불길은 쉽게 꺼지지 않았다.

결국 절반가량의 목책이 불타기 시작했고 일부의 천막도 불이 옮겨 붙어 타오르기 시작했다.

그렇게 본거지가 화마에 휩싸일 무렵, 하르친의 경계병들은 뒤늦게나마 진군 중인 적병의 음영을 발견했고 그 사실을 전파받은 하르친의 병력들은 급하게 말에 오른 후 집결하여 전투준비를 시작했다.

하지만 방화로 생긴 혼란으로 인해 병력이 전부 모이지 못해 대략 1,300가량의 병사만이 급하게 전투대형을 갖출 수 있었다.

그렇게 간신히 집결했으나 근방에서 타오르는 불로 인해 손쉬운 화살 표적이 된 하르친의 기병들은 기습하듯 날아온 화살 공격에 백여 명가량이 전투 불능 상태가 되었다.

그 후 연이은 화살 공격으로 인해 하르친의 병력이 화살을 피하려 산개하며 혼란에 빠지자, 가별초를 비롯한 요동군 기병이 랜스를 들고 천천히 속도를 올려 적진을 향해 쇄도하기 시작했다.

"대족장, 우리도 어서 움직여서 맞서야 합니다. 이대로 가면 우린 모두 죽습니다!"

이 사태를 초래한 낭사지 나로마이가 투르가에게 크게 소리쳤고, 그 말에 정신을 차린 대족장은 뿔피리를 불어 돌격 신호를 보냈다.

그러나 코르친의 경기병이 속도를 올리기 전 천천히 움직이는 조선 측 기병의 보조를 맞춰 적진을 향해 빠르게 먼저 움직였고 돌격에 앞서서 마상 궁 공격이 하르친의 병력을 괴롭혔다.

결국 누적되는 피해를 참지 못한 하르친의 일부 기병들은 대족장의 돌격 신호를 무시하고 활을 꺼내 반격했고 그렇게 통제를 잃고 난장판이 벌어진 하르친의 진영에 어느새 최대로 가속한 조선군 중갑 기병의 기마 돌격이 시작되었다.

창끝 손잡이 부분을 잡아도 기다란 창의 균형을 맞출 수 있게 제작된 랜스와는 다르게, 하르친 쪽은 장창의 중간 부분을 잡는 전통적인 마삭을 사용 중이었으며 실질적인 공격 거리는 거의 두 배 가까이 차이가 났다.

그렇게 선두에 선 이브라이를 비롯한 가별초 부대원들의 랜스가 하르친 병사들의 몸을 관통하다시피 뚫고 들어갔고 그 뒤에 선 요동 기병들의 일부 정예들은 랜스 하나로 최대한 많은 적병을 쓰러뜨리기 위해 일부러 머리나 어깨 부분을 노려 공격해 적병을 낙마시키는 데 주력했다.

그렇게 첫 돌격으로 랜스를 소모한 가별초를 위시한 기병들은 각자 준비된 병기를 꺼내 이동 경로에 위치한 적들을 공격하며 지나갔고, 거기에 맞서서 하르친의 기병도 곡도를 뽑아서 대응했지만 오히려 일방적인 학살을 당했다.

그렇게 양측 병력이 격돌하고 조선 측이 먼저 크게 우회하여 재차 다음 공격을 준비하자 살아남은 하르친의 병력 일부가 이성을 상실하고 공포에 질려 제멋대로 도주하기 시작했다.

"이놈들! 당장 돌아오지 못할까?"

투르가가 도망치는 부족 전사들을 향해 고함을 질렀지만 결국 공포가 전염된 듯 대부분이 이탈자를 따라 도주하기 시작했다.

결국 그를 지키기 위해 남은 건 십여 명도 안 되는 측근들뿐이었고 어느새 하르친의 대족장 투르가는 가별초에게 포위당하는 신세가 되었다.

"네놈이 역당 하르친의 우두머리 투르가냐?"

이브라이가 위압적인 분위기를 뿜어내며 질문하자, 투르가는 나름대로 지지 않기 위해서 크게 소리치듯 말했다.

"그래, 내가 바로 하르친의 노얀 투르가다. 그러는 네놈은 누구냐?"

"난 광무왕 전하의 케식, 가베치의 대장 이브라이다. 역적인 네놈을 조선의 법을 적용해 추포하겠다."

"뭐? 네놈이 무슨 권리로 날?"

"화령과 요동은 조선령이며, 요동에 자리 잡고 사는 네놈은 주상 전하께 신종하지 않았다고 해도 전하의 영지에 살고 있으니 법률상 조선의 백성으로 취급된다."

"우린 대대로 이 땅에 자리를 잡고 살았는데, 그딴 억지로 날 잡아가겠다고? 그리고 애초에……."

그러자 이브라이는 투르가의 항변을 듣지 않고 말을 잘랐다.

"네가 뭐라고 하든 난 공무를 집행할 뿐이다. 이봐! 이놈을 묶어. 더 떠들지 못하게 재갈도 물려라."

투르가는 나름대로 억울했지만 이 사태를 초래한 당사자 나르마이는 전투 중 죽었거나 도망친 듯 어느새 보이지 않았다.

그렇게 야습은 성공적으로 마무리되었고, 생포한 투르가를 내세우자 하르친은 항전 의지를 잃고 조선 측에 항복했다.

"대장, 이참에 투르가의 친족들도 전부 인질 삼아서 도성으로 데려가는 건 어때?"

이번 전투에서 대활약한 동청주가 이브라이에게 건의하자 이브라이는 잠시 고민하다가 그의 요청을 수락했다.

"그래, 네 말이 타당하네. 우리가 이 역적 수괴를 잡아간들 나머지 놈들이 패거리를 이끌고 도망칠 가능성이 높겠어. 이참에 우리 일족의 전사들을 여기로 보내서 감시하도록 하는 게 좋겠군."

이브라이는 코르친에 전령을 보내 이징석에게 일족의 전사들을 동원해 하르친을 감시하게 했다.

그 후 투르가와 그의 일족 전부가 줄줄이 포승에 묶여 조선으로 압송되었고 그 과정에서 가별초는 일부러 다른 부족에 들려 경고하듯 그 광경을 보여주었다. 이후 가베치의 명성이 북방에 퍼지기 시작했다.

*   *   *

1449년의 10월이 시작될 무렵, 이브라이가 내게 보낸 장계가 도착했다.

보고한 내용을 읽어보니 하르친과 전투에선 코르친에서 동원한 병력 중 사상자가 조금 나왔을 뿐, 가별초나 요동 기병에선 손실이 없었다고 한다.

이후 처리 과정을 보니 가별초는 내가 생각한 것보다 좋은 성과를 올렸고 결과적으로 북방에 미치는 영향력이 높아졌다고 본다.

거기에 훈련 중에 정신교육이 잘 돼서 그런지 가별초의 인원들은 철저하게 자신이 조선인이라 믿어 의심치 않고 있기도 하지.

사실 나도 가별초를 이끌고 함께 출정하고 싶었는데, 아버지의 눈치가 보여서 차마 나가지 못했다.

아무튼 이 일로 가별초의 명성이 높아졌겠는데? 다음 선발 대회엔 더 많은 인원이 몰릴 것 같은 예감이 든다. 지금부터라도 조금씩 경기장을 확장해서 준비해야겠어.

난 다음 날 공조의 관원들을 집무실인 천추전으로 불러 경기장 증축 공사를 명했고 그 와중에 공조정랑 양성지(梁誠之)가 경기장에서 낼 수 있는 수익에 대해서 건의하였다.

"전하, 백성들을 상대로 입장료를 받지 않아도 대욕탕처럼 먹을거리를 판다면 부가적인 세를 거둘 수 있으리라 보입니다."

"그렇겠군. 눌재, 자네가 좋은 건의를 했어. 그런데 관람 중에 식기로 먹을 음식을 팔 수는 없으니, 간단한 음식을 팔아야겠구나. 거기에 음식을 담을 그릇도 문제가 될 법하다."

"예, 전하의 우려가 지당하십니다. 신이 그 부분에 대해선 따로 생각해 둔 바가 있사옵니다."

"그런가. 그럼 나중에 서면으로 제출하라."

"예, 신이 전하의 명을 받들겠사옵니다."

그렇게 공조의 관원들이 천추전에서 물러가고 나서 난 최근에 벌이고 있는 일들에 대해서 정리해 보았다.

우선은 티무르에 간 신숙주 이하 사신단의 문제가 첫 번째 우선 대상이고, 그다음은 성절사로 명나라에 간 정인지가 다음이네.

거기에 성삼문이 완성한 배가 시험 운항을 위해 류큐로 출발했을 테고, 또 내년엔 왜국에 통신사를 보낼 예정이기도 하다.

그러고 보니 며칠 전에 예조 관원인 이정서가 남명에서 귀국했었지? 이참에 불러서 자세한 이야기를 들어봐야겠군.

*   *   *

"그래, 남명에 다녀오느라 노고가 많았네. 어디 몸이 상한 데는 없는가?"

"소신은 괜찮사옵니다. 게다가 신은 남조에서 분에 넘칠 정도로 환대를 받았사옵니다."

"그런가. 남명의 황제는 건강하던가?"

"예, 그렇지 않아도 신과 대면한 자리에서 전하의 배려로 잔병치레가 줄었다고 감사를 표했사옵니다."

그것참 다행이네. 우리 바지 형제는 최대한 오래 살아서 후계자에게 각자의 나라를 물려줘야만 한다.

"잔평국의 전선 현황은 어떻다고 하던가?"

"자세한 내용은 듣지 못했으나 남조의 병부상서 우겸이 복건으로 통하는 관문을 전부 점거하여 민란이 다른 지방으로 퍼지는 걸 저지 중이라 하옵니다."

내 개입으로 처지가 많이 달라지긴 했지만 우겸의 능력이 역시 대단하긴 하네.

원 역사의 반란보다 규모도 크게 늘어난 데다 남명의 가용 병력도 적어 정말 막기 힘들었을 텐데.

사실 황건적의 난보다 더 큰 민란을 홀로 막아내는 격이잖아.

"그럼, 교역에 관한 건은 차후에 서면으로 보고하고 남명의 정세에 대해서 알아낸 것을 먼저 말하라."

"예, 일단 전하의 영지인 산동과 접경 중인 장강 전선엔 수비 중인 병력이 삼 분지 일가량 줄었사옵니다. 또한, 얼마 전 독립한 운남과 가까운 광서 지방에서도 수상한 소문이 돈다고 들었으나 남조에선 민란을 계기로 조세의 비율을 4할로 낮추며 백성들의 불만을 잠재우려 노력 중인 듯합니다."

"그렇군……."

북명도 전쟁의 여파를 복구하기 바빠서 선제공격할 여유가 없고, 남명도 민란 수습에 바빠서 마찬가지로 전쟁을 벌일 만한 여력은 당분간 안 생기겠네.

"그럼 남명의 황제가 따로 내게 전하라고 한 말은 없는가?"

"나라를 위기에서 구해주신 전하의 은혜에 깊이 사의를 표

하며 나중에 선물을 보내겠다고 약조했습니다. 또한 앞으로
양국 간에 지속적인 교류가 이어지길 희망한다고 말했습니
다."

"알겠노라. 자네도 먼 길 다녀오느라 고생했으니, 나중에 따
로 상을 내려주겠네."

"성은이 망극하옵니다."

그 후론 화폐와 쌀로만 세를 거두는 대동법이 일부 지방에
서 시범적으로 시행된 지난 근 8년간의 성과를 정리해서 보고
받았으며, 이 성과를 이용해 내 재위 중에 화령을 제외한 전
지방에 확대 적용하기 위해서 더 많은 화폐를 유통할 방안을
오랜 시간에 거쳐 논의하였다.

전국적인 대동법 적용에 앞으로 몇 년이 더 걸릴지는 모르
겠지만 최소 홍위가 내 정책을 이어받아서 마무리해 주었으
면 좋겠다는 마음이 들었다.

그렇게 한창 나랏일에 신경 쓰고 있을 때, 구주에서 오우치
가 보낸 사신이 동래에 도착했다는 소식이 들려왔다.

*   *   *

동래에 도착한 오우치 사신의 대표이자 가주 노리히로의
맏아들인 마사히로(政弘)는 숙소에서 왜관 주변의 경치를 보

며 잘 닦여진 도로와 드나드는 사람들의 수에 순수하게 감탄
했다.

"허, 소문으로 이곳에 대해 듣긴 했었는데 직접 보는 것하
곤 차이가 크구나. 우리 영지하곤 비교조차 할 수 없이 번화
하네."

그러자 왜관에 거주하던 오우치의 수하 사부로(三郎)가 물
었다.

"도련님, 쇼니의 차기 가주와 함께 조선까지 직접 오신 연유
가 무엇입니까?"

"그러고 보니 자네에겐 아직 사정을 이야기하지 않았군. 난
아버지의 명을 받아 장계를 광무왕 전하께 올리고, 이후엔 도
성에서 마사스케(政資) 공과 남아서 수학할 예정이네."

"네? 그게 대체 무슨 말씀이십니까? 어째서 귀국하지 않고
도성에 남으시겠다는 겁니까?"

"최근 휴가의 시마즈(島津)와 히고의 기쿠치(菊池), 그리고 분
고의 오토모(大友)가 연합해서 쇼니와 우릴 공격하려 힘을 모
으고 있네. 아버지께선 혹시라도 내가 전쟁에 말려들지 않게
미리 피신시키신 셈이지."

"그럼, 지금 큐슈에서 커다란 전쟁이 벌어지려 하고 있단 말
씀이신지요?"

"그래. 표면적으론 최근 몇 년간 우리가 쌓은 부를 탐내 연

합한 것 같다."

"그럼 도련님께선 광무왕 전하께 원군을 요청하실 예정입니까?"

"아니다. 어찌 이런 일로 전하의 군대를 청할 수 있겠느냐."

"어째서요? 제가 조선에 오래 거주해서 잘 아는데, 조선의 군대는 저 대국 명보다 강합니다. 지난 광무정난 당시 대국의 도성을 점령했던 원구(元寇, 몽골)들을 전부 몰아냈습니다."

"그래. 나도 거기에 대해선 아버지에게 이야길 들어서 잘 알고 있다. 하지만 아버지께선 말씀하시길, 전하께 폐를 끼칠 수 없다고 하시더구나."

"혹시 적들은 아군보다 병력이 적은 것입니까?"

"내가 듣기론 총원 4만가량이 동원되었다고 하더군."

사부로는 자신의 상상을 훨씬 초월한 숫자에 놀라 잠시 말을 잃었고 마사히로는 조금은 씁쓸한 표정으로 말을 이어갔다.

"아무래도 이번 일에 바쿠후(幕府, 막부)에서 손을 쓴 것으로 보여. 그래서 아버지도 전하께 쉽사리 원군을 요청하지 못하신 것이야. 우린 아무래도 바쿠후에 반란을 일으켰었다는 낙인이 찍혀 있으니……. 쇼군의 눈 밖에 나 있었겠지."

"이 일의 배후에 쇼군이 있다면 정말 큰일이 아닙니까."

"그래도 아비지와 쇼니의 가주께선 두 분이 힘을 합쳐 막아낼 자신이 있으신 듯하구나. 전하께 원군을 청하지 않은 것도 자칫하면 양국 간에 큰 전쟁으로 번질까 봐 그런 것이야."

"쇼군이 대체 무슨 속셈으로 이런 일을 벌였다고 생각하십니까?"

"내가 생각하기엔 친정을 시작한 쇼군이 권력을 확고히 하기 위해 이국의 군주에게 신종한 배신자란 명목으로 우릴 희생양으로 삼은 듯하구나. 아무래도 최근 실권자였던 간레이 호소카와 공을 조선의 사신으로 보낸 사이에 뒤에서 움직인 듯싶다."

"그럼, 도닌(頭人) 야마나 나리께선 주군의 장인이신데도 이 일을 묵인하신 겁니까?"

"아마 외할아버님께선 쇼군의 의지를 거스르기 힘드셨겠지. 아니면 더 큰 이익이 생기리라 생각하셔서 우리와 연을 끊으실 생각이실지도."

"무섭군요. 어찌 친족끼리……."

"뭐, 어쩌겠나. 유독 우리만 그런 것도 아니고 이런 세상에 태어난걸."

"그럼 도성에 남아서 공부하시겠다는 계획은 훗날을 기약하시기 위함입니까?"

"아, 그건 내 개인적으로 아버지에게 요청한 것이야. 내가 요 몇 년간 조선의 학문을 공부 중이었거든. 또한 조선의 과거 시험이 내년에 열린다고 하니, 한번 응시해 볼 생각이네."

"……."

사부로는 예상치 못한 말을 연달아 듣게 되자 할 말을 잃고 침묵했다.

*　　　*　　　*

티무르 왕국의 수도 사마르칸트는 압둘의 반란으로 인해 벌어졌던 혼란을 수습 중이었으며 그 중심엔 울루그 벡과 신숙주가 있었다.

"음… 이렇게 하면 우리 왕국의 기존 방식보다 1할 정도는 더 거둘 수 있겠구려. 아주 좋은 제도요."

울루그 벡이 조선에서 시행 중인 송사수수제에 대해 듣고 난 후, 머릿속으로 대략적인 계산을 마치며 호의적인 평을 하자 신숙주가 답했다.

"네. 그뿐만이 아닙니다. 아국에서도 이렇게 송사마다 일정한 세금을 걷는 방법을 도입한 후에 무분별한 재판이 줄어들었고 관리들의 업무 효율이 늘었습니다."

신숙주는 어느새 울루그 벡의 국정 고문급 위치가 되어 반란의 뒷수습뿐만이 아니라 그의 통치를 돕고 있었다.

"정말 좋은 법령이구려. 이것도 귀공의 군주께서 고안하신 방안이오?"

"아, 그건 아닙니다. 이건 지방의 어느 하급 관리가 고안해서 제안했고, 그 후 개량을 거쳐 적용된 법안입니다."

"허, 들어볼수록 귀국의 군주와 관료들의 학식에 감탄을 금할 수가 없구려. 부디 양국 간의 교류가 앞으로 계속되길 바랄 뿐이오."

"예, 저 또한 바라는 바입니다. 사실 저도 이곳에서 배우는 게 많습니다. 발전된 천문학도 그렇지만 특히 건축 기술이나 철을 다루는 면에선 티무르가 밍보다 낫다는 생각이 들더군요."

"그렇소? 사마르칸트 레기스탄의 모든 건축물은 내가 천년이 지나도 보존할 수 있게 지은 것들이라오."

"듣고 보니 전하의 말씀대로 사마르칸트는 후대에 대대로 이어져 번성하리라는 생각이 듭니다."

"그런데 신 공께선 철에 관심이 있으시오?"

"예. 일전에 우츠 강(鋼)으로 부르는 강철로 만든 검을 본 적이 있는데, 화려한 무늬는 둘째 치고 강도가 정말 대단하더군요. 또한 무늬가 없는 일반 강철을 제련하는 방법도 대단한 듯 보였습니다."

"사실 재료인 철광석과 제련 기술은 남쪽의 사이드 왕국에서 들여온 거지만 제련 기술만큼은 내 신하들이 한층 더 발전시켜 원조를 능가했다고 생각하오. 신 공이 원한다면 귀국할 때 각종 강철의 재료와 기술자들을 동행시켜 드리겠소."

"그래 주시면 그저 감사할 따름입니다."

"내 그대에게 목숨뿐만이 아니라 이 왕국의 미래를 빚졌으니, 어찌 그런 하찮은 것으로 감사를 받을 수 있겠소?"

그렇게 시간이 조금 흘러 티무르 왕국이 안정을 찾을 무렵, 의외의 손님이 방문했다.

오스만의 차기 술탄으로 내정된 메흐메트가 사절단의 책임자로 사마르칸트를 방문한 것이다.

"오스만의 메흐메트가 티무르의 군주이신 울루그 벡을 뵙습니다."

"먼 길을 왔구려. 여정 중에 불편하신 점은 없었소?"

"예, 울루그 벡의 후계자 아지즈 공이 안내 겸 호위를 붙여 주어 편하게 올 수 있었습니다."

아지즈가 정식으로 왕위 계승자가 된 건 며칠 전의 일이다. 울루그 벡은 생각보다 메흐메트가 많은 것을 알고 있다고 짐작하곤 재차 질문했다.

"그런가. 이번 방문 목적이 무엇이오?"

"울루그 벡께서 최근 좋지 않은 일을 겪었다고 들었습니다. 술탄께서는 티무르와 이웃이며, 또한 같은 신앙을 공유하는 형제이기도 하니 이런 비극이 벌어진 것에 대해 슬퍼하셨고 때문에 울루그 벡의 슬픔을 위로하려 저를 직접 보내셨습니다."

"그렇소? 술탄과 그대의 마음 씀씀이에 감사를 표하는 바요."

메흐메트는 이후로 의례적인 언사를 서로 주고받은 후, 알현실에 모인 울루그 벡의 측근들을 바라보곤 말을 꺼냈다.

"저들이 바로 울루그 벡의 충성스러운 신하입니까?"

"그렇소."

"저들의 충성심이 정말 대단하군요. 그런 절망적인 상황에서 결국 군주를 제자리로 돌려놓다니 정말 부럽습니다. 술탄께는 이런 이들이 별로 없어서 아쉽군요."

메흐메트가 엄살처럼 말했지만 본래 술탄 친위대인 예니체리는 지방 유력자들의 힘을 제어하며 술탄의 권력을 공고히 하려 창설했고 그 시작은 강제징집부터였기도 하다.

"칭찬 고맙소. 나도 이런 신하들이 있기에 마음 놓고 나라를 다스릴 수 있다오."

"제가 이들과 개인적으로 교류도 할 겸 인사를 나누고 싶은데, 허락해 주시겠습니까?"

울루그 벡은 메흐메트의 제안에 잠시 고민했지만, 결국 고개를 끄덕였다.

"그렇게 하시오."

"울루그 벡의 배려에 감사드립니다."

그렇게 메흐메트가 아흐마드와 먼저 인사 겸 통성명을 마치고 그다음엔 오스만의 수도에서 본 적 있었던 알리 쿠쉬치에게 인사했다.

"알리 공, 오랜만입니다. 그간 잘 지내셨습니까?"

"예. 선대 술탄께서도 못 본 사이에 많이 달라지셨군요. 어느새 이리 장성하시다니, 자칫하면 몰라볼 뻔했습니다."

"하하, 술탄이라뇨. 그건 어디까지나 제 아버지이신 술탄께서 자리를 비운 사이에 철부지가 잠시 대행을 한 것뿐입니다."

그렇게 알리와 이야기를 나누던 메흐메트는 알리에게 기습적인 질문을 꺼냈다.

"제가 듣기론 알리 공께서 동방의 나라에 사신으로 다녀오셨다면서요? 거긴 무슨 나라고, 어떻습니까?"

알리는 메흐메트의 질문에 살짝 당황했으나 학문 교류를 핑계로 오스만에서 정보 수집했던 전력이 있기에 차분하게 답했다.

"아, 밍에 다녀온 걸 말씀하십니까? 요즘 밍에서 귀중한 향신료가 난다고 하기에 그걸 구하러 다녀왔습니다."

"그래요? 대체 무슨 향신료길래 밍에 다녀오셨습니까?"

"미당이란 가루인데, 피팔리(후추)나 까후와 같은 것들과는 차원이 다른 것이지요. 같은 부피의 금보다 몇 배는 더 비쌉니다."

"그래요? 피팔리로 부를 쌓은 사이드(인도)의 술탄이 들으면 기겁하겠습니다. 듣고 보니 저도 흥미가 가는군요."

"미당은 우리 왕국과 독점으로 교역하기로 정해졌으니, 해당 건은 나중에 논의하시지요."

"알겠습니다."

그렇게 알현 일정을 마친 메흐메트는 사마르칸트에 머물고 있다는 사신에 대한 정보를 얻는 데 있어서 별다른 성과를 얻지 못한 채로 궁에서 물러나야만 했다.

결국 숙소로 돌아온 메흐메트는 손쉬우면서도 간단한 다른 방법을 사용했다.

수하들을 부려 사마르칸트의 중심 거리 레기스탄을 지나가는 이들에게 소문을 묻는 방식으로 나간 것이다.

그렇게 정보를 수집한 메흐메트는 결국 사신단의 윤곽을 잡을 수 있었다.

'찬탈자 일당이 어딘지 모를 연회장에 초대받아서 몰살당했고, 주모자 압둘은 다음 날 이곳 광장에서 참수당했다는 거로군. 손님을 초대해서 공격하다니……. 분명, 이 일을 주도한 게 티무르의 관료들은 아니겠군.'

그렇게 메흐메트가 의문의 조력자를 찾기 위해 노력하고 있던 어느 날, 메흐메트의 숙소에 이방인들이 찾아왔다.

"오스만국의 왕자께서 절 찾으셨다고 들었습니다."

상대는 아랍식으로 복장을 갖추긴 했으나 메흐메트가 보기엔 이질적인 분위기를 지녔다.

"혹시 귀하가 동방의 나라에서 온 사신입니까?"

"네, 제가 바로 조선의 사신 대표이자 신씨 가문의 셋째 아들 숙주라고 합니다. 고귀하신 분을 뵙게 되어 영광입니다."

"저야말로 만나게 돼서 영광이군요. 그건 그렇고 이곳 말이 정말 유창하십니다. 혹시 이곳 태생입니까?"

"제 동료 중에 조상이 이곳 출신인 이들도 있긴 하나 전 조선 출신이고 이곳 말을 배운 지도 얼마 안 되었습니다. 가끔 잘못된 어휘가 나와도 이해해 주시지요."

"아닙니다. 정말 유창해서 약간 이질적인 외모만 제외하면 이곳 사람이라 해도 믿을 겁니다."

"칭찬으로 듣겠습니다. 그런데 절 애타게 찾아 헤매신 이유가 무엇입니까?"

신숙주의 직설적인 질문에 메흐메트는 짐짓 속내를 숨기고 말을 돌렸다.

"제가 일전에 알리 공에게 미당이란 것에 대해 들었는데 그것에 흥미가 생겨서 교역을 하고자 그랬습니다."

"그래요? 하지만 저의 군주께선 밍을 제외하곤 티무르 왕국과의 독점 무역만을 허락하셨습니다. 그런 이유로 교역은 당분간 불가능하겠군요."

"그것참 안타깝군요."

신숙주는 상대의 표정을 살펴보곤 잘 계산된 연기를 하는 중이라 짐작했다.

그렇게 서로 속내를 숨긴 의미 없는 대화가 한동안 계속 이어졌고, 군사나 무기에 관한 이야기가 나오자 메흐메트는 조선이란 나라가 현재 오스만과 티무르의 정세에 개입할 만한 나라인지 넌지시 떠보기 시작했다.

"조선이란 나라가 여기서 그리 멀리 있었습니까? 여기까지 오시는 데 고생이 많으셨겠습니다."

"그래도 오는 길을 알아뒀으니 다음부터는 더 많은 인원이 빠르게 올 수 있으리라는 생각이 듭니다."

"그렇습니까. 이야기에 빠지다 보니 이리 어두워졌군요. 돌아가시기 전에 제가 선물을 준비했으니 받아주시길 부탁드립니다."

"염치 불고하고 감사히 받겠습니다."

그러자 메흐메트는 어디서 이런 걸 본 적 있느냐는 듯한 눈길을 보내며 준비한 선물을 꺼냈고 신숙주를 시험하듯 말을 꺼냈다.

"좀 전에 이야기를 나눈바, 신 공께선 화약 무기에 관심이 있으신 듯하여 아국의 신형 화기를 우호의 선물로 드리고자 합니다."

메흐메트가 준비한 것은 오스만의 최신형 화기인 핸드 캐논(Hand cannon)이었고, 그것을 받아서 살펴본 신숙주는 웃으면서 답했다.

"아국에서 사장된 소총통이란 무기와 비슷하군요."

"예? 그럼 귀국엔 이것보다 더 발전된 화기가 있다는 말씀이십니까?"

"자세한 것은 기밀이라 말씀드리지 못하지만 이런 도화선 격발 방식의 개인화기는 밍에서도 흔하게 쓰고 있습니다. 저도 선물을 받았으니 답례를 해드려야겠군요."

신숙주는 충격을 받은 메흐메트에게 주먹 크기의 미당 주머니를 소매에서 꺼내 내밀었다.

"이게 혹시……."

"네, 그게 찾으시던 미당입니다. 아국과 직접 교역은 안 되지만 개인적인 선물로 그 정도는 내어드릴 수 있습니다."

그렇게 오스만의 차기 술탄은 앞으로 평생 끊을 수 없는 향신료를 영접하게 되었고 오스만과 조선의 연결점이 생기게 되었다.

*   *   *

1449년의 겨울이 되자 오우치의 사신이 한양에 도착했고, 난 그들의 사정이 담긴 장계를 받음과 동시에 그들을 접견했다.

"그래서 지금쯤이면 이미 구주가 둘로 나뉘어서 전쟁이 벌어졌을 거라고 한 것이냐?"

그러자 통역을 담당한 역관이 확인차 던진 질문에 답했다.

"예, 그렇다고 하옵니다."

음… 잠시만 생각을 정리해 보자.

기록에서 보길 현 막부의 쇼군 아시카가 요시마사는 친정 초기에 자신의 권력을 확고히 하기 위해 여러 방법으로 유력자들을 견제하려다가 실패했고 결국 정치에 관심을 잃어갔다고 한다.

그런데 지금은 달라진 역사의 흐름으로 오우치와 쇼니가 찍혀서 희생양이 된 거라 봐야겠군.

하지만 요시마사 네놈은 상대를 잘못 골랐어. 사정도 모르는 호소카와를 속이고 조선에 보내 우호를 쌓을 것처럼 나오더니, 뒤로는 다른 놈들을 부추겨 내 신하들을 공격해?

달리 생각해 보니 이건 합법적으로 큐슈 전역을 조선의 영역으로 만들 기회가 생긴 거나 마찬가지다.

거기에 왜국의 역사를 통째로 바꿔놓을 만한 기회기도 하지. 저놈들이 후대에 분로쿠의 역이라 부르는 임진왜란의 원인인 전국시대의 씨앗, 오닌의 난은 아예 생기지도 못하게 만들어주마.

"좀 전에 원군을 요청하지 않겠다고 했는데, 그들의 종주이자 군주로서 신하된 자들의 어려움을 어찌 모른 척할 수 있겠느냐. 조만간 회의를 거쳐 파병에 관한 건을 논의하겠다고 전하라."

그러자 사신단의 대표로 온 오우치의 차기 가주 마사히로는 놀란 듯한 표정을 보였고, 쇼니의 차기 가주 마사스케는 내 말에 감격한 듯 눈물마저 보였다.

"쇼니 마사스케가 고하길, 지난 전란에 이어 재차 구원의 은혜를 내려주시는 전하의 관대하신 조치에 그저 감읍할 뿐이라 하옵니다."

음, 저 녀석은 현 쇼니의 가주 요리노리의 죽은 형 요시요리의 아들이라고 했었지? 차기 가주라곤 하나 아직 요리노리의 자식이 장성하지 못해 임시로 정해진 후계자 같단 느낌이 든다.

"군주가 신하들을 보살피는 건 당연한 의무라고 전해라."

그러자 마사히로가 역관에게 뭔가를 한참 동안 말했고 역관이 잠시 후 그의 말을 통역해 주었다.

"전하, 마사히로가 고하길 주상께서 허락하신다면 양 가문의 차기 후계자들이 도성에 남아 수학하길 바란다 하옵니다."

의외의 요청이긴 하나 저들의 요청은 나도 바라는 바다. 쇼니의 후계자는 몰라도 오우치의 후계자는 차기 가주로 승계받는 게 확실한데, 정신교육은 제대로 할 수 있겠군.

북방 화령의 유력자들도 아들을 가별초에 입단시키려 애쓰고 있는데, 저들도 그런 건가? 뭐 어떤 이유든지 한층 더 조선에 충성하게 되겠지.

"그래? 저들이 가별초에 입단하고 싶은 것이냐고 묻거라."

그러자 다시 대화가 오갔고 역관은 의외의 답을 내게 들려주었다.

"이들이 삼가 말하길 쇼니 마사스케는 무예를 배우고 싶다고 하였고, 오우치 마사히로는 무예가 아니라 아국의 선진적인 학문을 두루 배우고 싶다 하였사옵니다. 마사히로가 덧붙여 고하길 그간 공부한 바를 시험하고자 내년에 열릴 과거 시험 알성시에 응시해 볼 수 있겠냐고 물었사옵니다."

특이한 녀석일세. 다이묘의 후계자면서 무예가 아닌 학문에 관심을 가지다니 의외인데?

"그래, 오우치가 아국에 신종한 이상 그도 조선 사람이라할 수 있노라. 그런 연유로 과거에 응시하는 건 고가 따로 윤허하지 않아도 된다고 전하라. 또한 적당한 글 선생을 붙여주겠다고도 전하거라."

"전하의 성은이 망극하다고 하옵니다."

그렇게 사신단이 동평관으로 물러났고 난 관료들을 편전으로 소집해 회의를 시작했다.

"경들도 이미 알고 있는 이가 일부 있겠지만 왜국의 지배자, 막부의 정이대장군이 구주의 다른 가문을 부추겨 아국에 신종한 오우치와 쇼니 두 가문을 공격했노라. 그런 이유로 고는 구주에 파병하려 하니 그에 대해 논의하러 경들을 모이게 했네."

그러자 병조판서 민신이 가장 먼저 내 말에 답했다.

"전하께선 어느 정도 규모의 병력을 파병하려 하십니까?"

"크게 무리하지 않는 선에서 보내려 하는데, 병판이 볼 땐 한 달 이내로 동원 가능한 병력이 어느 정도 되는가?"

"왜국과 가까운 삼남 지방에서만 병력을 동원한다면 총통위를 제외하고도 한 달 내로 일만 정도의 보군과 마군을 모을 수 있사옵니다."

음, 신중한 성격의 민신이 웬일로 반대를 안 하지?

"그럼 병판은 이번 파병 건에 대해 어찌 생각하는가?"

"적군의 정세를 좀 더 알아봐야 하겠지만 현재 아국의 재정이나 군사적 능력을 고려하면 구주의 영주들을 상대로 어려움을 겪을 것 같지는 않사옵니다. 오히려 전쟁 후에 얻을 수 있는 것이 더 많다고 여겨지옵니다."

"그런가. 그럼 병판은 동원 계획에 대해 병조 관원과 논의하여 계획서를 제출하게나."

"예, 병조판서 민신이 전하의 명을 받들겠습니다."

허, 민신이 정말 많이 변했네. 예전엔 재정 문제나 전력 보존, 혹은 동원 문제로 항상 신중한 의견만을 내놓았었는데 지난 전쟁이 끝나고 여러 일을 겪은 탓인지 태도가 완전히 변했군.

나도 지난 전쟁 당시엔 재정의 손해를 보는 건 이긴 다음 따서 갚으면 된다는 심정으로 출정했었지만, 결국 차마 계산조차 힘들 정도로 막대한 이득을 거뒀으니 신하들도 이기는 전쟁은 돈이 된다고 생각하고 있나 보다.

"신, 우의정 황보인이 삼가 전하께 고하겠사옵니다."

"그래, 우상 대감의 의견이라면 안 들어볼 수 없지. 말해보라."

"신이 감히 성상(聖上)께서 품으신 어심을 추측건대, 이번 전쟁의 최종 목적은 구주 전역을 아국의 영향권에 두는 것이라 사료되옵니다. 신의 짐작이 맞사옵니까?"

황보인이 바로 봤네. 그의 말이 정확하다.

"그렇네."

"그렇다면 신이 사료하기엔 그것만으론 모자라옵니다. 막부의 장군이란 자가 영주들을 부추겨 조선의 충성스러운 신하인 대내전과 소이전을 공격했으니, 이는 감히 성상을 공격한 것이나 마찬가지옵니다. 구주에 파병과 동시에 사신을 보내 막부의 장군이란 자에게 선전포고를 하신 다음, 구주가 정리되는 대로 왜국 본도를 공격하시옵소서."

"음, 그건 좀 더 숙고 후 결정해야 할 문제라고 보네. 어디까지나 이번 전쟁의 명분은 고의 신하들을 지키는 것이고, 또한 왜국 본도를 섣불리 공격하면 이후 몇 년은 이어질 긴 전쟁이 될 수 있노라."

"왜국의 전력을 어찌 본국과 비할 수 있겠사옵니까? 저들은 감히 전하께 대항하지 못하리라 보입니다. 거기에 일전에 전하께 왜국의 사정을 들어본바, 왜국의 영주들은 장군에게 명목상으로만 복종 중이니 뭉치지 못할 것이라 사료되옵니다."

"우상의 의견도 일견 타당하네. 대감의 말대로 왜국은 수십 개의 나라로 이뤄져 있는 거나 마찬가지고 왜국의 백성들은 옆 지방을 다른 나라로 인식하며 별의별 이유로 영주에게 봉기를 자주 일으키기도 하지."

"예, 왜국의 사정이 그러한데 어찌 성상께서는 본도를 치는 것을 주저하시옵니까?"

"하지만 왜국은 전조 고려 때 원과 고려 연합군의 외침을 한번 겪어본 바가 있네. 그 사례를 볼 때 저들은 외부의 침략자가 생기면 그간 분열되어 있던 영주들이 영민들을 병사로 소집하고 왜왕을 필두로 세워 단단히 연합할 것이로다."

난 잠시 호흡을 고른 후 다시 말을 이어갔다.

"그러니 실질적으론 예상한 것보다 더 많은 병사를 동원할 수 있다는 말이나 마찬가지며 전쟁 중에도 우릴 침략자로 인식한 왜국 백성들의 반란에 시달릴 것이로다. 거기다 왜국 본도 침공은 현 왜왕인 정이대장군의 세를 불려주는 계기가 될 테니 본도를 침공하는 전면전은 불허할 수밖에 없노라."

"신이 생각이 짧아 성상의 심기를 어지럽힌 듯하옵니다."

"아닐세. 혹여 다른 의견을 낼 대신이 있는가?"

"신, 영의정부사 황희가 주상 전하께 감히 고하고자 하옵니다."

"계속하시오."

"구주 일대를 정벌하고 아국의 영향권 안에 두신다 해도 이후 왜국 본도에서 연합하여 공격을 해올 수 있사옵니다. 거기에 대한 대책이 있으시옵니까?"

"거기에 대해선 따로 생각해 둔 게 있소. 우선은 구주 전역부터 확보하고 나면 대마주의 수군을 전부 동원해 왜국의 수운을 봉쇄하고 저들의 수군을 없애 서서히 약화시킬 생각이오. 이후 자세한 내용은 고가 병조와 상의하여 대신들에게 알려주겠소."

대마도에 주둔 중인 수군의 선박 수는 초기에 비해 두 배가까이 늘었고 화약도 넉넉해져 전력이 상승했지.

그럼 구주 인근의 제해권을 점령하고 구주로 건너오는 수송선이나 수군을 전부 격침시키고도 남는다.

"그럼, 신은 그저 전하의 어심을 믿고 따르겠사옵니다."

이후로도 한참 동안 파병 계획에 대한 논의가 이어졌고 우선은 삼남 지방의 군대를 먼저 보내 쇼니와 오우치를 지원하기로 결정했다.

내 최종 계획은 구주 전역을 확보한 후 구주와 본도를 잇는 관문 해협(関門 海峡)과 뇌호 내해(瀬戸 内海) 일대의 제해권을 확보하고 해운을 끊고 중계무역을 중단해 왜국을 천천히 말려 죽이는 것이다.

사실 따지고 보면 지금 조선의 전력이면 왜국 전체와 전면전으로 나가도 시간이 조금 오래 걸릴 뿐, 이기는 건 충분히 가능하다.

그래도 전쟁은 적은 전투로 빠르게 효율적으로 끝내고 최소한의 움직임으로 큰 이득을 얻기 위해 노력해야지.

그렇게 먼저 구주를 복속시키고 나면 요시마사를 왜왕으로 임명한 우리 바지 사장님 주기진의 지원을 받아낼 생각이다.

현재 쇼군의 미약한 권위는 명에서 받은 왜왕 작위에서 주로 나오니 그걸 취소하겠다고 협박하면 구주와 내해를 점령당한들 멋대로 손을 쓰기 힘들걸?

거기에 현재 아국엔 왜의 실세 계층인 일본 불승들을 꼬여낼 미끼도 많지.

그럼, 이제부터 본격적으로 왜국 공격을 시작해 볼까.

*　　　　*　　　　*

예전엔 서로 죽이지 못해 안달이 나 있던 오우치와 쇼니는 사이좋게 연합군을 결성해 출정했고 병력의 총원은 대략 이만 정도였다.

　양측 다이묘의 가신이나 정예 무사들은 조선제 강철로 만든 창검으로 무장하고 있었으며 개중 영주를 비롯한 몇몇 고위 가신들은 조선에서 들여온 준마, 사실은 조선에선 평범한 수준의 말을 타고 병사들 앞에서 위용을 과시하고 있었다.

　비록 조선에서 평범한 말이라도 조랑말이나 당나귀만도 못한 작은 말들이 즐비한 큐슈 땅에선 더할 나위 없는 명마라고 할 수 있었다.

　그렇게 쇼니, 오우치 연합군이 위용을 과시하며 쇼니의 가신 아키즈키 가문의 영지인 지쿠젠의 남쪽에 모였고 곧바로 작전 회의에 들어갔다.

　"쇼니 공, 지쿠고 강 지류을 따라 진군하고 있는 오토모의 군을 먼저 유인한 후 인근의 산성으로 후퇴하여 방비를 갖추고 제 휘하 부대를 빼내 별동대를 운영하는 게 어떻겠습니까?"

　오우치 노리히로가 지도에 손가락을 짚어가며 설명했고 쇼니 요리노리는 침음을 흘리며 답했다.

　"으음, 오우치 공께선 제 휘하들이 산성에서 수비를 하는 사이 산악전을 벌여 그들의 배후를 치겠다는 말씀이시군요."

"예, 우리가 가장 잘하는 분야를 살리는 겁니다. 귀공의 병사들은 제가 이미 몸소 겪어본바, 수비가 지극히 뛰어납니다. 또한 제 병사들은 산악전과 난전에 능하니 각자 잘하는 분야를 살리는 것이 좋을 듯합니다."

"음, 아무래도 지금은 그게 최선일 듯하군요."

"그럼 우선은 이 군략으로 오토모의 병력부터 빠르게 격파하지요."

"시마즈와 키쿠치의 병력은 어디까지 이동했다고 합니까?"

"전령에게 듣기론 키쿠치는 시마즈의 지원 병력을 기다리고 있는 듯 아직 구마모토 인근에 머물고 있다고 합니다."

"만약 키쿠치의 병력이 그대로 북진해서 제 근거지인 히젠을 공격하면 이 전략은 쓸모가 없어지는데 거기에 대한 비책은 있으십니까?"

"히젠 일대는 대마 태수 사다모리 공이 지원군을 데려와 수비 중이라고 공께서 좀 전에 말씀하시지 않았습니까? 제 생각엔 시마즈의 지원 없이 키쿠치가 단독으로 거길 돌파하는 건 불가능에 가깝습니다."

"그래도 적의 총원이 사만에 가깝다 하니 걱정을 안 할 수가 없군요."

"비록 저들의 수가 우리보다 많다고 하나 한 번에 모이지 못하는 게 약점입니다."

"오우치 공께서 말씀하시고 싶은 건 우리가 먼저 모여 수가 가장 적은 오토모의 군부터 쳐부수자는 거겠지요?"

"그렇습니다. 가장 수가 적은 오토모의 군만 빠르게 격파하면 시마즈와 키쿠치의 연합 병력은 삼만 정도가 남을 테고 장기전으로 끌고 가서 한겨울이 되면 우리가 유리해질 수밖에 없습니다."

"듣고 보니 오우치 공의 말씀이 전부 지당하신 듯합니다."

"그럼 전 다시 군을 지휘하러 가지요. 쇼니 공의 무운을 빕니다."

"예, 오우치 공에게도 무운이 따르길 빕니다."

며칠 후 지쿠고 강 지류를 타고 진군하던 오토모의 군대는 쇼니, 오우치의 연합군과 맞닥뜨렸으며 본격적인 전투가 시작되었다.

『내가 바로 세종대왕의 아들이다』 7권에 계속…